Sissi Flegel

Alpenglühen für Anfänger

cbj

© privat

Die Autorin

Sissi Flegel hat alles erlebt, was man erleben muss, um Kinder- und Jugendbücher zu schreiben. Sie kommt aus einer Großfamilie, ging auf ein Mädcheninternat, studierte Sprachen und arbeitete als Lehrerin, bis sich ihre Erfahrungen verselbstständigten und in Büchern materialisierten. Ihre witzigen Mädchenbücher sind Bestseller und ihre Fangemeinde wächst ständig. Um näher an den Alltag zu kommen, entstehen ihre Mädchenbücher meistens vor Ort.

Von Sissi Flegel sind außerdem bei cbj lieferbar:

Die Liebeslüge (13873)
Die Liebesrache (13888)
Wintertraum und Weihnachtskuss (13971)
Schneeballflirt und Weihnachtszauber (15314)
Weihnachtsglanz und Liebeszauber (15474)

Sissi Flegel

Alpenglühen für Anfänger

cbj

cbj
ist der Kinder- und Jugendbuchverlag
in der Verlagsgruppe Random House

MIX
Papier aus verantwortungsvollen Quellen
FSC® C014496
FSC
www.fsc.org

Verlagsgruppe Random House FSC-DEU-0100
Das für dieses Buch verwendete FSC®-zertifizierte Papier *München Super Extra* liefert Arctic Paper Mochenwangen GmbH.

1. Auflage
Erstmals als cbj Taschenbuch Mai 2013
Gesetzt nach den Regeln der Rechtschreibreform

Umschlaggestaltung: *zeichenpool, München
unter Verwendung der Motive von Plainpicture (clack); Gettyimages (Brand New Images/lifesize); Shutterstock (momanuma, Peshkova)
he · Herstellung: cb
Satz: EDV-Fotosatz Huber/
Verlagsservice G. Pfeifer, Germering
Druck und Bindung: GGP Media GmbH, Pößneck
ISBN: 978-3-570-40182-8
Printed in Germany

www.cbj-verlag.de

Prolog

In aller Frühe bin ich heute in Hamburg losgefahren. Jetzt sitze ich in einem alten klapprigen Bus, und in vier Minuten komme ich an. Im Allgäu, dem Bergland ganz im Süden. Im Kaff Einödsbach. Der Name sagt alles: Einödsbach. Eine Öde am Bach. Schlimmer geht's nicht.

Ich kann gar nicht sagen, wie aufgeregt ich bin. Wenn ich nur gewusst hätte, wie hoch die Berge sind! Wie Mauern, die die Aussicht versperren! Nix wie Bäume, Stein und Fels! Und da soll ich es sechs Wochen lang aushalten? Voll der Wahnsinn.

Ich lutsche gerade mein allerletztes Bonbon. Als meine Eltern und Großeltern mir vorschlugen, ich solle wegen meines Schlamassels der Welt den Rücken kehren und die Sommerferien bei Fuchs und Hase und meiner Tante verbringen, fand ich die Idee gut. Jetzt, wo der alte Bus immer langsamer über die Steine holpert, könnte ich heulen. Ich will zurück ans Meer.

1. Kapitel

Meine Ankunft in Einödsbach ist so ein Ding! Ich wuchte meine Reisetasche auf die Straße und sehe mich nach meiner Tante um. Fehlanzeige. Das einzige weibliche Wesen bin ich. Blöd. Wahrscheinlich ist sie im Verkehr stecken geblieben. Oder sie sucht noch einen Parkplatz, was weiß ich. Jedenfalls mache ich mir keine Gedanken und schaue mich erst mal um: zwei, drei Häuser. Ne, eher Hütten. Jede Menge Bäume. Ein Bächlein. Keine Menschen. Stimmt nicht; ein paar Leute in Wanderkleidung und Rucksack stiefeln mit kernigem Schritt daher. Und weiter. Bergaufwärts.

In meinem blauweiß geringelten Shirt und der weißen Jeans sehe ich hier wie ein Alien aus. Weil mir ein eisiger Wind meine wikingerblonden Haare aus dem Gesicht bläst und ich erbärmlich friere, hole ich meinen blaugelben Friesennerz aus der Reisetasche. Ein Friesennerz ist eine Windjacke; man trägt sie bei schlechtem Wetter am Meer. Also ziemlich häufig.

Während ich den Reißverschluss hochziehe, kommt ein Hutzelmännchen auf mich zu. Komplett mit einer kurzen Büx aus Leder, kariertem Hemd, Stock und grünem Hut mit Pinsel und

Feder darauf. Es spricht mich in einer Sprache an, die meine Hamburger Schule nicht im Unterrichtsangebot hat.

Ich ignoriere den Mann, trete von einem Bein aufs andere und halte Ausschau nach meiner Tante Friederike. Da schreit mich der Mann an: »Pack mer's!«

Er schnappt sich meine Reisetasche. »Moment mal!« Ein Taschendieb in der Einöde ist ja wohl das Letzte! Ich mache einen Satz. »Hände weg!«

»Ja mei …«, sagt das Männchen verdutzt.

Ich funkele ihn an und sage: »Ich warte auf meine Tante.«

»Genau!« Das Männchen nickt. »Zur Friedl willst. Pack mer's!«

Bitte? Liegen meine Jeans und Shirts etwa auf dem Bahnsteig? Die *sind* doch eingepackt! »Ich warte auf meine Tante.«

»Genau«, wiederholt das Männchen geduldig. »Zur Friedl willst. Aufi geht's!«

»Wie bitte?«

Plötzlich schlägt sich das Männchen an den Kopf und holt einen Zettel aus der Hosentasche. Ich streiche ihn glatt und lese: »Kann nicht kommen. Gustl holt dich ab. Kennzeichen: Lederhose. Hut mit Gamsbart und Feder. Gruß Friedl.«

Krass. Der Pinsel am Hut ist also ein Gamsbart? Was IST ein Gamsbart? Hat sich meine Tante verschrieben: Ga*m*s statt Ga*n*s? Tragen die Gänse in den Bergen Bärte statt Federn? Muss ich später klären. Ich tippe mit dem Zeigefinger auf mich. »Ich Bonnie – du Gustl?«

Er nickt.

Zur Sicherheit schiebe ich nach: »Friedl ist Tante Friederike?«

Er nickt wieder und deutet mit dem Daumen nach hinten und aufwärts. »Friedl. Pack mer's. Aufi geht's zur Hütten.«

Als wäre meine Reisetasche so leicht wie die Feder an seinem Hut trägt er sie zu einem verbeulten und verdreckten Jeep, bei dem trotz der Kälte alle Scheiben heruntergelassen sind. An dem Jeep lehnt ein Junge.

Anfang Juli sind die Tage lang. Es ist noch hell, und so sehe ich, dass er ein, zwei Jahre älter ist als ich. Und braune Wuschelhaare hat. Braune Augen. Jeans und ein löchriges T-Shirt mit dem Aufdruck eines Skeletts. Turnschuhe. Er stößt sich ab, grinst mich an und sagt was in der unverständlichen Sprache. Gustl versteht ihn, nickt, schmeißt meine Reisetasche in den Jeep und deutet mit dem Daumen auf die Rückbank. »Dein Platzl, Bonnie.«

»Wie? Ich soll hinten sitzen?« Ich schüttle den Kopf und warte.

»Ja mei …«, sagt der Junge und klettert nach hinten.

Ich setze mich neben Gustl. Der schiebt den Gang rein, gibt Gas und braust mit gefühlten hundert km/h durch die Schlaglöcher. Ein Ort kommt in Sicht, vor einem der ersten Häuser steht ein Mädchen mit einem Rucksack. Und in einem Kleid, das man wohl Dirndl nennt. Das Mädchen winkt, Gustl bremst und schreit: »Heidi! Willst mitfahren zur Hütten?«

Das Mädchen wuchtet zuerst den Rucksack herein, dann setzt es sich neben den Jungen. »Servus Basti!«

Aha. Der Junge heißt Basti, das Mädchen Heidi. Heidi! Wie das Mädchen in der uralten Zeichentrick-TV-Serie! Ich glaub's nicht!

Dann geht es auf einem schmalen Feldweg aufwärts. Über Stock und Stein und durch jedes Schlagloch. Ich halte mich fest:

Der Kerl ist wahnsinnig! Jetzt kurvt er um einen Felsbrocken herum, paketgroße Steine liegen auf dem Weg.

Ein Bauernhaus kommt in Sicht, Kästen mit roten, blauen und gelben Blumen hängen vor jedem Fenster.

»Lass mi aussi«, sagt Basti und tippt mir auf die Schulter.

Mich schleudert es nach vorn, weil Gustl die Bremse reinhaut.

»Aussi sollst ihn lassen«, wiederholt Gustl.

Wie bitte?

Der Junge seufzt. »Ich steige hier aus.«

Na bitte! Er spricht sogar Deutsch.

Ich steige aus.

Der Junge steigt aus.

Ich steige wieder ein. Gustl sagt: »Jetzt geht's aufi!«

Warum hängen die Leute hier an jedes Wort ein i? Kann mir das jemand sagen?

Bald sind mir Wörter mit der Endung i völlig egal – ich bange um mein junges vierzehnjähriges Leben. Gustl ist ein Irrer. Er rast einen Forstweg hoch. Ein weißes Schild mit rotem Rand sagt ganz klar, der sei gesperrt. Ihm ist das egal. Wegen der Fichten und Tannen sehe ich jetzt die Berge nicht mehr. Die kommen erst wieder in Sicht, als er über eine Wiese pflügt. Die ist steil wie ein Dach.

Dann schießen wir wieder auf einen Weg. Ne, das ist nur eine Spur mit jeder Menge Geröll darauf … und Wasser. Wo kommt das plötzlich her?

»Halt di fest!«, brüllt Gustl. Er packt das Lenkrad und holpert raus aus dem Geröll, rein ins Wasser. Weil das Fenster offen ist, spritzt es mir voll ins Gesicht. Gustl lacht.

»Jetzt kummt's«, sagt er, und wenn das »jetzt kommt es« heißen soll, kommt es echt dicke: Der Jeep rast auf einen Abhang zu, und als ich denke, es katapultiert uns himmelwärts, geht es abwärts in eine Senke, dann rauf auf einen neuen Hang, zwischen zwei Felsen durch, um eine Kurve – wenn jetzt ein Fahrzeug entgegenkommt, fliegen wir den Abhang hinunter.

Kein Fahrzeug kommt uns entgegen.

Links und rechts der Schotterpiste ragen Felsen auf. Weit oben am Hang klebt etwas, das eine Hütte sein könnte – aus grauem Gestein erbaut, von einem grauen Dach gekrönt.

Dann sehe ich ein einziges kümmerliches gekrümmtes Bäumchen auf einem grünen Fleck. Gustl gibt so richtig Gas, die Räder drehen durch, der Jeep rutscht seitlich weg, fängt sich wieder, Gustl brummt … Dann hält er auf einem handtuchgroßen ebenen Fleck. »So. Kumm, Madl.«

Er steigt aus und sagt in bestem Deutsch: »Die letzten hundert Meter müssen wir zu Fuß gehen.«

Er wuchtet einen Megarucksack auf den Rücken, nimmt etliche Tüten und den Stock in die eine, meine Reisetasche in die andere Hand und marschiert los.

»He!«, rufe ich. »Wollen Sie den Jeep nicht abschließen?«

Gustl dreht sich nicht mal um.

»Hier heroben braucht's des ned«, sagt das Mädchen namens Heidi und hängt sich ihren Rucksack über eine Schulter. »Ist die Friedl wirklich deine Tante?«

Mir zittern die Knie, und die Frage finde ich blöd. »Meine Mutter ist sie jedenfalls nicht. Und überhaupt – ihr richtiger Name ist Friederike.«

»Also ist sie deine Tante?«

»Ja. Warum? Ist das wichtig?« Wir stehen noch immer neben dem Jeep.

Heidi schaut mich von oben bis unten an.

»Glaubst du mir nicht? Ist was?«

Sie zuckt die Schultern. »Ja mei … du schaust halt so anders aus.«

»Du siehst auch anders aus als meine Freundinnen. Beispielsweise«, setze ich hinzu. Sehr freundlich klingt das nicht, aber mir ist trotz der Jacke kalt. Hunger habe ich auch. Und dann noch die vielen Berge aus Stein! Keine freie Sicht! Nicht in die Ferne, nicht in die Zukunft! Nicht zu wissen, was mich erwartet!

»Warum kommst überhaupt?«, will Heidi wissen. »Nur ein Tantenbesuch ist's ja wohl nicht.«

Jetzt reicht es mir. »Was geht dich das an?«

»Ja mei … hast was zu verbergen? Oder warum darf man dich nix fragen?«

Ich stapfe los. Ich koche! Natürlich habe ich etwas zu verbergen, natürlich bin ich nicht ohne Grund hier! Normalerweise würde ich mit meinen Eltern die Sommerferien in Dänemark verbringen. Normalerweise. Aber nichts ist gerade normal. Ich stecke in einem miesen Schlamassel, den ich meiner Freundin – meiner allerbesten Freundin! – zu verdanken habe.

Der Schlamassel ging so:

Ich bin Torwart in meinem Fußballclub, und ganz ehrlich – ich bin so gut, dass mich sogar die Jungs voll akzeptieren. Aber plötzlich, das war kurz vor den Sommerferien, tratschte Silvia überall herum, ich sei in ihren Freund verknallt. Noch schlimmer: ich hätte mich ihm an den Hals geworfen. Einer Freundin den Freund auszuspannen geht natürlich gar nicht.

Das Blöde war, dass ich in einen Jungen aus der Parallelklasse, Valerio, verknallt war und dachte, dass ich ihm auch nicht gleichgültig sei, weil er, wenn wir in den Pausen auf dem Schulhof herumstanden, immer wieder in meine Richtung schaute. Wenn sich unsere Blicke trafen, wurde er zwar ein bisschen rot, schaute weg und verkrümelte sich, aber klar, er war echt nicht mein Freund. Deshalb glaubten alle Leute der gemeinen Schlange Silvia: »Bonnie hat sich meinem Freund an den Hals geworfen!«

Dabei war mir Silvias Freund komplett egal. Klar, wir unterhielten uns ab und zu über Fußball, schließlich war er in seiner Mannschaft Abwehrspieler. Aber das war es auch schon. Nur dass Silvia, die nicht Fußball spielt, vor lauter Eifersucht voll gegen mich intrigierte. Das war fies und ungerecht. Es nervte mich so, dass ich beim letzten und entscheidenden Spiel vor den Sommerferien die leichtesten Bälle ins Tor ließ, was meiner Mannschaft eine fette Niederlage bescherte. Das war grässlich genug. Aber dass mir meine Leute dann knallhart unter die Nase rieben, ich hätte wegen »meinem Freund« die gegnerische Mannschaft gewinnen lassen, war einfach grausam.

Der Gipfel war allerdings, dass mich meine Leute und auch die der gegnerischen Mannschaft danach voll ignorierten, weil es ja so aussah, als hätten sie unverdient gewonnen. Klar, kein Mensch will den Sieg hinterhergeworfen bekommen, aber so war es ja auch nicht gewesen!

Doch niemand glaubte mir. Das war so bitter, dass ich mit der Idee meiner Großeltern sofort einverstanden war: Abstand zu gewinnen. Meiner Welt den Rücken zu kehren. Deshalb friere ich jetzt trotz meines Friesennerzes, bin hungrig und habe eine wahnsinnige Wut im Bauch.

Auf Silvia. Auf die fabelhafte Idee meiner Großeltern. Und auf das neugierige Mädchen namens Heidi.

Ich drehe mich um. »Nur dass du es weißt, Heidi«, sage ich. »Ich habe eine Bank ausgeraubt, zwei Morde begangen, drei Kinder entführt, vier Häuser in Brand gesetzt und bin aus dem Gefängnis ausgebrochen. Meine Knarre steckt in der hinteren Jeanstasche, und wenn du mal nicht aufpasst, schieße ich dich über den Haufen. Also sieh dich vor. Und vor allem – stell mir keine neugierigen Fragen. Reicht dir die Auskunft?«

»Ja mei …« Heidi sieht mich zuerst ganz ungläubig an. Dann lacht sie. »Nur dass du es weißt, Bonnie«, sagt sie dann. »Meine Knarre steckt in der rechten Schürzentasche, das Fläschchen mit Gift in der linken. Heute habe ich einen Hirsch gewildert, zwei blöde Wanderer in eisernen Fußfallen gefangen, drei Gäste auf der Hütten vergiftet und vier Alpenvereinsmitglieder in den Abgrund gestoßen. Also sieh dich vor. Reicht dir die Auskunft?«

Ich friere. Mit den weißen Jeans, dem Ringelhemd und in meinem Friesennerz sehe ich hier aus wie 'ne olle Seegurke auf Landgang. Vor lauter Hunger habe ich Bauchschmerzen. Aber meine Wut auf Heidi ist verraucht. Ist ganz weg. Wir lachen uns an.

»Warum bist du in den Bergen?«, frage ich sie.

»Ich wohne hier. Und in den Ferien helfe ich der Friedl. Deiner Tante. Was denn sonst?«

»Vielleicht Gäste vergiften?«

»Klar. Und grausliche Deppen in Badelatschen den Abhang runterschubsen«, ergänzt sie. »Wie ist's? Gehst jetzt mit aufi? Ich muss nämlich deiner Tante zur Hand gehen. Denn eine alte Alpenweisheit besagt:

Ist der Tag recht heiß und schwül,
kommen Gäst zur Hütten viel.

2. Kapitel

Als wir vor der Hütte stehen, sitzt Gustl im goldenen Abendsonnenschein auf der Bank. Er hat ein großes Bierglas in der Hand, und dem niederen Pegel nach zu schließen ist er extrem durstig. Er wischt sich den Mund mit dem Handrücken ab und sagt: »Die Friedl wartet.«

Hoffentlich mit einem reichlichen Essen! Da geht die Tür schon auf, und eine Frau in Kniebundhosen und dicken Strümpfen rennt mich fast über den Haufen. Sie wirft den Kopf hin und her und fragt mich: »Ja, wo geht es denn nun zum Häuschen?«

Heidi schiebt mich zur Seite. »Rechts ummi, dann seht's schon das Häusl mit dem Herzl.«

Das Häuschen *rechts ummi* wird wohl ein separates Wochenendhäuschen sein; es interessiert mich nicht die Bohne. Pfeilgerade marschiere ich in die Hütte, und – der Schlag streckt mich nieder.

Jeder Stuhl ist besetzt. Das Geschrei ist ohrenbetäubend. Wegen des Gestanks nach nassen Socken und Achselschweiß kommt mir mein letztes Sandwich hoch, ein Hund springt mich an, und dann, endlich, erblicke ich meine Tante Friederike.

So heißt sie in Hamburg, und in Hamburg trägt sie auch normale Kleidung: Hose, Bluse oder klassisches Twinset. Hier heißt sie Friedl, trägt überm Knie abgeschnittene Jeans, ein kariertes Kopftuch und bequeme Sandalen, die verdammt nach Birkenstock aussehen.

»Sakradi«, sagt sie statt einer liebevollen Begrüßung. »Hast dir Zeit gelassen, Heidi. Die Wandergruppe aus dem Österreichischen hat sich verspätet, ich komm mit dem Essen nicht nach. Gehst gleich in die Küche. Und, Bonnie …«

»Guten Tag, Tante Friederike!«

»Servus. Gut schaust aus, Bonnie. Ein bisschen müd vielleicht. Aber macht nix; jetzt hilfst der Heidi.«

Ich bin viel zu empört, um mich zu wehren. Heidi zerrt mich weiter und in eine Küche, wie ich sie noch nie gesehen habe. Sie wirft mir eine Schürze zu, schreit: »Umbinden! Aber fix!«, und plötzlich stehe ich vor einem Herd aus der Steinzeit, und sie drückt mir eine Schöpfkelle in die Hand.

»Erbswurstsuppe!«, schreit sie mir ins Ohr. »Und Würstl! Je eines schneidest du klein und füllst den Teller mit Suppe auf. Wasch dir aber die Hände!«

Sie deutet auf ein Waschbecken. Das ist aus grauem Stein. Ich sag nur: Steinzeit! Willkommen bei Familie Feuerstein.

Aber aus dem Hahn darüber fließt tatsächlich Wasser. Das ist so grausam kalt, dass die Seife vor Schreck das Schäumen vergisst.

Aber gut … Ich war schon in etlichen Fußballcamps, ich weiß, wie schnell die gute Stimmung bei hungrigen Leuten umschlagen kann, also lege ich los. Ich fische ein Würstchen, das die Leute hier Würstl nennen, aus einer sehr großen Dose – im Fischen bin ich Meister, schließlich komme ich von der Waterkant – und schiebe es mir in den Mund. Man muss wissen, was man seinen Gästen vorsetzt.

Aber dann mache ich mich ernsthaft an die Arbeit: Würstchen in einen Teller, klein schneiden, dicke grüne Suppenpampe drauf, nächstes Würstchen. Die Teller gehen weg wie nichts.

Kaum habe ich den Dreh raus, geht es mit der nächsten Aufgabe weiter: Salami aufschneiden und zwei Laib Brot.

Neben mir rädelt Heidi Zwiebel. Wir heulen. »Du hast es heute ganz schlecht getroffen«, schnieft sie. »Bei dem schönen Wetter ist der Ansturm einfach gigantisch. Aber morgen –«

»Heidi! Wo bleiben die Salamibretterl?«, schreit meine Tante.

»– soll es regnen. Bei schlechtem Wetter kommen weniger Leute, ist ja klar«, beendet Heidi ihren Satz und brüllt: »Schon auf dem Weg, Friedl!«

Wie die hier reden! Bretterl, Würstl … Ich drapiere Salamischeiben, Essiggurken und Silberzwiebeln auf Holzbretter, Heidi legt Zwiebelringe dazu und stäubt Paprikapulver darüber. Mir läuft das Wasser im Mund zusammen, aber außer ein paar lumpigen Salamischeibchen und Essiggürkchen kann ich nichts essen. Keine Zeit. Tante Friederike behandelt mich so, als wäre ich schon ewig ihre Sklavin. »Nun beeil dich doch, Bonnie! Die Leute sind am Verhungern!«

Ich auch, verdammt noch mal!

Kurzzeitig wird es ruhig in der Hütte, dann wird es laut und immer lauter. Stühle werden gerückt, Geschirr wird durch die Durchreiche geschoben, jemand klatscht in die Hände, ruft:

»Wecken um fünf, Kaffee viertel danach, Abmarsch halber sechse.«

Und dann geht ein Getrappel und Getrampel los, das kann man nicht beschreiben! »Was ist denn jetzt los?«, frage ich Heidi.

Sie deutet auf die Kuckucksuhr an der Wand über dem steinernen Familie-Feuerstein-Spülbecken. »Zehn Uhr. Hüttenruhe«, sagt sie knapp und stellt Teller und Gläser in die Spülmaschine. Wenn man das ganze Geschirr von Hand spülen müsste! Das wäre echt der Wahnsinn. Aber Hüttenruhe um zehn am Abend ist auch ein solcher Wahnsinn, dass ich ihn nicht glauben möchte.

»So viele Zimmer«, staune ich. »Heidi, die Hütte kam mir gar nicht besonders groß vor.«

Heidi pfeffert das Besteck in die Maschine. »Immerhin ist sie groß genug fürs Matratzenlager unterm Dach.«

»Gibt's oben keine Zimmer?«

»Nur Matratzenlager. Also wenn du mich fragst, Bonnie – für mich ist das nichts. Entweder schläfst du nicht, weil die Leute im Schlaf so viele Wälder abholzen, dass Greenpeace den Geist aufgeben würde, oder dich bringt der ätzende Geruch um.«

In der Küche ein Wasserbecken aus Stein, ein Herd, der dir auf jedem Antikmarkt aus den Händen gerissen würde, im Matratzenlager Männer und Frauen dicht an dicht … Auf einmal bekommt das Häuschen eine andere Bedeutung. »Sag mal, Heidi. Ein Klo mit Wasserspülung befindet sich aber schon im Haus?«

»Nicht für die Gäste. Komm mal mit.« Im Gastraum stellt Tante Friederike die Stühle auf die Tische.

»Friedl«, sagt Heidi, »ich zeig der Bonnie unsere Kammer.«

Gleich im Windfang geht eine breite Stiege zum Matratzenlager hoch. An der Wand hängen etliche Zettel. Auf einem steht:

»Im Hochallgäu herrscht im Winter akute Lawinengefahr.«

Jetzt ist Hochsommer, also ist es mit der Lawinengefahr nicht weit her.

Dann lese ich etwas über *Schwierigkeitsbewertung am Berg.*

Wie bitte?

Es gibt, was Bergsteigen betrifft, sieben Schwierigkeitsgrade. Nummer 1 bedeutet: Geringe Schwierigkeit, aber Schwindelfreiheit ist Voraussetzung.

Nummer 7 dagegen ist natürlich der Hit. Da ist dann akrobatisches Klettervermögen gefordert.

Mein Blick wandert zum nächsten Blatt.

Bekleidung und Ausrüstung eines Bergwanderers, lese ich und erfahre, dass sich die Profilgummisohle in den Bergen durchgesetzt hat.

Interessant.

Dann lese ich, dass Bären und Wölfe seit etlichen Jahrhunderten ausgestorben sind, dass sich aber Murmeltiere hier wohlfühlen. Dass man leider kaum noch Bergadler sieht, dass sich die Steinböcke wieder vermehren und Gämsen scheue Tiere sind.

Heidi räuspert sich. »Nun komm schon, Bonnie! Die Infos kannst du später lesen!«

Hinter der Küche tappen wir eine schmale knarrende Stiege hoch. Oben gibt es drei Türen. Heidi zeigt auf die linke. »Da schläft deine Tante, und hier«, sie öffnet die mittlere, »ist unser Reich.«

Zwei museumsreife Holzbetten, dazwischen steht ein Nachtkästchen. Ein Schrank. Karierte Vorhänge vor dem kleinen Fenster, eine nackte Glühbirne an der Decke – keine Energiesparlampe, obwohl sie nur ein trübes Licht verbreitet.

Ich schlucke. An mein Zimmer zuhause darf ich nicht denken. »Da soll ich es sechs Wochen lang aushalten?«, frage ich entgeistert.

»Hier schlafen wir nur; tagsüber sind wir unten. Schnarchst du, Bonnie?«

»Keine Ahnung. Woher soll ich das wissen?« Ich deute fragend auf meine Reisetasche.

»Die hat Gustl hochgetragen.« Heidi öffnet vorsichtig den Schrank. Die Tür klemmt. »Den teilen wir uns. Hoffentlich hast du nicht zu viel mitgebracht. Ist ja auch nicht nötig; hier brauchst du nur Jeans und ein Hemd. Und einen Pulli, wenn's mal kalt wird.«

Ich sinke aufs Bett. Meine Großeltern haben ja keine Ahnung, wie und wo ihre Tochter und nun auch ihre Enkelin haust, denke ich. »Und das Klo?«

Ich folge Heidi auf den Vorplatz. Sie öffnet die rechte Tür. »Alles da«, sagt sie stolz. »Waschbecken, Klo und Dusche. Den privaten Waschraum haben wir seit einem Jahr.«

»Ach du lieber Himmel! Welcher Ammerkacker hat denn die Fliesen ausgesucht?«

Die Farbe ist eine einzige orangegelb-kackebraune Katastrophe.

»Ammerkacker?«, wiederholt Heidi. Ich mach ihr klar, dass ein *Ammerkacker* in etwa ein blöder Kerl, ein oller Irrer ist.

»Gustl hat das Sonderangebot im Baumarkt entdeckt, gekauft und an die Wände geklebt. Nur hierfür hat's nicht mehr gereicht.« Sie deutet auf die Nische unterm Fensterchen. Da sind die Fliesen rosarot.

Die Farben sind ein Alptraum. »Heidi, ich muss mal«, sage ich, und als ich allein bin, stelle ich mich ans Fensterchen. Ja, die Aussicht auf die im Mondlicht silberweiß schimmernden Gipfel ist grandios. Ja, die Luft ist klar und prickelnd. Und garantiert gesund. Aber die Hütte, die Küche, das Kämmerchen und das Badezimmer sind nichts für mich. Gut, die eine Nacht bringe ich hinter mich. Aber dann, am Morgen: Adieu, ihr Berge! Guten Tag, Hamburg! Der Schlamassel in meiner Heimatstadt ist nichts gegen … gegen das, was ich mir hier antun soll.

Energisch drehe ich mich um, gehe die schmale Stiege hinunter und lande wieder in der Küche. Dort sieht es jetzt richtig gemütlich aus: der Fußboden ist gewischt, die Stühle stehen da, wo sie stehen müssen, am Tisch sitzen Tante Friederike und Heidi, aus einer großen Schüssel dampft es, eine Kanne Tee, Becher, Teller und Besteck sehe ich auch.

»Na«, sagt meine Tante so richtig genüsslich, »hast du den Kulturschock überlebt?«

»Nein.« Ich setze mich. »Morgen reise ich nach Hause. Deine Hütte ist nichts für mich, Tante Friederike.«

»Ich habe nichts anderes erwartet«, erklärt sie. »Gustl bringt dich und dein Gepäck ins Tal. Wenn er Zeit hat. Aber vorher solltest du dich stärken.«

Ich bin froh, dass Tante Friederike meinen Entschluss so gefasst akzeptiert. »Hmmm. Riecht gut.«

Das Gericht in der Schüssel riecht gut, aber als ich die Fäden sehe, die am Löffel kleben, als Heidi das komische Nudelzeug aus der Schüssel heraus und auf meinen Teller häuft, wird mir ziemlich klöterig im Magen. »Ich glaube, mein Hunger ist doch nicht so groß«, sage ich.

»Ist uns auch recht«, antwortet Heidi. »Dann bleibt mehr für uns übrig, gell, Friedl.«

Meine Tante zwinkert ihr zu und sagt in reinem Hochdeutsch: »Meine Nichte fühlt sich wie ein *Fish out of water*. Wir hätten ihr eine Seezunge Altonaer Art braten sollen.«

Heidi rümpft die Nase. »Zunge aus 'nem See? Das klingt eklig.«

»Ist es aber nicht. Auf jeden Fall sieht der Fisch appetitlicher aus als das Zeug hier.« Ich spieße eine der klebrigen Teignudeln auf die Gabel. Die Fäden sind ein Witz. »Schmeckt's?«, erkundigt sich Heidi.

Ich nicke. »Geht so. Jedenfalls besser, als es aussieht.«

Oben schlägt eine Tür zu. Dann poltert jemand die Treppe herunter und steht gleich darauf in der Stube: ein Mann. Behaarte Beine. Nackte Füße in derben Bergstiefeln. Lange blaue Unterhosen, total ausgeleiert. Ein T-Shirt mit dem Aufdruck »Mir san mir«. Er nickt uns zu und geht nach draußen. Zum Häuschen mit dem Herzchen in der Tür.

»Mir san mir« – was heißt das, Tante Friederike?«, erkundige ich mich.

»Wir sind wir«, übersetzt meine Tante. »Du kannst ruhig Friedl zu mir sagen.«

Ich nicke. Weil ich die fädenziehenden Nudel eklig finde, esse ich langsam und sehe mich dabei in der Küche um. Überm Herd hängt ein Kalender. So einer, wo man jeden Tag ein Blatt abreißt, auf dem ein blöder Spruch steht. Heute, am 12. Juli, lese ich auf dem Blättchen:

Steht die Gans auf einem Fuß
Dann kommt bald ein Regenguss

Ich schaue mich um. Die Wettervorhersage gilt nicht für die Berge, da weit und breit keine schnatternde Gans in Sicht ist.

Plötzlich überfällt mich eine so brutale Müdigkeit, dass ich mich kaum auf dem Stuhl halten kann. »Sorry. Ich muss ins Bett. Bis morgen«, sage ich noch, dann tappe ich auch schon die schmale Stiege hoch, ziehe mich aus und schlüpfe ungewaschen in das eine Bett. Wenn das Heidis Seite ist, hat sie Pech gehabt, denke ich noch. Dann weiß ich nichts mehr.

Blöderweise wache ich irgendwann auf und erschrecke zu Tode: Neben mir atmet jemand – ein Einbrecher?!

Es dauert, bis ich mich zurechtfinde. Die Hütte. Tante Friederike, die hier Friedl heißt. Und statt eines Twinsets samt Perlenkette eine gammlige abgeschnittene Jeans trägt. Die Küche aus der Steinzeit. Die komischen fädenziehenden Nudeln. Heidi, die neben mir im Schlaf röchelt. Das Badezimmer mit den Fliesen in Igitt-Farben.

Ich schlüpfe aus dem Bett. Es ist stockfinster. Ich muss ganz dringend, taste mich vor zur Tür, finde den Lichtschalter nicht …

Endlich hab ich ihn, den Schalter.

Als ich wieder im Bett liege, kann ich nicht schlafen. Um nichts in der Welt! Mir kommen Gedanken, an die ich noch mit keinem Gedanken gedacht habe. Zum Beispiel:

Warum spricht meine Hamburger Familie nur hinter vorgehaltener Hand und flüsternderweise über Tante Friederike? Ich weiß, dass sie, die Intelligenzbestie, das Abi mit 1,1 bestanden und Biochemie studiert hat. Als sie einen tollen Job angeboten bekam, hatte sie ein Erlebnis, über das in meiner Familie nicht geredet wird. Ich schätze mal, sie hatte eine unglückliche Liebe. Jedenfalls schmiss sie alles hin, Job und Karriere, reiste in der Welt umher und war eine Ewigkeit verschollen. Viele Jahre später schrieb sie ihrem Bruder, also meinem Vater, eine Karte: Bin Hüttenwirtin in den Allgäuer Alpen.

Meine Mutter und meine Großeltern fielen in Ohnmacht. Wir alle hatten keine Ahnung, was Hüttenwirtin zu sein bedeutet – in Hamburg ist das Wort praktisch unbekannt. Und Allgäuer Alpen klang für uns genauso exotisch wie Kamtschatka am entgegengesetzten Teil der Erdkugel.

Deshalb setzte sich mein Vater ins Auto und düste ab in den Süden. Zu seiner Schwester, der Hüttenwirtin. Damals muss die Hütte noch viel steinzeitlicher ausgesehen haben, denn sein Bericht ließ meine Großmutter in Tränen ausbrechen. Daran erinnere ich mich genau, ich war nämlich schon … ja, mindestens zehn Jahre alt.

Ein paar Mal besuchte uns Tante Friederike, einmal fuhren meine Großeltern nach Süden, und jetzt bin ich hier. Weil ich auch ein Erlebnis hatte, das mir das Leben vergällt: Silvia, meine intrigante »beste« Freundin! Wie konnte sie nur behaupten, ich hätte es auf ihren Freund abgesehen! Und Valerio *glaubte* es auch noch, der Volltrottel! Ich war natürlich viel zu stolz, um ihm die Wahrheit zu sagen. Nicht, dass wir so häufig miteinander geredet hätten, aber trotzdem. Jetzt bade ich den Schlamassel aus.

Aber muss ich mir dazu noch sechs Wochen lang die Familie-Feuerstein-Hütte antun? Da wäre ich ja der letzte Döspaddel, oder, wie es in der Sprache des Blättchenkalenders heißen würde:

Tut's im Leben richtig krachen
Vergeht dir ganz das fröhliche Lachen!

3. Kapitel

Ich sitze senkrecht im Bett: ein Erdbeben! Mein Bett wackelt! Wie furchtbar! Mit einem Sprung bin ich an der Tür, renne zurück, schüttle Heidi. »Akute Lebensgefahr! Nur raus hier!«

»Bonnie? Was ist los?«, höre ich Heidis schlaftrunkene Stimme.

»Komm!«, schreie ich. »Wir müssen uns retten!«

»Aber warum denn?« Heidi richtet sich auf. »Der Lärm kommt von den Wanderern, die sich anziehen.« Sie deutet zuerst in Richtung Matratzenlager, dann auf den vorsintflutlichen Wecker. »Kurz nach fünf. Okay, wir müssen in die Küche.«

Also kein Erdbeben. Langsam beruhigt sich mein Herzschlag. Der Lärm kommt von den Wanderern. Die ziehen sich an. Aber deshalb muss ich noch lange nicht in die Küche. Ich schlüpfe wieder in die Federn.

»Was ist?«, fragt Heidi. »Kommst nicht mit?«

»Nein. Die Wanderer können mich mal. Ich hab Ferien.«

Heidi zieht sich das komische Kleid an. Es hat keine Ärmel, deshalb trägt sie ein weißes Spitzenblüschen darunter. Das ganze

Outfit ist so unsäglich unmodern, dass ich die Augen schließe. Aber ich blinzle ein bisschen und sehe, dass sie sich sogar noch eine Schürze umbindet – also wirklich! Dann geht sie raus, kommt gewaschen und mit Zöpfen wieder, die sie um den Kopf gepinnt hat. Vor Entsetzen kneife ich die Augen zu. Sie seufzt.

»Ich habe Ferien«, wiederhole ich.

»Klar. Schlaf weiter«, sagt Heidi und verlässt das Kämmerchen.

Das Gepolter treppauf und treppab ist nicht auszuhalten. Die Leute verständigen sich nur brüllenderweise. »Das sind meine Stöcke!«

»Hat jemand meine Trinkflasche gesehen?«

»Blasen an den Füßen sticht man doch nicht auf! Die müssen austrocknen!«

Jetzt reicht's! Ich ziehe meine Sporthose an und das Shirt mit Seeräuberkopf samt schwarzer Augenklappe und der Aufschrift FCS (Fußballclub Störtebeker) und tappe in die Küche. Tante Friederike – Friedl – rennt von Tisch zu Tisch und stellt je zwei Kannen ab. In einer ist Milch, in der anderen, dem Duft nach zu schließen, Kaffee. »Endlich«, sagt sie. »Die Marmelade muss noch abgefüllt werden«, schnauzt sie mich an. »Beeil dich, Bonnie.«

»Guten Morgen, Tante Friederike. Hast du gut geschlafen?«

Meine höfliche Begrüßung beachtet sie nicht. Sie sammelt Socken und Sportwäsche ein, die jemand zum Trocknen über die Stühle gebreitet hat, und drückt sie einer Frau in die Hand. Die kommt gerade aus dem Häusl. »Da hat jemand eine Sauerei veranstaltet und voll danebengeschissen. Geben Sie mir mal eine neue Rolle Toilettenpapier?«

Ich verziehe mich in die Küche aus der Steinzeit. Im Licht des frühen Morgens sehe ich: Der Herd wird nicht mit Holz befeuert. Er wird schon mit Gas beheizt, was genial fortschrittlich ist. Auf dem Tisch daneben stehen Glasschüsselchen und ein Eimer mit einer roten Pampe. »Johannisbeermarmelade«, sagt Heidi kurz. »Musst in die Glasschüsselchen füllen. Beeil dich!«

Jeder Satz beginnt oder endet mit »Beeil dich!« Auf so einer Hütte geht es hektischer zu als am Jungfernstieg zur Rushhour, aber wirklich!

Ich fülle die blöden Glasschüsselchen, dann muss ich heißes Teewasser in Kannen gießen. Dabei kommt mir der Zipfel meines Seeräubershirts zu nah ans Gas. Ich merke es aber erst, als der Zipfel leise vor sich hinkokelt. »Hilfe!«, brülle ich. »Wo ist der Feuerlöscher?!«

Heidi löscht den Brandherd mit dem nassen Spüllappen. »Hab dich nicht so«, sagt sie.

Die Vorderseite meines FCS-Shirts ist im Eimer. Und das am ersten Morgen … Da fällt mir ein, dass der erste Morgen auch mein letzter ist. Und dann denke ich, dass Tante Friederikes Schlamassel damals wahnsinnig grausam gewesen sein muss. Wie sonst hätte sie das irre Leben auf so einer Hütte einem tollen Job mit eingebauter Karriere vorgezogen? Ich lehne am Herd und nehme mir vor, sie gelegentlich nach ihrem Schlamassel zu fragen. Sozusagen von Frau zu Frau – beziehungsweise von Tante zu Nichte – unsere Erfahrungen auszutauschen. Was gibt es eigentlich Schlimmeres, als von der besten Freundin um den guten Ruf als Fußballerin *und* um den Kerl gebracht zu werden, in den man heimlich ein ganz kleines bisschen verknallt ist? So auf die

Schnelle fällt mir nichts Schrecklicheres ein. Da reißt mich Heidi vom Herd weg. »Pass doch auf, du Rindvieh!«, schreit sie und patscht den tropfnassen Spüllappen auf meinen Rücken. »Jetzt ist dein schickes Hemdchen wirklich im Eimer! Aber du bist wenigstens noch am Leben.«

Genau das habe ich vor: am Leben zu bleiben.

»Wo steckt eigentlich Gustl?«, erkundige ich mich. »Er muss mich und mein Gepäck ins Tal fahren.«

»Der kommt heut nicht«, sagt Heidi kurz.

»Wie: Er kommt heute nicht?«

»Friedl hat doch gesagt: Wenn er Zeit hat. Die hat er erst morgen, denn morgen bringt er wieder Frischwaren vom Tal herauf.« Sie tut so, als falle ihr was ein. »Klar, du hältst es hier heroben ja nicht aus. Und das, wo du noch nichts von der Gegend gesehen hast!«

Die Wandergruppe aus dem Österreichischen steht jetzt vor der Hüttentür und wartet auf Nachzügler. So wie die rumbrüllen, sind sie schwerhörig. Und dann, ich fasse es nicht, stimmt einer ein Lied an! »Im Frühtau zu Berge, wir ziehn, fallera …!«, jubeln etwa tausend Stimmen, und dann, endlich, setzen sich die Beine in Bewegung.

Die Stille ist göttlich. Heidi belädt ein Tablett mit allerlei Geschirr, dann ruft Tante Friederike, ich solle doch nach draußen kommen, die Sonne scheine gerade so schön, und warm sei es auch.

Warm! Meine Tante hat eine Meise. In der Küche heizte mir die Kombination aus Gas plus Hektik so ein, dass ich direkt ins Schwitzen kam. Hier draußen schlottere ich vor Kälte. Klar, die

Sonne steht am Himmel, aber die beleuchtet nur die Berggipfel, außerdem pfeift ein grässlicher Wind um die Hütte. Ich renne die enge Stiege nach oben und hole den einzigen Pulli, den ich eingepackt habe, schließlich erwartet man Anfang Juli, im Hochsommer also, nichts als Hitze.

Dann setze ich mich zu Tante Friederike und Heidi auf die Bank.

Die Brötchen sind aufgebacken, die Johannisbeermarmelade ist ein Witz – keine Beeren, nur rot gefärbtes Wasser –, die Salami stinkt nach Esel, und über den Kaffee verliere ich kein Wort. Bis auf die Butter ist das Zeug ungenießbar.

»Wie komme ich ins Tal?«, frage ich.

Tante Friederike deutet auf meine Beine.

»Meine Reisetasche kann nicht gehen«, erinnere ich sie.

Mit dem Brötchen in der Hand deutet sie auf meine Arme. Die Salamischeibe rutscht von der Butter. Bevor sie auf dem Tisch oder dem Boden landet, schießt ein schwarzer Vogel aus der Luft und haarscharf an meinem Gesicht vorbei, schnappt sich das Rädchen im Flug und lässt sich auf dem Geländer nieder, das die kleine Terrasse vorm Abgrund trennt.

Mir fallen die Augen aus dem Kopf, aber eine diebische Elster bringt mich nicht vom Kurs ab. »Die Reisetasche ist schwer«, sage ich.

»Ja mei …« Tante Friederike lächelt mich an. Im grellen Sonnenlicht sehe ich ihre Runzeln – sie sollte sich an meiner Mutter ein Beispiel nehmen; die ist so ungefähr im gleichen Alter, aber sie pflegt sich, ihre wenigen Fältchen sind kaum sichtbar. Tante Friederike hat ihre Haare mit einem ordinären roten

Gummi zu einem Pferdeschwanz zusammengefasst. Ich muss sagen, bei einer Frau in ihrem Alter und mit den grauen Fäden zwischen dem dunklen Haar ist das absolut unpassend. Außerdem ist es kein Wunder, dass die so struppig aussehen, wenn sie sie mit dem billigen Shampoo wäscht, das ich im Waschraum gesehen habe.

Das karierte Hemd geht so, aber die Jeans … also die Jeans sind der Horror. Viel zu weit. Und erst ihre Hände! »Du solltest Gummihandschuhe tragen«, rate ich ihr. »Meine Mutter …«

»…hat keine Hütte zu versorgen«, mischt sich Heidi ein. »Also wie ist's, Bonnie? Bleibst heute noch heroben? Oder willst die Taschen lieber selbst ins Tal wuchten?«

Verdammt! Was bleibt mir übrig? »Mir bleibt wohl nichts übrig, als noch einen Tag länger zu bleiben«, sage ich so cool wie nur möglich.

Tante Friederike nickt. »Einen Tag länger ertragen wir dein mürrisches Gesicht, Bonnie.«

Heidi lacht. Ich ärgere mich, stehe auf und hole meinen Fußball von oben. Ein bisschen Training schadet nicht, denke ich und suche mir eine geeignete Wand. Die einzige, die in Frage kommt, ist die in der Nähe des Häuschens mit dem Herzchen. Manchmal weht mir der Wind den Gestank in die Nase, aber zum Üben des Innen-, Außen- und Vollspannstoßes ist sie ganz okay.

Tante Friederike und Heidi vertreiben sich die Zeit in der Hütte. Ich komme ins Schwitzen und lehne mich kurz ans Geländer. Aha, denke ich, das schöne Wetter treibt die Leute aus dem Tal herauf – zehn, nein, elf Menschen bewegen sich Schritt für Schritt

Richtung Hütte. Das gibt Arbeit, denke ich und nehme mein Training wieder auf.

Ich kicke den Ball gegen die Wand – und da … da kickt ihn jemand zurück! Ich nehme den Ball mit dem Oberschenkel an, ziehe ihn vorschriftsmäßig etwas zurück, dämpfe den Aufprall, indem ich mich leicht nach hinten lehne, der Ball landet weich, ich halte ihn mit dem Fuß fest. »Hallo, Bonnie!«, ruft der Mitspieler.

»Hallo«, sage ich auch. »Du heißt Basti, stimmt's? Hast du die Leute aus dem Tal heraufgeführt?« Da kommt mir eine super Idee. »Ich muss ins Tal. Kannst du mir helfen, die Reisetasche zu tragen?«

»Können schon«, antwortet Basti. »Wollen nicht.«

Ich halte die Luft an. »Wie bitte? Warum willst du nicht?« Ich schaue ihn genauer an. Die kurze Lederhose passt überhaupt nicht zu dem schwarzen T-Shirt mit der Aufschrift *Fuck you*. Vermutlich hat der Junge zu wenig Taschengeld. »Ich bezahle dich«, sage ich.

Gekonnt dribbelt Basti den Ball.

»He! Ich bezahle dich für deine Hilfe«, wiederhole ich laut.

Basti spielt mir den Ball zu. Dann versenkt er die Hände in den Hosentaschen und latscht weg. »He! Antworte mir«, rufe ich ihm hinterher.

Da kommt Heidi um die Ecke, geht auf Basti zu und der – legt ihr die Arme um den Hals. So ist das also!

Oder doch nicht?

Heidi schubst ihn weg. »Kommst spät«, sagt sie. »Kannst mal nach dem Brunnen schauen? Das Wasser fließt nicht so, wie es soll.«

Beide verschwinden in der Hütte. Ich dribble, aber jetzt entern die Leute die Terrasse. Einer legt seinen Rucksack auf die Bank und kommt doch tatsächlich zu mir: »Kleine, lass mich mitspielen«, sagt er.

Frechheit, denke ich zuerst, spiele ihm dann aber doch den Ball zu. Der Platz ist begrenzt, wir müssen aufpassen, dass uns der Ball nicht über die Kante rollt. Ich stelle sofort fest, dass der Typ keine Ahnung von Fußball und überhaupt null Ballgefühl hat, und geb's auf.

Ich hänge dann noch eine Weile hinter der Hütte herum und schaue mir die Aussicht an.

Von oben nach unten sieht das so aus:

Blauer Himmel mit weißen Wolken.

Graue zerklüftete Steinzacken. Zwei haben ganz oben ein Kreuz. Ich frage mich, wer das Holz und die Nägel und den Beton und überhaupt das ganze Werkzeug raufgewuchtet hat. Muss ein Irrer gewesen sein – ich meine, man weiß es doch, wenn man ganz oben ist. Warum dann noch ein Kreuz extra?

Zwischen den Zacken sehe ich Mulden und Zwischenräume. Manche davon sind weiß. Könnte Schnee sein. Aber Schnee im Juli? Ich weiß nicht …

Am unteren Ende der Bergzacken fängt der Wald an.

Wo der Wald aufhört, wächst Gras, aber die Wiesen sind verdammt steil. Zu steil für Kühe, vermute ich, denn ich sehe nur kleine braune Tiere. Vermutlich sind das Rehe. Ein Wahnsinn, wie zahm die sind. Die reißen nicht mal aus, als eine zweite Wandergruppe, bestehend aus neun Leuten, an ihnen vorbei und auf unsere Hütte zumarschiert.

Über die Wiesen ziehen sich etliche braune Pfade. Die treffen sich an einem Pfosten mit weißen Täfelchen dran. Von da aus geht ein Weg nach unten, Richtung Tal, Richtung Einödsbach mit Postbus, Richtung Heimat. Meine Heimat ist Hamburg, die Stadt an der Elbe. Ich bin Wasser gewöhnt. Und freie Sicht! Und frische Luft! Wenn ich an den Schweiß- und Essensmief in der Hütte denke … Also nein. Das hier ist echt nichts für mich. Ich frage mich, wieso sich Tante Friederike nicht eine Kneipe an der See ausgesucht hat. Das wäre was Anständiges, wohingegen die Hütte hier den Anschluss ans normale Leben voll verpennt hat: ein Plumpsklo mit Herzchen! Matratzenlager! Kaltes Wasser! Wer tut sich das heute noch freiwillig an?

Ich frage mich auch, wie die Erbswurstsuppe, die Wiener – das sind Würste, keine Einwohner der Stadt Wien –, die Salami, die rote Marmelade, die Brote und Brötchen vom Tal heraufkommen, denn es gibt definitiv keine Fahrstraße bis ganz nach oben. Trägt Gustl alles in seinem Rucksack herauf? Auch die Bierflaschen? Das kann nicht sein.

Während ich so dastehe und überlege, kommen wieder einige Leute vom Tal herauf. Jemand trägt ein kleines Kind auf dem Rücken. Das brüllt. Dem geht es wie mir, das findet die Berge auch bescheuert. Dann kommt ein Mann mit einem total komischen Hut. Aber nicht nur der Hut sieht komisch aus, der ganze Mann ist eine Lachnummer: Lederhose bis übers Knie, grobe Stiefel, und dazwischen dicke gestrickte Strümpfe in Giftgrün. Ich sage nur: abartig.

Die Hütte muss voll sein; jetzt kommen nämlich immer mehr Leute mit ihren Tellern und Bierflaschen heraus und setzen sich auf die Terrasse. Ich frage mich, ob ich nicht doch helfen soll. Ich meine, wenn ich mich schon langweile, kann ich ja auch Heidi ein bisschen zur Hand gehen.

Eine Weile betrachte ich noch die Berge. Die sind echt steil, ehrlich. Und die Wege hören genau da auf, wo der Stein beginnt. Wie weiß man eigentlich, wie man zum Gipfel kommt? Ist mir schleierhaft. Nimmt man dazu einen Kompass wie auf See? Oder gibt es doch Wege, die ich von hier aus nicht sehe? Eigentlich würde ich schon mal gerne bis zu einem der beiden Kreuze hochgehen, aber dazu müsste ich natürlich noch ein paar Tage hierbleiben. Das will ich absolut nicht. Also wird es nix mit dem Kreuz.

Plötzlich bekomme ich ein solches Heimweh nach unserem Ferienhäuschen in Dänemark, das direkt hinter einer Düne am Meer steht, dass ich am liebsten ins Tal und zum Bus rennen würde. Mann, das Meer ist lebendig, ist immer in Bewegung! Da tut sich was, da ist es nie so totenstill wie hier! Die steinernen Zacken können einem ja direkt Angst einflößen!

Und der Wind ist nie so eisig. Klar, an der See stürmt es oft, aber im Hochsommer denkt man nicht an Schnee und Eis.

Eines ist sicher: Die toten Berge sind nichts für mich.

Mit der Fußspitze hebe ich den Ball an, nehme ihn auf, klemme ihn unter den Arm und latsche zur Hütte.

Da, in genau diesem Augenblick, rennt der komische Typ mit seinen giftgrünen Strickstrümpfen heraus, dreht sich um und brüllt mit erhobener Faust: »Dir zeig ich's noch, Friedl! Wirst schon sehen, dass die Rechnung ohne den Wirt gemacht hast!«

Meine Tante Friederike schimpft hinter ihm her: »Du Zechpreller, du Ausgschamter! Lass dich nie wieder hier heroben blicken, oder ich zeig dich an!«

Der Typ brüllt vor Lachen, rennt an mir vorbei und jagt in großen Sprüngen über die Wiese.

»Was ist passiert?«, frage ich meine Tante.

Sie ist so wütend, dass sie mich überhaupt nicht sieht. Ich gehe in die Küche, um Heidi zu fragen, aber die balanciert gerade drei Teller mit diesen komischen fädenziehenden Nudeln auf ihrem Unterarm und schreit mich an, ich soll ihr aus dem Weg gehen.

Die Hütte ist ein Irrenhaus. Die einzig normale Person bin ich, Bonnie Hansen aus Hamburg, der Stadt mit dem Überseehafen, dem Tor zur großen weiten Welt.

Die Bonnie-Weisheit des Tages besagt:

Ein Tag ganz ohne die blaue See
Tut Bonnies Augen, Herz und Seele weh

4. Kapitel

Es ist ein so wahnsinniger Betrieb in der Hütte, dass ich einfach mithelfen muss. Jemand, der wie ich in zahlreichen Fußballcamps trainiert hat, kann das: Leute mit Essen und Getränken versorgen. Also gehe ich in die Küche und bediene die Kaffeemaschine, die, typisch Familie Feuerstein, eines der allerersten Modelle sein muss. Aber ich kapiere gleich, wie sie funktioniert. Ich fülle den Behälter bis zum Rand mit Wasser, löffle gute 12 Portionen Pulver in den Filter, drücke auf den Knopf. Nix tut sich. Vermutlich ein Wackelkontakt. Ich stupse die Maschine an, und da! Wasser marsch! Ha, ich bin eben tüchtig, denke ich und sehe, wie sich der Filter mit Wasser füllt … und füllt … und dann läuft die braune Brühe auch schon über den Rand. Was für ein Schietkram!

Als ich den Filter abnehmen will, kippt der um … und genau in diesem Augenblick kommt Tante Friederike in die Küche.

»Die Köök!«, schreit sie und wechselt die Sprache. »Heiliger Gottseibeiuns, Bonnie!«

Die braune Brühe mit den abertausend Kaffeekörnchen breitet sich flugs über die gesamte Ablage aus. Was nicht weiter schlimm wäre, wenn nicht die Körbe mit Brot und Brötchen, die Papierservietten, Zuckertütchen und so weiter eingeschwemmt würden.

»Gev mal den Pütz!«, brüllt Tante Friederike. Der überraschende Gebrauch ihrer Heimatsprache ist wohl der Gradmesser ihres Entsetzens. »Ne«, sage ich, »die Sauerei mache ich weg.«

Ich suche einen Eimer und einen Lappen und wische auf. Das dauert, weil ich ständig den Lappen auswaschen muss. Die durchnässten Tütchen und Servietten und überhaupt alles, was braun eingeweicht ist, werfe ich in den Abfalleimer.

»Fünf Kaffee! Mach fix!«, schreit Heidi – und sieht die Überschwemmung. Das Wasser läuft immer noch aus der Maschine. »Sakra! Maria und Josef, hilf!«

»Olle Seegurke«, brülle ich zurück und stoppe die Maschine.

Zu dritt beseitigen wir den Schlamassel. Wie Tante Friederike den Inhalt des Abfallkübels sieht, fällt sie in Ohnmacht. Oder doch beinahe. »Doofkopp«, sagt sie und sinkt auf den einzigen Hocker, der in der Familie-Feuerstein-Küche steht. »Bonnie! Das Zeug muss alles aus dem Tal heraufgeschafft werden. Das wirft man nicht einfach weg.«

Okay. Gestern hab ich mein Fußballclubshirt geschrottet, heute sind die Vorräte dran. Und morgen? Übermorgen? Wann geht es mir an den Kragen? Die Berge sind echt nichts für mich.

Gegen 14 Uhr wird es ruhiger in der Hütte. Die meisten Mittagessen-Wanderer sind weitergezogen, die neuen noch nicht vom Tal herauf. Heidi häuft Spaghetti auf drei Teller, wir setzen uns in den Gastraum und essen.

Die Stimmung ist mies, obwohl die Küche wieder absolut sauber ist.

Weil ich ja morgen abreise, bemühe ich mich um ein nettes Tischgespräch. »Was war eigentlich mit dem Kerl, den du aus der Hütte geworfen hast, Tante Friederike?«, erkundige ich mich höflich.

»Friedl«, knurrt sie. »Die Tante und die Friederike kannst dir hier heroben schenken. Und wenn der Zechpreller noch mal erscheint, was ich nicht hoffe, laufe ich zur Hochform auf.«

Heidi kichert. »Wie sieht die Hochform aus, Friedl? Gibst ihm einen Tritt in den Allerwertesten?«

»Mindestens. Der Kerl hat zwei Bier getrunken und behauptet, es wäre nur eines gewesen. Als ob ich nicht zählen könnte! Und es war nicht das erste Mal, dass er mich betrügen wollte.«

Friedl wickelt Spaghetti um die Gabel. »Wegen der Vorräte, die Bonnie weggeworfen hat: Ich muss unbedingt den Gustl anrufen.«

Das ist mein Stichwort. »Willst du damit sagen, dass echt alles vom Tal heraufgetragen wird? Das glaube ich jetzt nicht.«

Ich erfahre, dass sie einen Hubschrauber für die haltbaren Vorräte mietet und dass Gustl nur die Frischwaren hochschleppt.

»Wann ist der nächste Hubschraubertransport fällig?«, erkundige ich mich. Mit dem Hubschrauber zu fliegen wäre mal was Neues. »Etwa schon morgen?«

Pech muss der Mensch haben; der Hubschrauber kommt erst in ein paar Wochen. Ich hole mir einen Nachschlag aus der Küche, und als ich mich wieder setze, traue ich meinen Ohren nicht: Von draußen dringt fröhlicher Gesang in die Stube. Heidi springt auf. »Sakradi, sind die schon heroben? Jetzt gibt's Arbeit, Bonnie.«

»Wieso?«, frag ich und esse weiter.

»Das ist der Gesangsverein von Vorderniederpüschegg«, erklärt Friedl hastig und reißt mir den Teller weg. »Die feiern bei uns heute ein Jubiläum.«

»He!«, schreie ich. »Ich hab noch Hunger!«

»Alles Schöne geht einmal vorüber. Und das Glück verlässt dich ab und zu …« höre ich. Mich hat ganz klar das Glück total verlassen. Hundert Pro. Ich bin ein ganz armer Mensch. Von der Liebe verschmäht, in den Bergen gestrandet … Die niederschmetternde Weisheit des Tages lautet:

Hätte das Glück so richtig Gewalt
Würd es vor mir nicht machen Halt

5. Kapitel

Wenn ich gewusst hätte, wie sehr mich alles Glück verlassen hat, wäre ich ohne Gepäck ins Tal gestiefelt. Aber klar, ich kann nicht in die Zukunft sehen, daher hat mich das Unglück voll erwischt.

Das ist passiert :

Wir haben die Leute vom Gesangverein »Harmonie« aus Vorderniederpüschegg mit Kaffee und Kuchen versorgt, wobei mich Friedl und Heidi keine drei Meter in Richtung Kaffeemaschine gehen lassen. Sie haben mir nur immer die Teller in die Hand gedrückt und »Tisch drei« oder »Tisch sieben« gesagt. Und ich bin geflitzt, aber wie!

Die Tageswanderer waren längst gegangen, als die »Harmonie« endlich das letzte Lied anstimmt – eigentlich war es ja das erste, das sie beim Aufstieg sangen und das so endet:

… du bist ein Zigeuner ohne Ruh.
Ziehe deine Wege ruhig weiter
Fällt es dir auch noch so schwer …

Die Übernachtungsgäste grölen mit, bestellen noch ein Bier, um die Kehlen zu schmieren, und gehen einer nach dem anderen

Richtung Häuschen mit Herzchen, denn die Stunde der Hüttenruhe rückt näher.

Friedl blättert im Gästebuch, schaut auf die Uhr und runzelt die Stirn. »Mädchen, zwei Gäste sollten noch kommen«, sagt sie zu Heidi und mir. »Oder haben sie angerufen und sich abgemeldet?«

Heidi schüttelt den Kopf. »Hab nichts von ihnen gehört.«

Beide, Heidi und Friedl, gehen raus und schauen zum finsteren Nachthimmel hoch, an dem dicke Wolken hängen, die Regen versprechen. Außerdem ist es windig – ne, eher schon stürmisch. »Was soll's?«, frage ich. »Zwei mehr oder weniger ...«

Sie schauen mich an, als hätte ich einen Buddelkopp.

»Darum geht es nicht«, sagt Heidi. Friedl zeigt mit dem Finger auf mich. »Ich werd's meiner Nichte erklären.« Sie streicht sich eine leicht angegraute Haarsträhne hinters Ohr, die sich aus dem Pferdeschwanz (immer noch unmöglich! In ihrem Alter!!!) gelöst hat. »Jeder Wanderer schaut zu, dass er bei Dunkelheit in der Hütte ist, in der er sich zwecks Übernachtung angemeldet hat. Warum? Nicht, weil er Angst vor Gangstern oder Wegelagerern hat, sondern weil man in der Dunkelheit den Weg nicht sieht. Schon gar nicht in einer so finsteren Nacht wie dieser. Ist ja klar, nicht wahr? Und wer will schon bei Dunkelheit in den Bergen umherirren, frag ich dich, du olle Seegurke«, setzt sie liebevoll hinzu.

»Seegurke«, wiederholt Heidi und kichert. »Seegurke, Seezunge ... Bei euch da oben am Wasser hängt wohl alles mit der See zusammen, was?«

Friedl erklärt weiter, dass sie im Falle des Nichteintreffens von angemeldeten Wanderern die ganze Nacht wachliegt und überlegt, ob sie die Bergwacht rufen oder doch lieber noch bis zum Morgen warten soll, was natürlich ein oller Schietkram für sie ist. Ich verstehe das und gehe flink aus dem Weg, weil die »Harmonie« endlich aus der Hütte poltert.

Die ersten Tropfen fallen. Ein bisschen verschwommen sehe ich ein Glühwürmchen. Das zittert den Berg herauf und ich kapiere schließlich, dass das eine Taschenlampe sein muss.

»Da kommt jemand«, sage ich und deute bergab.

Die »Harmonie« schreitet singend talwärts.

Einmal scheint die Sonne wieder …

Na, das hoffe ich doch, denke ich und gähne. Am liebsten würde ich sofort in die Koje, aber nach dem Desaster mit der Kaffeemaschine samt vernichteter Vorräte fühle ich mich zum Helfen verpflichtet. Ich stelle also die Stühle auf die Tische, damit der Fußboden gewischt werden kann, und sehe, dass ich den gesamten Tag mein angekokeltes Fußballtrikot vom FCS samt wasserblauer Trainingshose getragen habe. Die Farben weiß und wasserblau waren mal. Jetzt sind sie eher kackbraun mit roten Flecken. Und solchen, deren Farben namenlos sind. Aber deshalb mache ich mir natürlich keinen Kopf. Hier kennt mich niemand, und morgen bin ich weg. Denke ich.

Als ich alle Stühle hochgestellt habe, höre ich Stimmen. Friedl begrüßt die verspäteten Wanderer, etwas poltert zu Boden, vermutlich sind's die Rucksäcke.

»Nein, Einzel- oder Doppelzimmer gibt es in unserer Hütte nicht«, erklärt Friedl gerade, und Heidi sagt: »Aber das wissen Sie doch, ich habe es Ihnen am Telefon gesagt.«

»Schon«, erwidert eine müde Stimme. »Ich dachte aber, Sie

wollten uns nur abwimmeln. S-timmt es tatsächlich, dass Sie nur ein Massenlager haben?«

Ich horche auf. *S-timmt*, hat die Stimme gesagt. Demzufolge kommt der Wanderer aus der Hamburger Gegend. Ich gehe zur Tür.

»Ja, richtig, allerdings ist es bereits gut belegt. Sie haben die Wahl: Entweder gehen Sie jetzt bei Nacht, Nebel und Regen ins Tal zurück, oder …«

Die verspäteten Gäste sitzen auf der Bank, wo sie durch das überstehende Dach vorm Regen geschützt sind, und weil das schwache Licht auf Tante Friederike und Heidi fällt, stelle ich mich neben sie und … und … und frag mich, ob ich vielleicht gerade einen Albtraum träume. Warum?

Weil ich, ehrlich gesagt, einen solchen Zufall einfach nicht akzeptiere. Ich halte mich an meiner Tante Friederike fest. Die sagt: »Na wie ist's? Was wollen Sie tun?«

Statt einer Antwort steht die Person neben dem Mann auf. Langsam, ganz langsam erhebt sie sich, starrt mich an, flüstert: »Das glaube ich jetzt nicht.«

Ich glaub es ja auch nicht, deshalb halte ich mich ja so an Friedl fest. Meine Tante dreht sich zu mir um. »Ist was?«

»Allerdings«, flüstere ich.

Die Person und ich starren uns unverwandt an. »Bonnie«, sagt die Person.

Ich nicke. »In voller Größe. Was tust du hier, Valerio?«

»Ihr kennt euch?«, schaltet sich der Mann neben ihm ein.

»O ja«, erkläre ich hochnäsig. »Leider.«

»Genau«, bestätigt Valerio. »Leider.«

»Wie wäre es, wenn ihr beide das morgen besprecht?«, erkundigt sich Friedl. »Vorausgesetzt, Sie bleiben hier.«

»Eine Nacht werden wir aushalten«, sagt der Mann und steht auf. »Bekommen wir noch etwas Warmes zu essen?«

»Auf keinen Fall«, sag ich rasch. »Die Küche ist längst geschlossen. Hüttenruhe seit 22 Uhr. Sie müssen sich an die Regeln hier halten.«

»Seit wann hältst du dich an Regeln?«, fragt Valerio. Er nimmt seinen Rucksack auf und latscht an mir vorbei. Am liebsten hätte ich ihm ein Bein gestellt. Oder ihm eine gescheuert. Oder beides. Friedl muss mein Gesicht gesehen haben, denn sie hält mich zurück und sagt zu Heidi: »Schaust du, dass sie sich zurechtfinden?«

Heidi nickt und zischt mir im Vorbeigehen zu: »Aber nur, wenn du mir nachher sagst, woher du den Jungen kennst.«

Friedl sammelt ein paar Aschenbecher ein, rückt hier und da einen Stuhl zurecht und folgt mir dann in die Küche. »So, nun berichte. Alles. Ich will die ganze Geschichte wissen.«

»Warum?«, protestiere ich.

Sie steht auf und holt das Hüttenbuch, in dem sie die Reservierungen festhält. »Deshalb.«

Ihr Finger deutet auf Folgendes: Herr Tillmann Reitenbach mit Sohn Valerio. Vier Nächte.

Ich verdrehe die Augen. »Morgen bin ich weg, das weißt du doch.«

»Und wenn nicht?«

»Hundert Pro.«

»Trotzdem: Sag mir's«, fordert sie.

Ich bin müde. Muss die Höhenluft sein, und die Berge, die mir Angst machen. Die Kälte, jetzt im Juli. Jedenfalls sage ich: »Okay. Ich berichte dir von meinem Schlamassel. Aber dann sagst du mir auch, warum du nach deinem Studium keinen richtigen Job ergriffen hast. Warum du keine Kneipe an der See bewirtschaftest, die über einen Mindestkomfort verfügt. Warum du es hier aushältst.«

Friedl reißt die Augen auf. »Warum interessiert dich das alles?«

»Weil ich dich nicht verstehe. Und weil alle zuhause ein Geheimnis daraus machen. Deshalb.«

»Das ist eine lange Geschichte«, weicht Friedl aus. »Du erfährst sie, aber nicht heute. Fang du mit deiner an.«

Wie gesagt, ich bin müde und sehne mich nach dem Norden und dem Meer. Und überhaupt … Also setzen wir uns an einen Tisch, und ich berichte von meiner ehemals besten Freundin, die rumtratschte, ich hätte mich ihrem Freund an den Hals geworfen. »Alle glaubten ihr, auch Valerio! Dabei dachte ich, er wäre in mich … er fände mich ganz in Ordnung«, sage ich und muss aufpassen, dass mir keine Wuttränen in die Augen steigen.

»Jedenfalls – der Doofkopp glaubt einfach der Lügnerin! Dabei hätte er mich doch fragen können, ob das stimmt! Verstehst du das, Tante Friederike?«

»Friedl«, verbessert sie mich automatisch. »Hier heiße ich Friedl.«

Längst hat sich Heidi zu uns gesetzt. »Und das ist alles?«, fragt sie verständnislos. »Ist doch gut, dass er jetzt hier ist. Da kannst ihm sagen, wie's tatsächlich gewesen ist.«

»Nö. Kommt nicht in Frage. Der Depp will es ja gar nicht wissen.«

Oben wird die Tür aufgerissen, ein Mann poltert die Treppe runter, auf den letzten Stufen rutscht er aus, flucht, eilt an uns vorbei ins Freie. Er trägt eine gestreifte Unterhose, einen dicken Wollpulli mit Rollkragen und seine Wanderstiefel. Die Beine sind schwarz behaart. Wie das aussieht! Uggg!

»Der hat Dünnpfiff«, sagt Heidi und lacht. »Überleg dir, ob du nicht doch mit dem Jungen reden möchtest, Bonnie. Er sieht ganz nett aus; ich meine, so einen Zufall solltest du nützen.«

»Morgen bin ich weg«, wiederhole ich und linse zum Kalender rüber. *Lostage,* steht da, *auch als verworfene Tage bekannt, sind Unglückstage.* Der heutige Tag ist eindeutig ein Unglückstag. Und noch etwas lese ich: *Lostage sind Tage, die für das Leben und die Wettervorhersage wichtig waren. So wie es an einem Lostag ist, wird es die nächsten Wochen bleiben.* Mann o Mann! Das bedeutet für mich nichts Gutes, aber auch schon gar nichts Gutes, denn:

Wie die Stimmung zu Ferienanfang
Ist sie den ganzen Sommer lang

6. Kapitel

Als wir in den Betten liegen – Heidi links, ich rechts –, fragt sie mich, ob es mir ernst ist mit dem Nachhausefahren. Und warum, wo es doch nirgends schöner ist als in den Bergen.

Wie bitte? Das sagt eine, die nachweislich noch nie am Meer war?!

Der Regen trommelt aufs Dach, der Wind rüttelt am Fensterladen, den wir zwar zugemacht haben, der aber schräg in den Angeln hängt und deshalb wie verrückt klappert.

Ich versuche, der Heidi die Weite der See zu schildern und dass Wasser, im Gegensatz zu den toten Bergen, etwas Lebendiges ist.

»Immer das Geräusch der Wellen«, sagt sie schläfrig. »Also mich würde das nerven. Macht dich das nicht wahnsinnig?«

»Im Gegenteil. Es beruhigt nämlich.« Ich ziehe die Decke bis zum Kinn hoch, denn es ist echt kalt in der Kammer; der Wind pfeift durch tausend Ritzen. Die Leute, die nachts im Freien und so gut wie nackt zum Häuschen müssen, tun mir echt leid, und ich frage mich mal wieder, warum sie sich freiwillig den fehlenden Komfort antun.

In aller Früh werden wir wieder vom Getrappel auf der knarrenden Stiege geweckt. Es ist zwei Minuten nach fünf, ich drehe mich auf die andere Seite und vergrabe den Kopf unter der Decke. Aber Heidis Schrei höre ich doch. Dann zieht sie meine Decke weg und drückt mir etwas Kaltes ins Gesicht.

»Olle Seegurke«, brülle ich, bin mit einem Satz aus dem Bett und renne ihr hinterher. Und ans Fenster. Mir bleibt die Spucke weg: Es hat geschneit. Mitten im Sommer sind die Wiesen und die Wälder und die toten Berge weiß. Voll der Wahnsinn. Wie komme ich jetzt ins Tal? Auf einem Schlitten?

Meinen Koffer habe ich nicht ausgepackt, und während ich jetzt überlege, was ich anziehen könnte, um nicht mit Frostbeulen nach Hause zu kommen, kapiere ich, wie blöd und wie ahnungslos ich mich ins Abenteuer der Bergferien gestürzt habe – meine weißen Jeans und die Polos in maritimen Farben (genau das Angesagte bei uns im Norden!) sind hier echt das Letzte. Erst recht, wenn sich der Schnee meterhoch vor der Hütte türmt. Aber was bleibt mir übrig? Shorts wären mein Tod, also schlüpfe ich in eine der weißen Jeans, ziehe ein weißes Polohemd mit blauem Kragen an und meinen einzigen Pulli in marineblau.

Den Friesennerz lege ich aufs Bett, aus dem Badezimmer hole ich meine Zahnbürste, die Rosenseife, Creme und Kamm und habe in null Komma nichts die Reisetasche gepackt. Dann gehe ich runter.

Zwischen Küche und Terrasse stehen die Leute dicht an dicht und diskutieren, wie lange sie wohl warten müssen, bis der Schnee weggetaut ist. »Lang kann's nicht dauern«, sagt einer.

»Weil – da blinzelt die Sonne aus den Wolken. Ein schöner Tag wird das heute.«

Eine Frau bestätigt das. »Der Schnee macht ja nichts; es sind die Markierungen, die wir sehen müssen.«

Alle nicken und starren zum Himmel hinauf, als könnten ihre Blicke die Sonne aus den Wolken ziehen. Mit dem Frühstück lassen sie sich Zeit, aber dann, als gegen sieben der Schnee schon ziemlich weggeschmolzen ist, kann's ihnen nicht schnell genug gehen. Friedl und Heidi kommen mit dem Kassieren kaum nach.

Ich bleibe eisern in der Küche, denn mit dem Anblick von Valerio und seinem Vater will ich mir den kalten Tag nicht noch mehr vermiesen. Lieber stelle ich das benutzte Geschirr in die Spülmaschine … Als der Küchentisch leer geräumt ist, decke ich ihn für uns drei. Die Kaffeemaschine setze ich auch in Gang – mit weniger Wasser und halb so viel Pulver im Filter funktioniert sie einwandfrei, und als ich aus dem Fensterchen schaue, sehe ich die letzten Wanderer durch den Matsch davonziehen.

Friedl und Heidi freuen sich, dass sie sich an den gedeckten Tisch setzen können. »Magst nicht doch heroben bleiben?«, fragt Heidi. »Ich lass mich gern mal bedienen.«

Sie lacht und setzt hinzu: »Weißt, Bonnie, vor Schwierigkeiten soll man nicht davonlaufen.« Sie schaut Friedl an, wird rot und senkt den Kopf.

Ich schnaube. »Schwierigkeiten! Wenn's nur Schwierigkeiten wären! Es war das Fieseste, was mir in meinem Leben passiert ist! Überleg doch: Ich war so down, dass ich alle Bälle ins Tor ließ. Und dann haben mich die Leute aus meiner Klasse geschnitten, weil sie dachten, ich hätte der gegnerischen Mannschaft zum Sieg verholfen. Das war eine solche Blamage …« Ich bin so wütend, dass ich einfach aufstehen und in der Küche hin und her stampfen muss. »Sind sie weg?«

»Wenn du den netten Jungen und seinen Vater meinst – ja, die sind auf dem Weg zum Bockkarkopf«, sagt Friedl. »Du nervst, Bonnie. Trink deinen Kaffee und iss was.«

»Ha!« Ich bleibe stehen. »Klar. Zum Bockkarkopf latschen die zwei. Wohin auch sonst?«

»Weißt du, wie hoch der Berg ist?«, fragt Heidi. »Der liegt über zweieinhalbtausend Meter überm Meeresspiegel, nur dass du's weißt, Bonnie. Das ist keine Kleinigkeit, wenn du mich fragst.«

»Ich frag dich aber nicht.« Ich stehe am Fenster, stopfe die Fäuste in die Hosentaschen und versuche mich zu beruhigen. Und dann sehe ich etwas, das ist so unglaublich, dass ich zu atmen aufhöre. »Das glaube ich jetzt nicht«, flüstere ich. »Kommt mal her…«

Friedl und Heidi stellen sich neben mich und schauen auch aus dem Fenster. »Ja, das tun sie gerne«, sagt Heidi leise.

»Das sind aber keine Rehe. Oder?«, frage ich.

»Es sind Gämsen«, antwortet Friedl. »Sie rodeln.«

Vier Gämsen, die auf ihrem Po den Hang runterrutschen – das muss man sich mal vorstellen! Kein Märchen, echt! Die vier Tiere hüpfen den Hang hoch, setzen sich auf den Allerwertesten, recken die Beine in die Luft und sausen abwärts. Unten angekommen, sind sie im Nu wieder auf den Beinen und wiederholen den Spaß. »Fehlt nur noch, dass sie vor Vergnügen jauchzen«, sag ich.

»Oder jodeln«, ergänzt Heidi.

»Oder singen«, meint Friedl. »*Im Frühtau zu Berge, wir ziehn fallera …*«

Ich deute auf die Rehe am Hang. »Warum spielen die nicht mit?«

»Das sind Ziegen«, erklärt Heidi. »Die trauen sich wohl nicht.«

»Ach … Rehe sind das nicht?«

»So kann man sich täuschen. Die findest du in dieser Höhe nicht. Aber für Ziegen …« Wir drehen uns um, weil jemand hereinkommt. »Basti«, sagt Heidi. »Bist schon heroben? Hat's unten im Tal auch geschneit?«

Er setzt den riesigen Rucksack ab. »Geregnet hat's.« Dann deutet er auf mich. »Frierst nicht in der feinen weißen Hosen?«

»Sie will heimfahren«, erklärt Heidi ungefragt. »Ihr gefällt es nicht bei uns. Sie fürchtet sich vor den Bergen.«

»Heimweh hat sie«, setzt Friedl hinzu. »Sie will, dass du ihre Tasche nach unten trägst.«

»O je …« Basti kratzt sich am Kopf. »Ob ich das schaff?«

»Er ist längst nicht so schwer wie der Rucksack.« Ich deute auf das Ungetüm. »Und ich bezahle dich gut.«

Basti legt den Arm um Heidi und gibt ihr einen Kuss. Dann setzt er sich auf die Bank. »Ein Kaffee zur Stärkung wäre nicht übel. Willst wirklich nicht bleiben? Eine Woche vielleicht?«

»Geht nicht«, sag ich schnell.

»Ihr Ex ist hier. So ein Zufall«, meint Heidi.

»Er ist nicht mein Ex!«, brülle ich.

Basti grinst blöd. »Warst eben verknallt in den Kerl? Und hast den Volltrottel in die Wüste geschickt, weil er nix von dir wissen wollte? Und jetzt taucht er hier auf? Ausgerechnet in Friedls Hütte, dem Rabennest, wo's doch tausend andere gibt? Ich glaub's nicht. Muss echt ein Witz sein.«

»Ist aber so.«

»Ja mei …«

»Es war anders«, stellt Heidi richtig. »Er hat Bonnie abblitzen lassen. Deshalb will sie ihn nicht sehen.«

Basti lässt das Wurstbrot sinken. »Autsch. So was tut weh. Klar, dann willst ihn nicht sehen. Würd mir auch so gehen.«

»Dann trägst du also meine Reisetasche ins Tal?«

»Das hab ich nicht gesagt«, erklärt Basti und beißt ins Brot.

»Was soll das heißen?«, brause ich auf.

»Was das heißen soll?« Basti lächelt mich an. »Willst den Kerl oder willst ihn nicht?«

»Ich hasse ihn!«

»Echt? Ja, dann sag's ihm und bleib herobenen. Wär doch schad um die schönen Ferien, oder?«

Friedl lächelt mich an. »Überleg es dir, Bonnie. Das Meer hast du immer vor der Nase. Aber die Berge sind etwas Neues. Warum gibst du dir nicht eine Woche, um zu sehen, ob es dir nicht doch gefällt? Morgen könnten wir eine kleine Bergtour machen. Nur wir zwei.«

»Ausgeschlossen.« Ich deute auf die weißen Jeans. »Ich habe nichts anzuziehen, und solange Valerio hier wohnt – das ist keine Ausrede«, ergänze ich hastig. »Ich will ihn echt nicht sehen.«

»Dann musst du auch die Schule wechseln«, sagt Friedl cool. »Willst du das?«

»Wollen schon. Können nein.« Ne, die Schule will ich wirklich nicht wechseln. Nicht wegen dem Depp, und auch nicht wegen meiner ehemals besten Freundin. Das Opfer wäre echt zu groß.

»Siehst du«, meint Basti listig. »Wennst die Schule nicht wechseln willst, wirst ihn früher oder später wieder treffen. Also warum nicht früher? Dann hast's hinter dir.«

Der Gedanke ist nicht übel. Ich gehe wieder zum Fensterchen, um mir die Berge anzuschauen und um zu sehen, ob die Gämsen noch den Hang runterrodeln. Ne, die sind weg, nur die Ziegen stehen am Hang, der wieder grün ist. Von der Dachrinne tropft das Wasser, die Tische und Bänke auf der Terrasse sind schwarz vor Nässe, aber die Sonne steht jetzt voll am Himmel und lässt den Schnee auf den Gipfeln silbrig leuchten. Der Wind hat alle Wolken verjagt; es sieht tatsächlich aus, als würde es ein schöner Tag werden.

Noch eine Woche … nur eine Woche … mit der passenden Kleidung …. ich müsste ins Tal … zum Einkaufen …ob Heidi mitkommt?… ich möchte ja auch noch hinter Friedls Geheimnis kommen … eine komfortlose Hütte in den Bergen … also ehrlich … tut sich doch kein Mensch an, nicht, wenn's dafür keine schwerwiegenden Gründe gibt … und wenn man noch jung genug zum Heiraten ist …. aber hier taucht ja keiner auf, den meine Tante heiraten könnte … nur Wanderer mit klobigen Schuhen und blöden Liedern … eigentlich tut mir Tante Friederike leid …hat mit einem sagenhaften Durchschnitt von 1, 1 Abi gemacht …und studiert … und dann diese Hütte mit Plumpsklo …

Das alles denke ich und will mich gerade umdrehen, als ich einen Typen sehe, der in einem Affenzahn den steilen Hang herunter und direkt auf unsere Hütte zurennt. »Da kommt einer«, sage ich. »Der hat es aber verdammt eilig.«

Ein Blick auf die Gestalt, und Friedl und Heidi rennen auf die Terrasse. Basti isst selenruhig weiter, schlürft seinen Kaffee und blickt mich dabei an. »Warum ziehst dir den Kerl nicht an Land? Ne günstigere Gelegenheit gibt's nicht. Bist das einzige Mädchen hier heroben, hast null Konkurrenz und so. Mach was draus, Bonnie.«

»Mit dem Depp bin ich fertig«, schnauze ich ihn an.

»Ah so … Hat er eine andere?«

»Nö. Nicht dass ich wüsste.«

»Also?«

»Also was?«

»Warum holst ihn dir nicht, wenn er sich keine andere angelacht hat?«

»Weil … weil er meinte, ICH wollte einen anderen. Verstehst du? Er hat einem blöden Geschwätz mehr geglaubt als mir. Deshalb ist er ja auch ein solcher Depp!«

Basti lacht. »Ja mei …So sind halt die Männer. Empfindlich wie eine Mimose, wenn sie denken, ihr Madl wollt einen anderen. Aber weißt, Bonnie, blöd bist schon. Da hast den Kerl in der Hütten und machst nichts aus der Sach'.«

Ich schnappe nach Luft. »Was? Soll ich ihm vielleicht hinterherrennen? Ich, Bonnie Hansen? Niemals!«

»Hinterherrennen …!« Basti tunkt ein Stück Würfelzucker in den Kaffee und lutscht. »Ich sag ja, dass du blöd bist. Schau, wenn ich der Kerl wäre, würd ich ja nur drauf warten, dass ein paar Wörtl zu mir sagen tätst.«

»Oho! Warum sagt nicht er *ein paar Wörtl* zu mir? Zum Beispiel: Tut mir leid, Bonnie, dass ich der Schlange geglaubt habe?! Sag mir das, Basti!«

»Männer«, wiederholt Basti. »Weißt, Bonnie, wir Männer meinen halt immer, ihr Frauen solltet klüger sein als wir.«

»Das heißt wohl, ich müsste ihm entgegenkommen, was? Ha! Darauf kann er warten, bis er schwarz wird«, fauche ich.

Wir fahren herum, weil Friedl in die Küche platzt. »Die Bergwacht«, schreit sie. »Jemand ist verletzt und muss mit dem Hubschrauber ins Tal geflogen werden! Verdammte Wanderer, die ihre Fähigkeiten überschätzen! Die sollten bei Schnee und Eis …« Sie rennt raus.

Im Windfang steht der Mann, der am Morgen den schönen Tag prophezeit hat. »Hast du den Verunglückten gefunden?«, erkundigt sich Basti.

Ich fasse es nicht: Der Junge ist mit allen Leuten per du.

»Nein«, erklärt der Mann, »ich hab ihn nicht gefunden. Ich und meine Kameraden haben beobachtet, wie der damische Kerl in einem solchen Affenzahn den Berg hochgejagt ist, dass sein Begleiter ihm kaum folgen konnte. Da musste was passieren, und so ist's auch gekommen. Er ist ausgerutscht, und plötzlich holterdipolter den Abhang runtergesaust, so schnell hast nicht schauen können. Überschlagen hat er sich, und wenn er nicht in den Latschen hängen geblieben wäre …« Der Mann macht eine Handbewegung, die Schlimmes vermuten lässt. »Jedenfalls, da liegt er jetzt und rührt sich nimmer. Den muss die Bergwacht retten; in dem Gelände richten zwei oder drei Männer nichts aus.«

Wie bitte? In den Latschen ist er hängen geblieben? IN den Schuhen – nicht MIT den Schuhen? Als Basti mein verständnisloses Gesicht sieht, übersetzt er: »Latschen sind hier heroben kurze Bäume. Klar?«

Die Sprache lerne ich nie!

Nachdem Friedl die Bergwacht informiert hat, macht sich der Mann wieder auf den Weg, um dem Hubschrauberpilot Zeichen zu geben.

Friedl, Heidi, Basti und ich stehen dann auf der Terrasse und beobachten durchs Fernglas, wie der Hubschrauber angeflogen kommt und über der Unglücksstelle kreist. Die Rettung selbst sehen wir nicht, aber wie er sich wieder in die Luft schraubt und über die Hütte weg und ins Tal fliegt, das sehen wir.

An dem Morgen ist echt so viel passiert – der Schnee, die fröhlich rutschenden Gämsen, die Bergwacht, der Hubschrauber –, dass ich irgendwie keinen Gedanken mehr ans Abreisen verschwende. Dazu kommt, dass Basti den ganzen Tag an einer leckenden Wasserleitung herumbastelt und dann auch noch nach den Batterien für die Solarzellen auf dem Dach sehen muss, die den Strom für den Tiefkühlschrank und die Spülmaschine liefern. Erst gegen Abend wird er mit den Reparaturen fertig, wenn sowieso kein Bus mehr fährt. Jedenfalls – ich bleibe vorerst mal hier oben in den Bergen, was bedeutet, dass ich morgen mit Heidi nach Einödsbach hinuntergehe und in den nächstgrößeren Ort fahre, um mir warme Kleidung zu kaufen. Ich bleibe aber nicht wegen dem blöden Valerio; ich gebe einfach nur den Bergen eine Chance, weil ich normalerweise ja immer das Meer vor der Nase habe.

Erst am Abend erfahren wir den Namen des Verunglückten. Als unsere Übernachtungswanderer sich auf dem Matratzenlager zur Ruhe begeben, poltert Valerio zur Tür herein. Völlig verschwitzt, verdreckt und todmüde sinkt er auf den erstbesten Stuhl, und als wir aus der Küche zu ihm eilen, sagt er: »Mein Vater wurde mit dem Hubschrauber ins Tal geflogen.«

»Und?«, fragt Friedl.

Valerio streicht sich die nassen Haare aus der Stirn. »Ein paar verstauchte Knochen und Schürfwunden, aber die sind nicht das Problem. Es ist der Kopf.«

»Er ist bewusstlos?«

Valerio nickt und hebt die Schultern. »Mal sehen. Ich kann doch noch drei Nächte hier übernachten?«

»Sicher.« Friedl setzt sich zu ihm. »Was ist mit deiner Mutter? Hast du sie benachrichtigt?«

»Ich hab sie noch nicht erreicht. Sie macht mit ihren Freundinnen Ferien auf Mallorca.«

»Mallorca ist nicht aus der Welt«, stellt Friedl resolut fest. »Deine Mutter kann an einem Tag hier sein. Auf jeden Fall kümmern wir uns um dich. Sag mal, hast du heute schon etwas gegessen?«

Die Frage zeigt uns, wie sehr ihr Valerios Schicksal – und das seines Vaters natürlich auch – nahegeht. Ich bedauere die beiden ja auch, aber eher beiße ich mir die Zunge ab, als ihm mein Mitgefühl zu zeigen. Hatte er vielleicht mit mir und meinem Schicksal auch nur einen Hauch von Mitleid? Dass ich nicht lache …

Heidi bringt ihm einen Teller Erbswurstsuppe, in dem mindestens drei klein geschnittene Würstl schwimmen, Basti knallt eine Flasche Bier dazu. »Das brauchst du jetzt«, stellt er fest. Männer! Die halten einfach immer zusammen. Ich stoße ihn an. »Woher willst du wissen, dass er jetzt ein Bier braucht? Ist dein Vater etwa auch mal den Berg runtergekollert?«

Basti lächelt mich milde an. »Mein Vater nicht. Aber ich.« In seinen Augen lese ich ganz deutlich: Kannst du nicht ein bisschen nett sein zu dem Unglücklichen? Musst du unbedingt die Schreckschraube spielen?

Ich werfe den Kopf zurück. »Jemand sagte, dein Vater sei wie ein Geistesgestörter den Berg hochgerast. Warum hat er es nicht langsam angehen lassen, Valerio?«

Er löffelt grüne Erbensuppe. »Weil er für einen Marathonlauf trainieren wollte. Deshalb sind wir ja auch im Gebirge.«

Aha. »Und du läufst mit beim Marathonlauf?«, erkundige ich mich.

»Ne. Ich bin doch nicht blöd«, sagt er kurz. »Ich bin nur mitgekommen, weil er mich wochenlang nervte. Monatelang. Irgendwann hatte ich die Schnauze voll und hab Ja gesagt.«

Ich kreuze die Arme vor der Brust und sage mit eiskalter Stimme: »Selbst schuld.« Dann dreh ich mich um und tappe die enge Stiege hoch in die kleine Kammer mit dem getrennt gestellten Ehebett, das quietscht und knarrt, sobald Heidi oder ich nur einen Zeh bewegen. Ich komme mir wirklich hartherzig vor, aber Strafe muss sein. Vielleicht bin ich morgen ja ein bisschen netter zu Valerio. Mal sehen. Aber was rät mir der kluge Alpenkalender?

Strafe muss krachen
Soll Bonnie wieder lachen

7. Kapitel

Also in den weißen Jeans kann ich unmöglich ins Tal. Drei Schritte, und das Weiß ist Schnee von gestern. Verdammt, warum hat mich meine Familie nicht vorgewarnt, welcher Dresscode im Gebirge angebracht ist? Ich fluche auf meine Großeltern und meinen Vater – immerhin waren die drei schon mal hier – und ziehe mir notgedrungen die lange Trainingshose über. Aber aufs FCS-Shirt verzichte ich und wähle mal wieder ein Polo aus und den marineblauen Pulli. Dazu die blau-gelbe Nordland-Regenjacke und Turnschuhe, und ich bin bereit für den Landgang.

Als ich nach unten komme, lehnt Valerio an der Küchenwand. »Was dagegen, wenn ich mit euch gehe?«

»Du? Mit uns?« Ich werfe den Kopf zurück. »Kommt nicht in Frage!«

»Schreckschraube«, sagt Heidi und schaut mich böse an. Dann gibt sie Valerio einen liebevollen Schubs. »Klar kommst mit uns. Du armes Hascherl! Besuchst deinen Vater im Krankenhaus?«

Er nickt. Tante Friederike, ich meine: die Friedl, drückt mir einen Schein in die Pfote. »Kauf dir was Ordentliches, hörst du? Und lass dich von Heidi beraten.«

»Ich hab Geld von zuhause«, protestiere ich und stecke ihr den Schein in die Schürzentasche.

»Behalt ihn. Du brauchst auch richtige Bergstiefel, die kosten. Und wenn noch was übrig bleibt, leistet ihr euch ein gutes Essen«, sagt sie und gibt der Heidi den Schein. »Valerio, du bist eingeladen.«

Wie bitte? Hab ich mich da nicht verhört? »Eingeladen? Überleg dir das gut. Du besuchst nämlich den Marathonläufer im Krankenhaus«, fauche ich ihn an. »Wahrscheinlich musst du deinen Vater füttern. Ein Löffelchen für die liebe Mami, ein Löffelchen für den lieben Valerio … So macht man das.«

»Ich dachte, ich hätte eine liebevolle Nichte«, sagt Friedl. »Kann es sein, dass ich mich getäuscht habe?«

»Nein«, sage ich und funkle sie an. »Normalerweise ist deine Nichte ein netter, hilfsbereiter und liebevoller Mensch. Aber bei den Leuten, die sie in einer Notsituation im Stich gelassen haben, macht deine Nichte eine Ausnahme. Noch Fragen?«

»Wow!«, sagt Friedl. »Ne, keine weiteren Fragen. Die Sache ist restlos geklärt.«

Na bitte! Ich habe so laut gesprochen, dass Valerio, der Doofkopp, jedes Wort mitbekommen hat. Zuerst guckt er verwundert, dann stutzt er, dann wird er ein kleines bisschen rot, dann sinkt er in sich zusammen. Gut so. Jetzt weiß er endgültig, woran er bei mir ist.

Stolz marschiere ich voran und sehe zu, dass Heidi und Valerio immer schön hinter mir bleiben. Erst am Ortsschild von Einödsbach halte ich an und warte auf die beiden. Das war blöd von mir, denn Heidi will, dass wir Valerio bis zum Krankenhaus begleiten. »Der Ort ist so klein, Bonnie, es ist wirklich so gut wie kein Umweg.«

Was bleibt mir übrig? Wir warten auf den Bus, steigen ein und fahren nach Oberstdorf.

Jetzt latsche ich den beiden hinterher und höre, wie Heidi dem Valerio mitteilt, wir drei würden uns um 12 Uhr im Springenden Gamserl zum Mittagessen treffen. Ich will schon protestieren: »Und wer fragt mich?« – aber weil ich ein friedliebender Mensch bin und mich jetzt echt aufs Shopping freue, halte ich den Mund. Kann ja sein, dass der Doofkopp seinen Vater tatsächlich füttern muss und daher nicht kommen wird.

Als Valerio außer Sicht ist, stärken Heidi und ich uns erst mal mit Caffé Latte, Schoko-Nusshörnchen und Windbeutel mit Kirsch-Sahnefüllung. Aber dann geht es los: In einem Sportgeschäft schlagen wir zu. Eine Wanderhose, so gut wie wasserdicht, ein roter Fleecepulli, Blusen aus Flanell und Baumwolle, Socken, Mütze, Schal, Handschuhe … und ein paar Wanderstiefel. In letzter Sekunde besteht Heidi auf einer langen Unterhose, aber da bin ich unerbittlich: Ich bin doch keine Oma mit Rheuma!

Ne, eine lange Unterhose kaufe ich nicht, aber tolle Shorts aus Leder. Sehr schick. Dazu Hosenträger im Alpenlook. Ich lege alles an die Kasse, dann schleppt mich Heidi zu den Dirndln. Ein Dirndl? Ich glaub's ja nicht … nur kein Kleidchen mit Spitzenblüschen und Schürzchen!

»Du wirst eines brauchen«, sagt sie. »Weil nämlich in ein paar Wochen das Trachtenfest steigt, und wenn du da in Wanderkleidung aufkreuzt, fällst du aus dem Rahmen. Das willst du doch nicht, Bonnie.«

»Und ob ich das will. Immerhin kann ich auch eine weiße Jeans anziehen – die ist wohl festlich genug!«

»Ja… bei euch am Meer vielleicht schon. Aber bei uns stellt man höhere Ansprüche.«

Ich schlucke. Wie kann ich dem Landei Heidi klarmachen, was bei uns im Norden schick und angebracht ist? Ich lasse es bleiben und stopfe das Restgeld in die Hosentasche. Und dann ist es auch schon Zeit fürs Springende Gamserl.

Und da, ganz ehrlich, geht echt die Post ab.

Valerio ist nicht da; hoffentlich kommt er auch nicht. Heidi und ich setzen uns an einen Tisch am Fenster. Sie bestellt die Nudeln mit dem Käse, der die ekligen Fäden zieht, und behauptet, das sei ein typisches Essen der Bergregion. Knödel seien auch typisch, also bestelle ich Knödel mit Pilzen. Zu spät überleg ich mir, dass das ein gefährliches Essen ist – könnte ja sein, dass ein giftiger drunter ist.

Am Stammtisch sitzen fünf Männer, und weil Heidi sie kennt, setzen wir uns zu ihnen, bis das Essen kommt. Sie wollen wissen, wer gestern verunglückt ist und warum und überhaupt alles, aber weil sie sich in der Landessprache unterhalten, verstehe ich so gut wie nichts. Ich bin froh, als die Bedienung – im Dirndl! – die Teller bringt und wir uns an unseren Tisch setzen können.

Tja, und dann erscheint doch tatsächlich Valerio … Pech muss der Mensch haben! Er bestellt nur eine Cola, weil ihm im Krankenhaus der Appetit vergangen ist, und als die Cola ohne Eiswürfel kommt, setzt sich einer der fünf vom Stammtisch zu uns und will wissen, wie es Valerios Vater geht. Heidi spielt sich als Übersetzerin auf, ich schlucke schwer an den Knödeln und beäuge jeden Pilz. Sieben Stück sortiere ich wegen fragwürdiger Farbe aus und schiebe sie an den Tellerrand. Und dann kommt auch noch Basti!

Er küsst Heidi auf die Backe, setzt sich neben mich und legt mir den Arm um die Schulter. Valerio poppen fast die Augen aus den Höhlen, und als ich das sehe, rutsche ich so nah an Basti ran wie nur möglich. »So ist's recht«, sagt Basti und drückt mich an sich.

Heidi runzelt die Stirn, sagt aber nichts. Die fünf vom Stammtisch trinken bedächtig ihr Bier und lassen uns nicht aus den Augen. Einer sagt: »So so, Basti.«

Ein anderer fügt hinzu: »Ja schau, der Basti.« Und ein dritter: »Heidi, musst aufpassen auf deinen Basti.«

Heidi murmelt etwas in der Landessprache, ich rutsche noch näher an den Basti ran, Valerio kippt die Cola runter, steht auf. »Ich muss wieder ins Krankenhaus.«

Heidi zieht ihn auf den Stuhl. »Du bist eingeladen. Isst erst etwas.«

Da geht die Tür auf und ein Mädchen stiefelt in die Gaststube. Wow, denk ich, die würde selbst die Seeleute am Hamburger Hafen verrückt machen! Basti nimmt den Arm von meiner Schulter, Heidi guckt finster, Valerio bleibt der Mund offen stehen, die fünf am Stammtisch stieren das Mädchen an.

Von unten nach oben:

Cowboystiefel bis zu den Waden. Superenge und superkurze Lederhose. Weiße Bluse, offen bis fast zum Nabel. Freie Sicht auf den schwarzen Push-up-BH für Busen in XXL. Dazu breite rote Hosenträger mit aufgestickten weißen Blümchen. Fransig geschnittene Haare bis zur Schulter. Die unteren dunkel, die Deckhaare blond gefärbt … Ich schlucke.

»Ja die Burgl«, sagt Basti und holt einen Stuhl an den Tisch. »Setz dich zu uns, Burgl.«

Die Burgl (der Name ist in Hamburg unbekannt) beachtet ihn nicht. Sie lächelt den Männern am Stammtisch zu, ruft: »Ein Spezi mit Eis!« und ignoriert mich und Heidi, aber als sie Valerio sieht, sagt sie: »Mach Platz, damit ich mich neben dich sitzen kann.«

Tolle Anmache. Direkt und absolut wirkungsvoll. Valerio balanciert sofort auf nur einer Pobacke, Burgl quetscht sich neben ihn, obwohl ein freier Stuhl am Tisch steht.

Als Burgl nach ihrem Spezi greift, springt ihr der Busen fast aus der Bluse.

»Lass die Finger von Valerio«, zischt Heidi. »Er ist Gast auf unserer Hütte.«

»Ah so? Geht mich nichts an«, antwortet Burgl gleichmütig und legt ihre Hand auf Valerios Schenkel. Würde sie ihre Hand auf Bastis Schenkel platzieren, hätte ich nichts dagegen. Aber Valerio hat einen verunglückten Vater, um den er sich kümmern muss. Der Junge kann jetzt gerade keinen zusätzlichen Stress brauchen. »Burgl«, sag ich langsam und so, als würde ich tief und ernsthaft nachdenken, »der Name ist bei uns in Hamburg unbekannt. Stimmt's, Valerio?«

Der Dussel verharrt in Schockstarre. Burgl streichelt ihm weiter den Schenkel. »Willst wissen, wie ich richtig heiße?«, erkundigt sie sich bei ihm, obwohl ich die Frage gestellt habe. Das ärgert mich; ich hab's nicht gern, wenn ich nicht beachtet werde.

»Sie heißt Walburga«, schreit einer der Stammtischmänner rüber.

Oh-Oh. Walburga! »Interessanter Name«, sage ich. »Stammt aus dem Mittelalter, was?«

»Der Name wahrscheinlich schon. Das Madl nicht«, sagt der Mann vom Stammtisch. Jetzt reicht es mir. Ich stehe auf, packe meine Tüten mit den neuen Kleidern und gehe zur Tür. »Und wer bezahlt?«, ruft mir Heidi nach.

Verdammter Schiet. Ich gehe zurück und werfe einen Schein auf den Tisch. Valerio, der Doofkopp, starrt Burgl in den Ausschnitt. »Du musst zu deinem Vater ins Krankenhaus«, erinnere ich ihn. Er reagiert nicht. »Valerio, ab ins Krankenhaus!«, beharre ich. Er starrt noch immer auf den schwarzen BH. Burgl klopft ihm auf den Schenkel. »Hörst nicht, was deine Freundin sagt?«, erkundigt sie sich und lächelt ihn dabei an. Valerio taucht aus der Schockstarre auf. »Was?«

»Los, ab ins Krankenhaus«, wiederhole ich.

»Später«, sagt Valerio und lässt seine Augen wieder auf dem XXL-Busen ruhen.

»Soll ich dich begleiten?«, fragt Burgl. Sie steht auf. Valerio steht auf. Basti steht auf.

Die drei marschieren zur Tür. Und sind weg.

Heidi und ich sehen uns an.

»Voll der Wahnsinn«, sage ich.

»Absolut«, bestätigt Heidi. Wir bezahlen. Alles. Auch die Euro 2,40 für Burgls Spezi. Die 2,40 brechen mir fast das Herz, obwohl ich normalerweise eher großzügig mit Geld umgehe. Dann stehen wir auf der Straße. Heidi schaut sich um, und während wir über den Kirchplatz gehen, rumpelt der Jeep daher, hält, und Gustl fragt, ob wir zur Hütten wollen. Ich habe inzwischen kapiert, dass in den Bergen mit DIE Hütten sowohl eine als auch mehrere gemeint sind. In diesem Fall dreht es sich eindeutig um eine, nämlich um Friedls Rabennest.

Wir werfen die Tüten rein und setzen uns auf die Rückbank.

Als der Jeep den Waldweg hochdüst, sagt Heidi: »Ja, die Burgl …«

»Was ist mit der?«, will ich wissen, obwohl ich es mir denken kann.

»Die geht mit jedem. Jetzt hat sie's auf deinen Valerio abgesehen.«

»Er ist nicht mein Valerio«, erinnere ich sie.

»Und wenn schon … Ich könnt sie umbringen!«

»Klar. Wegen deinem Basti?«

»Er ist nicht mein Basti.«

»Komm schon. Das stimmt nicht.«

»Meinst, ich will einen, der mit der Burgl geht? Bin ich blöd?«

Darauf gibt's keine Antwort. Wenn ich an die Lederbüx denke und an den schwarzen BH … Ich seufze. Klar, Burgl geht mich nichts an. Aber wie sie den Valerio gestreichelt hat – also das war echt abartig. So was tut man nicht. Verdammt noch mal, warum hat er ihr nicht auf die Finger geklopft? Warum hat er sie neben sich sitzen lassen? Warum hat er ihr immerzu in den Ausschnitt gelinst? Das tut man auch nicht, oder?

»Männer«, sagt Heidi und seufzt schwer. »Männer.«

Gustl lacht und gibt Gas. »Ihr habt die Burgl getroffen«, sagt er. »Gegen die kommt ihr nicht an, was?«

»Nie im Leben«, bestätige ich. »Das wollen wir aber auch nicht, stimmt's, Heidi?«

»Nein. Eher stürz ich mich vom Berg.«

Gustl lacht fies.

Später parkt er den Jeep wieder auf dem handtuchgroßen Platz hundert Meter unterhalb der Hütte. Wir tragen tausend Tüten und Schachteln hoch: meine neuen Kleidungsstücke. Äpfel und Bananen. Salatköpfe. Einen Karton mit weißen Papierservietten. Teebeutel. Zucker. Tomaten und Gurken. Und hundert andere Dinge.

Tante Friederike, ich meine: Friedl, kommt uns entgegen. »Ist im Dorf eine Seuche ausgebrochen?«, fragt sie.

»Ja. Die Burgl-Seuche«, antwortet Gustl und zwinkert ihr zu. »Sie hat den Basti und den Jungen, den Valerio, niedergestreckt. Sozusagen dahingerafft.«

Friedl lacht nicht. »Ich meine es ernst. Kein einziger Wanderer hat den Weg zu uns herauf gefunden. Wie kann das sein?« Sie deutet himmelwärts. »Und das bei strahlendem Sonnenschein.«

Gustl kratzt sich am Kopf. »Versteh ich nicht. Aber vielleicht steht was in der Zeitung?« Er wirft eine auf den Tisch. Friedl stürzt sich darauf, blättert, liest, blättert, überfliegt die Seiten … »Nichts. Was ist los im Ort?«

Heidi und ich schütteln die Köpfe. »Bis auf Burgl sieht alles komplett normal aus«, sage ich, und Heidi setzt hinzu: »Mir ist nichts aufgefallen.«

Wir helfen Friedl, die Vorräte zu verstauen, dann setzen wir uns auf die Terrasse und trinken Kaffee. Es ist Juli, Hochsommer, die Sonne scheint, so gut wie kein Lüftchen regt sich, die Wiese leuchtet grasgrün, die Berge schimmern, die Ziegen weiden … perfektes Wanderwetter, und kein Mensch wandert? Das ist unbegreiflich. Friedl überlegt. Plötzlich sagt sie: »Hast heute keine Post hochgebracht, Gustl?«

»Die Post?! Natürlich, die Post!« Er geht ins Haus und kommt mit einem Packen zurück. Friedl sortiert: Rechnungen. Reklame. Eine Postkarte für sie. Einen Brief für mich. Der ist von meiner Oma. Ich schlitze den Umschlag auf und lese:

Liebe Bonnie,

war das nicht eine gute Idee, den Sommer bei deiner Tante Friederike zu verbringen? Das Landleben muss großartig sein: frische Luft, gesundes Essen, Ruhe und keine Aufregungen. Und dann das schöne Wetter! Opa und ich sehen jeden Tag im Internet nach, ob bei euch die Sonne scheint. Wir freuen uns für euch!
Grüß Friederike von uns und sei auch du herzlich umarmt von Oma und Opa

Ich gebe Friedl den Brief zum Lesen und sage zu Heidi: »Die nehmen an, hier gäbe es nur Ruhe und keine Aufregungen. Wenn die wüssten, dass gestern der Rettungshubschrauber im Einsatz war und heute Burgl aufgetaucht ist …«

»Die Burgl fegt die Männer weg – ich sag dir, schlimmer ist die als eine Lawine«, sagt Heidi. Sie tut mir leid mit ihren wässrigen Augen und dem Kummerblick.

Später klingelt das Telefon, Friedl geht in die Hütte, und als sie wiederkommt, sagt sie: »Das war Valerios Mutter. Von dem Unglück hat sie erst heute erfahren. Sie kann weder ihren Mann noch ihren Sohn erreichen, aber klar, im Krankenhaus sind Handys nicht erlaubt.«

Heidi und ich wechseln bedeutungsschwere Blicke.

»Jedenfalls«, fährt Friedl fort, »hab ich sie über alles informiert und ihr versprochen, dass Valerio sofort zurückruft, wenn er wieder heroben ist.«

»Kommt seine Mutter?«, frage ich sofort.

»Sobald wie möglich fliegt sie nach München. Das Dumme ist nur, dass auf Mallorca die Fluglotsen streiken und deshalb niemand die Insel verlassen kann – außer auf dem Seeweg natürlich.«

»Ein Streik kann ja nicht ewig dauern«, meint Heidi. Wieder wechseln wir bedeutungsschwere Blicke. Uns ist klar: Wenn Valerios Mutter Burgl sieht, ist Feuer unterm Dach. Das gibt einen Spaß! Darauf freuen wir uns!

Weil niemand kommt, putzt Friedl die Fenster. Heidi hilft ihr, und ich schaue nach, wo die Gasflaschen deponiert sind und wie das mit der Wasserleitung funktioniert. Mich interessieren technische Details, und weil ich schnell kapiere, dass die Quelle oberhalb der Hütte die Wasserversorgung derselben sowie des Brunnens davor gewährleistet, frage ich mich, ob die Quelle in einem trockenen Sommer versiegt.

Dann erinnere ich mich an den klappernden Fensterladen in unserer Kammer. Ich besorge mir ein paar Hölzchen, suche Hammer und Nägel zusammen und bastle so lange am Laden herum, bis er absolut dicht schließt. Nachdem Friedl mein Werk begutachtet hat und ganz toll findet, zeigt sie mir zwei lose Dielen im Raum, wo die Matratzen ausgebreitet sind. Obwohl er menschenleer ist und die kleinen Fenster sperrangelweit offen stehen, mieft es.

Mich schüttelt es. »Sind alle Hütten so spartanisch eingerichtet?«, frage ich meine Tante. »Gibt es keine mit Einzel- oder Doppelzimmer?«

»Ich habe mich ausdrücklich um eine urtümliche Hütte bemüht«, sagt sie cool. »Für aufgemotzte, moderne Hütten mit allem Komfort habe ich nichts übrig. Ich wollte eine Schutzhütte – so nennt man nämlich eine, die nur das Notwendigste aufweist.«

»Das versteh ich nicht.«

»Wer verlangt, dass du das verstehen musst?«

»Aber warum, Friedl?« Plötzlich dämmert mir was. »Gehört das zu deiner Geschichte, die du mir erzählen wirst?«

»Vielleicht«, sagt sie und tut geheimnisvoll.

»Warst du damals verliebt?«, frage ich sie. »Und kam dann eine wie Burgl daher und hat dir deinen Lover ausgespannt? War es so?«

»Wie kommst du darauf?«, entgegnet meine Tante.

Wie ich darauf komme, ist ja wohl klar. Vor einer Burgl würde sogar der Alpenkalender warnen:

Zeigt 'ne Burgl was sie kann
fängt ein rechter Schietkram an

8. Kapitel

Obwohl die Sonne scheint und nur ein leichter Wind weht und ich zum ersten Mal die Berge in ihrer ganzen Größe und Höhe sehen kann – sie stehen wie ein steinerner Kranz ums Tal herum –, ist es ein langweiliger Nachmittag. Wir überlegen uns, warum die Wanderer ausbleiben, und finden keine Erklärung.

Basti und Valerio sind nicht da. Klar, die Doofköppe müssen Burgl in den tollen Ausschnitt linsen. Aber dann, wir sitzen gerade auf der Terrasse und essen zu Abend, kommen sie endlich.

»Warum sitzt ihr hier?«, fragt Basti gleich.

»Blöde Frage. Weil wir keine Gäste haben«, klage ich.

»Wie – keine Gäste?!« Basti greift sich an den Kopf. »Im Dorf sagte man uns, die Hütte sei wegen Überfüllung geschlossen!«

Friedl springt auf. »Wusst ich's doch!«

»Was wusstest du?«, fragt Basti.

»Es ist eine Falschmeldung«, schimpft Friedl. »Jemand will mir schaden.«

Weil Valerio nur rumsteht, sage ich zu ihm: »Deine Mutter hat angerufen. Sie kann nicht herfliegen, weil die Fluglotsen streiken. Sag mal, warst du am Nachmittag bei deinem Vater?«

Er nickt und fummelt sein Handy aus der Tasche. Heidi und ich blinzeln uns an – mit dem Empfang hier oben ist das nämlich so 'ne Sache. Klappt selten, und wenn, tut sich immer wieder ein Funkloch auf. So ist es auch jetzt. Er erreicht seine Mutter, schreit: »Hallo! Hörst du mich?«, aber dann ist die Verbindung auch schon wieder unterbrochen.

»Versuch es mal mit dem Telefon in der Hütte«, schlägt Heidi mit süßer Stimme vor.

»Kann ich es benutzen?«, fragt er Friedl, die wegen der Falschmeldung so empört ist, dass er die Frage zwei Mal wiederholen muss.

»Moment mal. Wer sagte euch, die Hütte sei überfüllt?«, fährt sie die Jungs an.

»Das waren Leute aus München, die hier übernachten wollten. Vier Erwachsene, drei Kinder. Sie waren echt sauer und mussten sich eine teure Pension suchen.«

»Wo habt ihr sie getroffen?«, erkundigt sich Friedl weiter.

»Vor … vor der Eisdiele«, sagt Basti schließlich.

»So so. Vor der Eisdiele. Wann war das?«

»Gegen fünf«, gibt Valerio zu.

»Ihr zwei habt euch also gegen fünf vor der Eisdiele mit der Burgl getroffen?«, will Heidi wissen. »Nachdem du von deinem Vater gekommen bist, Valerio? Sauber, sauber.«

»Jetzt tu doch nicht so überheblich«, fährt Basti Heidi an. »Und überhaupt – was hast du gegen die Burgl?«

Heidi lächelt böse. »Ja mei … was hab ich denn gegen das saubere Madl, das es mit den Jungs doch nur gut meint.« Sie kehrt ihm den Rücken zu.

Basti tut so, als hätte Heidi was ganz Blödes gesagt. Er tippt sich vielsagend ans Hirn und folgt Valerio ins Haus.

Friedl ist todunglücklich. »Eine Gemeinheit«, schnaubt sie. »Ich möchte nur wissen, wer dazu fähig ist. Ich meine, der Lügner kann tagelang behaupten, unsere Hütte sei überbelegt – wie wollen wir den Schwachsinn stoppen? Sagt mir das! Mit einem Lautsprecher können wir ja nicht durch die Gegend fahren: *Hallo! Die Hütte ist NICHT überbelegt!*«

Ich stelle mir den Weg herauf vor. »Am Ortsrand steht doch der Pfosten mit dem kleinen weißen Schild *Zur Rabennesthütte, 3 Std.* Stimmt's? Was dagegen, wenn wir eine Notiz an den Pfosten pinnen: Freie Plätze auf dem Matratzenlager?«

Schon während ich es sage, weiß ich, dass das eine absolut blöde Idee ist. Weil nämlich jeder die Notiz abnehmen kann. »Ne, das bringt nichts«, füge ich gleich hinzu. Heidi und Friedl nicken.

»Also?«, sagt Friedl, und plötzlich schreit sie in die Hütte: »Kinners! Jungs! Kommt! Aber büschen plötzlich!«

Immer wenn sie aufgeregt ist, erinnert sich Friedl ans Hamburgische.

Heidi übersetzt sofort: »Aber dallidalli!«

Die Jungs trotten an. Basti, braun gebrannt und braunhaarig, in der Lederbüx, Valerio, blonde Haare, blaue Augen, in edler Wanderhose aus schnelltrocknendem Material. »Ja?«

»Habt ihr euch überlegt, wie wir dem Lügner das Maul stopfen können?«

Beide grinsen. »Das Maul stopfen? Mit einem Kuhfladen natürlich!«, verkündet Basti großspurig.

Friedl ist nicht nach Lachen zumute. Sie stemmt die Fäuste in die Hüfte. »Ich höre.«

»Ruf die Redaktion des Bergkuriers an und sag, sie sollen eine Anzeige schalten: Wildhütte bis zum … durchgehend geöffnet.«

»Schietkram«, faucht Heidi. »Durchgehend geöffnet ist was anderes als wegen Überbelegung geschlossen.«

Dann kommt Valerio mit meiner Idee, einen Zettel an den Pfosten zu pinnen. Heidi sagt sofort: »Das war Bonnies Vorschlag, aber sie hat gleich kapiert, dass der Zettel nicht funktionieren wird.«

»Wieso?«, fährt Valerio auf.

Ich grinse ihn an.

»Weil«, erklärt Heidi, »der bösartige Depp den Zettel abnehmen wird.«

»Nur wenn er ihn sieht«, entgegnet Valerio hochnäsig.

»Okay. Aber wenn er einen Funken Verstand hat, wird er sich in der Nähe des Pfosten postieren«, entgegnet Heidi genauso hochnäsig.

»Also?«, wiederholt Friedl.

»Also setz ich mich morgen in die Nähe des Pfostens und kläre die Wanderer auf. Und wenn ich Glück hab, sehe ich sogar den Lügner«, sage ich und komme mir sehr großmütig vor. »Dann kann der Döspaddel aber was erleben!«

»Was denn? Willst du ihn deine Faust spüren lassen?«, fragt Valerio und lacht fies.

»Abwarten«, fauche ich ihn an.

»Würdest du das tun? Das wäre ein echtes Opfer – du würdest dich zu Tode langweilen, Bonnie«, warnt mich Friedl.

»Nicht, wenn ich ihr Gesellschaft leiste«, sagt Basti schnell. »Wenigstens zeitweise.«

Valerio klappt der Unterkiefer runter. Heidi boxt ihm den Ellbogen in die Rippen. »Mund zu! Oder willst dich erkälten?«, fragt sie ihn mit ihrer süßesten Stimme.

Wir lachen. »Gut, Bonnie. Ich bin dir sehr dankbar, wenn du dich morgen für die Hütte opferst«, sagt Friedl und legt mir ihre Hand auf die Schulter. »Du hast was gut bei mir. Und du auch, Basti. So. Jetzt ruf ich alle Hüttenwirte in der Umgebung an und sag ihnen, dass jemand falsche Infos unter die Leute bringt.«

Als wir dann viel später in unseren Betten liegen, fragt mich Heidi: »Wie findest du den Basti?«

»Nett«, antworte ich schläfrig.

»Nur nett? Oder mehr als nett?«, fragt Heidi weiter.

Obwohl ich gerade am Einschlafen bin, merke ich doch, um was es Heidi geht. »Basti gehört dir. Ohne Wenn und Aber meinerseits.«

Heidi seufzt. »Dazu gehören zwei.«

»Wie meinst du das?«

»Vielleicht hat er's ja auf dich abgesehen, Bonnie.«

Ich lache. »Haha! Ich habe es aber nicht auf ihn abgesehen.« Es ist totenstill in der Hütte. Kein Bergschuhtrampeln auf der knarrenden Stiege. Kein Türenschlagen, weil einer aufs Häuschen geht. Kein Schnarchen. Nur Heidis Decke raschelt. »Was nicht ist, kann noch werden.«

»Dich hat es erwischt, Heidi. Stimmt's? Basti gefällt dir.«

Heidi schweigt. Das ist eine deutliche Antwort. »O je«, sage ich. Dann denke ich an meinen eigenen Schlamassel. »Du weißt doch, warum ich die Ferien nicht mit meiner Familie in Dänemark verbringe. Weil meine allerbeste Freundin behauptete, ich hätte mir ihren Freund gekrallt. Was nicht stimmte. Aber behauptet hat sie es. Schon deshalb würde ich mich niemals auf deinen Freund einlassen. Kapiert?«

»Basti ist nicht mein Freund«, seufzt Heidi wieder.

»Was nicht ist, kann noch werden«, entgegne jetzt ich.

»Wenn er aber doch –«

Ich will endlich schlafen. »Sag mal, willst du dir das Leben extra schwer machen? Es reicht, wenn Burgl ihre Krallen nach ihm ausstreckt.«

»Ja. Die Burgl …«

Am Morgen knallt die Sonne von einem wolkenlosen Himmel, und Friedl meint, das sei ein Kaiserwetter, an dem normalerweise die Hütte von Gästen überrannt würde. Was ein Kaiserwetter ist, weiß ich nicht, aber ich habe meine neuen Ledershorts an und ein blauweißes Ringelshirt mit einem Schiff mit roten Segeln vornedrauf. Dazu die dicken Socken und die Wanderschuhe. Zusammen sieht das schon cool aus.

Valerio schmiert Butter auf eine Scheibe Brot. »Findest du den Mix aus See und Berg etwa schick?«, fragt er und zieht dabei die Augenbrauen hoch.

»Sag bloß – du interessierst dich für mein Outfit?«, wundere ich mich. »Das ist ja ganz was Neues. Kümmere dich lieber um deinen verunglückten Vater. Oder noch besser: sei nett zu Burgl. Die wartet ja nur darauf, dass du ihr entgegenkommst – falls du ihr nicht schon entgegengekommen bist«, sage ich anzüglich.

Der Döskopp wird rot.

»Volltreffer, was?« Ich klatsche Salamischeiben aufs Brot und sage zu Friedl: »Ich bin dann mal weg.« Dann klemme ich für den Fall, dass es mir langweilig werden könnte, meinen Fußball unter den Arm, nehme das Päckchen mit den belegten Broten und den Äpfeln an mich und renne den Berg hinunter. Es wäre doch gelacht, wenn ich die Falschmeldung nicht aus der Welt schaffen könnte!

Da, wo der Pfosten mit dem weißen Schild *Zur Rabennesthütte, 3 Std.* steht plus der Markierung Roter Querstrich in weißem Feld, lehnt Basti und kaut einen Grashalm. Als er meine Schritte hört, breitet er die Arme aus.

»He!«, sage ich. »Du verwechselst mich mit Heidi. Ich bin Bonnie!«

»Ich bin doch nicht blind«, protestiert er. »Ich weiß genau, wer du bist – gerade deshalb will ich dich doch umarmen.«

»Das würde Heidi aber gar nicht gefallen. Und deiner Burgl schon gar nicht.«

»Was schere ich mich um Heidi oder Burgl, wenn ich dich hab?«, sülzt er.

Ich lache und werfe ihm den Fußball an den Kopf. »Zeig, was du kannst«, fordere ich ihn heraus.

»Ich? Wieso ich? Zeig du mir, was du kannst«, kontert er und setzt so richtig großspurig hinzu: »Du kannst wohl den Ball nur so ein bisschen durch die Gegend schieben? Kannst kein Abseits von einem Elfmeter unterscheiden, was?«

Typisch Basti, der Macho von der Einöde am Bach! Jetzt wirft er mir den Ball zu, ich tu so, als wäre ich ein Trampel und völlig unfähig, ihn aufzufangen. Ein geringschätziges Grinsen breitet sich auf seinem Gesicht aus, ich klaube den Ball extra ungeschickt aus dem Gras und suche eine leidlich ebene Fläche.

Dann schneide ich den Ball etliche Male mit der Innenseite des rechten Fußes an, dann mit der des linken Fußes, dann zeige ich ihm ein paar Heber, und als er nicht aufpasst, folgt die gezielte Flanke, die in seinem Gesicht landet. Wie beabsichtigt.

»Tut mir leid, dass ich nicht besser spiele«, entschuldige ich mich.

Er blinkert mit den Augen. »Das war unfair«, schimpft er. »Hast mich voll aufs Kreuz gelegt. Sag mal, spielst du im Ernst Fußball? Als Mädchen?«

»Schlaues Kerlchen.« Ich setze mich ins Gras und öffne das Päckchen mit den Sandwiches. »Hunger?«

»Immer«, sagt Basti.

Wir kauen. Die Brote sind supergut, denn sie sind mit Wurst und Gurkenstückchen, mit Tomaten- und Eischeiben belegt. »Hast du was mit Burgl?«, frage ich ihn.

Basti schließt die Augen. »Geht's dich was an?«

»Nö. Nicht direkt.«

Er wirft sich eine Gurkenscheibe in den Mund. »Dann vielleicht indirekt?«

Ich Depp tappe in die Falle, aber das geht mir erst nach meiner Antwort auf. »Indirekt schon. Ich mag Heidi nämlich.«

»Aha. Und die Heidi will wissen, ob was zwischen der Burgl und mir läuft.«

Schiet! »Falsch«, sage ich schnell.

»Warum fragst mich dann?«

Ich beiße mir auf die Unterlippe. »Nur so eben. Weil ich finde, dass Burgl ...«

Basti grinst. »Es geht dich zwar nichts an, Bonnie, aber ich hab nichts mit der Burgl. Die bevorzugt ältere Männer, wenn du verstehst, was ich meine. Solche mit Geld und einem schnellen Auto.«

»Warum hat sie sich dann sofort neben Valerio gesetzt?« Und ihm immerzu den Oberschenkel gestreichelt – aber das sage ich nicht. »Val ist jung, er hat kein schnelles Auto, und das Geld hat sein Vater. Also?«

Basti macht eine abfällige Handbewegung. »Sie kann's halt nicht lassen.«

Das regt mich auf. »Das ist fies!«

Er zuckt die Schultern. »Mach was dagegen.« Dann schaut er mich an. »Ärgerst du dich über sie?«

»Nö«, sage ich hochmütig. »Wieso auch«

»Weil sie sich deinen Valerio gleich gekrallt hat, vielleicht?«, fragt er lauernd.

»Er ist nicht mein Valerio«, protestiere ich. Mein Gott, wie ich das hasse: Er ist nicht mein Valerio ...

»So wenig, wie ich Heidis Basti bin?«, sagt er und lacht dabei.

Ich ärgere mich, aber ich zeige es nicht, weil Basti sich über meinen Ärger nur freuen würde. Deshalb grinse ich ihn an. »Geht Burgl ganztägig auf Männerfang? Oder tut sie sonst noch was?«

Basti kratzt sich am Kopf. »Sie hilft ihrer Mutter.«

»Ach ne! Was tut sie denn so?«

»Alles was in einer Pension eben anfällt«, antwortet Basti und legt sich ins Gras.

»Die Eltern von Burgl haben eine Pension im Ort?«

»Der Vater ist tot. Die Mutter betreibt die Pension zusammen mit der Burgl. Die zwei machen das nicht schlecht.«

Hm. »Hat die Pension auch einen Namen? Etwa: *Zur wilden Walburga*?«

Basti lacht. »Hast gut geraten, Bonnie! *Zum wilden Mandl* heißt sie.«

Ich schnaube verächtlich. »Ein Mandl ist ja wohl ein Mann und keine …«

Basti legt einen Finger an die Lippen. Da höre ich es auch: Jemand kommt den Berg herauf. Ich greife nach der Tüte mit den Broten, und in null Komma nichts kauern wir hinter etlichen Büschen und spähen durch die Zweige.

Zwei Paare, also zwei Männer und zwei Frauen, wandern mit Stöcken und riesigen Rucksäcken daher. »Das sind harmlose Wanderer«, flüstere ich und gehe den Leuten entgegen. »Hallo!«

Die vier bleiben stehen. »Hast dich verlaufen?«, erkundigt sich einer der Männer.

»Nein. Wollen Sie zur Rabennesthütte?«

»Wollen schon«, erwidert der zweite Mann.

»Aber die ist leider belegt«, ergänzt eine der Frauen. »Wir wandern weiter zur Spitzhütten. Was bleibt uns auch übrig?«

Inzwischen steht Basti neben mir. »Wer hat Ihnen gesagt, die Rabennesthütte sei belegt?«, will er wissen.

Die vier sehen sich an. »Warum?«, fragt der erste Mann misstrauisch.

»Weil das nicht stimmt«, antworte ich. »Jemand will meiner Tante schaden – die betreibt nämlich die Hütte, und wenn die

Kundschaft ausbleibt, bleibt die Kasse leer.« Eine Haarsträhne fällt mir ins Gesicht, ich streiche sie hinters Ohr. »Wie sah die Person aus, die Ihnen die Falschmeldung angedreht hat?«

»Die Hütte ist auf? Und nicht überbelegt? Das bedeutet ja …« Der erste Mann sieht seine Begleiter an. »Dass Sie nicht bis zur Spitzhütten gehen müssen«, ergänzt Basti und wiederholt: »Wie hat die Person ausgschaut, die Ihnen den Schwachsinn untergejubelt hat?«

»Ja mei ….«, sagen die Männer und schieben ihre Hüte hoch.

»Die Person war ein Mann«, sagt die Frau, die bisher stumm war.

»Und er hat ausgschaut grad wie wir. Ein Fremder war's net.«

Die andere Frau nickt. »Wanderstiefel, dicke Socken, Kniebundhose aus Leder, kariertes Hemd.«

Der eine Mann schubst die Frau. »Woher willst das wissen?«

»Ich hab meine Augen aufgemacht«, antwortet sie. »Weil – ich hab's komisch gefunden, dass er uns einfach angesprochen hat. Bei uns tut man das eigentlich nicht – Fremde ansprechen, meine ich.«

»Wie alt war der Mann? Besondere Merkmale wie Bart, Glatze, schielende Augen oder so?«, forsche ich weiter.

»Er könnte so alt gewesen sein wie mein Mann«, erklärt sie zögernd. »Geschielt hat er nicht, er hatte auch keinen Bart, aber wie es um seine Haare stand, kann ich nicht sagen. Er trug nämlich einen grünen Hut. Mit Gamsbart.«

»Er sah aus, wie jeder Wanderer halt ausschaut«, ergänzt der erste Mann.

Also war es einer von tausend Wanderern. »Wo hat er Sie angesprochen?«, will ich noch wissen.

»Im Ort. Vor der Bäckerei«, antworten alle wie aus der Pistole geschossen. »Da haben wir nämlich unsere Brotzeit gekauft.«

Brotzeit? Seit wann kann man Zeit kaufen? Legt man sie wie eine Scheibe Salami aufs Brot? Verwirrt schaue ich den Basti an. Der grinst und deutet auf mein Shirt, speziell auf das Segelschiff. »Sie ist keine Einheimische.«

»Das«, sagt die Frau, die den Mann beschreiben konnte, »hab ich mir gleich gedacht. Aber wie wollt ihr den Mann stoppen?«, fragt sie. »An eurer Stelle würde ich einen hier und einen im Ort postieren. Denn wer sagt euch, dass der Falschmelder auch noch hier heraufkommt?«

Das ist ein vernünftiger Vorschlag. Wir nicken und sehen ihnen zu, wie sie mit kleinen Schritten im richtigen Tempo weitergehen. Plötzlich dreht sich die eine Frau um und rennt den Weg zurück. »Mir ist noch etwas eingefallen«, sagt sie. »Der Mann hatte etwas in der Hosentasche. Ganz ausgebeult war die, aber was darin war, war nicht schwer – es könnte ein Schal oder eine Mütze gewesen sein. Kein Taschentuch, das hätte keine solche Beule verursacht. Und noch etwas: Er trug keinen Rucksack. Das hat mich gewundert, wo er doch so wandermäßig gekleidet war. Aber den kann er natürlich auch in der Bäckerei oder sonst wo abgestellt haben.«

Super. Ein Wanderer mit einer ausgebeulten Hosentasche.

»War es vielleicht ein Brotzeitpackerl?«, will Basti wissen.

Die Frau schüttelt den Kopf. »Das hätte Kanten gehabt. Ich tippe eher auf etwas Weiches; ein Schal könnt's gewesen sein.«

Na ja …

»Ich fahre nach Oberstdorf«, sagt Basti. »Ich kenne nämlich die Leute, und wenn ich einen Unbekannten sehe, der Wanderer anquatscht, hefte ich mich ihm an die Fersen. Du bleibst hier.«

Klar, er kennt die Einheimischen, aber dass er mir den langweiligen Teil zuschiebt, ärgert mich. Trotzdem ist sein Vorschlag vernünftig, also bin ich einverstanden. Aber das mit Burgl muss erst noch geklärt werden.

»Was ist jetzt mit Heidi und dir?« Ich halte ihn am Arm fest und sehe, dass ich ihn überrumpelt habe.

Er reißt sich los. »Die will nichts von mir wissen.«

Ich tu so, als sei ich sehr verwundert. »Echt? Vielleicht, weil Heidi denkt, du hättest es auf jede abgesehen, so wie Burgl auf jeden?«

»Kann schon sein.« Basti rennt los. Dann dreht er sich um. »Aber da täuscht sich die Heidi!«, ruft er. »Ich weiß bloß nicht …!«

»Was weißt du nicht?«, schreie ich.

»Ist doch egal …!« Und weg ist er.

Bei Fällen unglücklicher Liebe weiß der Alpenkalender echt Bescheid:

Wenn die Lieb Spektakel macht
Dampft der Mist in schönster Pracht

9. Kapitel

Als er außer Sicht ist, umgibt mich eine so totale Stille, dass mir ganz unheimlich wird. Ein paar Vögel piepsen, hin und wieder raschelt es im Gebüsch, aber sonst? Nichts.

Kein Wanderer, kein gar nichts. Ich spiele ein bisschen Ball, doch das Gelände ist ziemlich ungeeignet. Dann esse ich das allerletzte Sandwich, dann den letzten Apfel, dann knülle ich das Papier zusammen und schiebe es unter einen Stein. Noch nie war mir so langweilig und gleichzeitig so gruselig zumute. Keine Ahnung, wovor es mir gruselt. Der Grusel ist einfach da … und bleibt … Trotzdem überlege ich, wie ich Wanderer zu unserer Hütte locken könnte – und habe eine Idee. Als es wieder raschelt, zucke ich zusammen. Es ist aber nur eine Amsel.

Hier bleibe ich nicht, denke ich. Den Fußball verstecke ich im Gebüsch, dann, gerade als ich den Weg runterrennen will, poltert ein Stein vor meine Füße. Jemand kommt vom Berg … Ich verstecke mich. Mein Herz rast. Ich starre durch die Blätter, wische mir den Schweiß von der Stirn.

Dann krieche ich ein Stück vorwärts, ducke mich und springe auf den Weg. »Buhhhh!«

Valerio wird bleich und macht einen Schritt rückwärts. Sein Mund klappt auf, die Augen sind kreisrund. »Mensch«, sagt er und leckt sich die Lippen. »Was soll das?«

»Hast du dich etwa erschrocken?«, spotte ich.

Er nickt und will an mir vorbei. »Moment mal«, sage ich. »Wir gehen zusammen.«

»Muss das sein?«, knurrt er.

Das bringt mich sofort auf Hundertachtzig. »Nö.«

Ich warte, bis ich ihn nicht mehr sehe. Dann gehe ich auch los. Ich bin schneller als er, und so sehe ich ihn nach jeder Biegung auf dem geraden Stück, bevor der Weg wieder eine Kurve macht. Mensch, denke ich, in den war ich mal ein bisschen verknallt. Wie konnte ich nur so blöd sein?

Trotzdem. Jedes Mal, wenn ich Valerios blonde Haare sehe, zieht sich mein Herz zusammen. Ich vermute mal, es ist mein Herz. Könnte aber auch der Oberbauch sein – ist ja egal. Zum tausendsten Mal frage ich mich, wie ich mich in dem Typ so täuschen konnte. Ich meine, wenn ich ihm nicht komplett egal gewesen wäre, hätte er der fiesen Schlange Silvia nicht geglaubt. Er hätte sie ausgelacht! Er hätte sagen müssen: »Aber hallo! Bonnie will von deinem Freund nichts wissen. Weil sie nur immer zu mir guckt, wenn wir auf dem Pausenhof stehen. Zu mir! Nicht zu deinem Freund, Silvia!« Genau das hätte Valerio sagen müssen!

Warum hat er das nicht gesagt? Ist doch klar. Weil er mich blöd fand. Oder weil ich ihm einfach nur gleichgültig war.

Mensch, Bonnie, sage ich mir, warum denkst über den Vollidioten überhaupt noch nach? Er ist es nicht wert, dass du überhaupt einen einzigen Gedanken an ihn verschwendest. Der hat sich nie für dich interessiert, und jetzt, wo er in Burgls Ausschnitt glotzen kann, interessiert er sich erst recht nicht für dich. Du hast ja auch keinen Knackpo in superkurzer Lederbüx, und dein Busen ist von XXL-Größe Lichtjahre entfernt.

Ich schlucke schwer und frage mich, warum ich mich mit einer Burgl vergleiche. Soll die mal nach Hamburg kommen! Bei uns würde sich kein Mensch nach ihr umdrehen! Auslachen würde man die Dorfqueen bei uns! Mit den Fingern auf die Cowboystiefel zeigen und sie superdoof finden!

Wieder sehe ich Vals blonde Haare. Dann denke ich, was für ein Zufall es doch ist, dass er mit seinem Vater ausgerechnet in Friedls Rabennesthütte übernachtet, wo es doch tausend andere Hütten gibt. Solche mit Komfort! Warum hat sein Vater ausgerechnet unsere Hütte gewählt? Weil das Übernachten billiger ist als anderswo? Ne, das kann nicht der Grund sein; Valerios Familie gehört nicht zu den Ärmsten.

Und warum wollte sein Vater unbedingt, dass ihn sein Sohn begleitet? Warum hat Val Ja gesagt, wenn er nicht mitkommen wollte?

Ich sehe schon die wenigen Häuser von Einödsbach, und normalerweise renne ich einem Jungen nicht hinterher, aber weil ich plötzlich unbedingt Antworten auf die vielen Fragen haben muss, brülle ich: »Val! Warte auf mich!«

Valerio wartet.

»Sag mal«, platze ich gleich los, als ich ihn eingeholt habe, »warum seid ihr nicht in einer komfortableren Hütte abgestiegen?«

Er schaut mich ganz verdutzt an. »Das willst du wissen? Ist das wichtig?«

»Klar, sonst würde ich dich doch nicht fragen, du Döspaddel.«

»So ist eben mein Vater. Er mag's gerne spartanisch. Daher auch der Marathonlauf.«

»Der ihn ins Krankenhaus gebracht hat«, erinnere ich ihn.

»Genau. Sonst noch Fragen?«

Ich nicke. »Warum hast du dich breitschlagen lassen und bist mitgekommen, obwohl du es nicht wolltest?«

Die Frage scheint Val so unangenehm zu sein, dass er sie eine ganze Weile nicht beantwortet. »Mein Vater kennt kein Mitleid. Er ist sehr hart zu sich …«

»Und will, dass du hart zu dir bist?«, kombiniere ich.

Valerio nickt. Er setzt einen Fuß vor den anderen, links, rechts, links, rechts … »Meiner Mutter geht das auf den Keks. Deshalb ist sie ja auch mit ihren Freundinnen nach Mallorca geflogen.«

»Wo sie jetzt festsitzt.« Ich überlege. »Du hast dich breitschlagen lassen.«

»Genau«, wiederholt er. »Sonst noch Fragen?«

»Ja«, sage ich. »Warum hast du dich breitschlagen lassen?«

»Das hab ich dir doch schon gesagt«, schreit er mich an. »Weil er nicht lockergelassen hat!«

Ich tu so, als würde ich mich über meine Vergesslichkeit ärgern. »Sorry! Ich versteh schon: Du hast es gut gemeint. Sehr anständig von dir, Valerio.«

Er knurrt, sagt aber nichts. Erst als das gelbe Ortsschild Einödsbach in Sicht kommt, macht er den Mund auf. Und was er da sagt, haut mich fast um. Val sagt nämlich: »Ich dachte, in den

Bergen muss er mir einfach zuhören. Nur deshalb bin ich mitgegangen. Damit er endlich kapiert, dass ich nicht so bin, wie er es sich denkt.«

»Wie denkt er, dass du bist?«, hake ich sofort nach.

»So sportbescheuert wie er zum Beispiel«, sagt er leise.

»Aha. Das bedeutet, dass du nicht so bist wie dein Vater, was?«

Er schüttelt den Kopf. »Ne. So wie er will ich auch nicht sein!«

»Ihr versteht euch wohl nicht besonders gut, was?«

Val schnaubt nur. »Das war aber jetzt die letzte Frage, Bonnie.«

»Falsch«, protestiere ich. »Es war die vorletzte. Die letzte lautet …« Ich zögere. Mensch, Bonnie, denke ich verzweifelt, wenn du jetzt nicht den Mund hältst, meint der Kerl, er wäre dir wichtig! Das willst du doch nicht! Trotzdem, obwohl ich es überhaupt nicht will, sagt mein Mund: »Warum hast du Silvia geglaubt? Warum hast du mich nicht gefragt, wie es tatsächlich war?«

Mir wird ganz heiß, so sehr schäme ich mich für meinen Mund. Mein Magen ist auch ein riesengroßer Schamklumpen. Meine Hände sind auch nass vor Scham, mein Herz hämmert: Blöde Kuh! So was fragt man doch nicht, mit dieser Frage hast du dich verraten! Hast dem Kerl gezeigt, dass er dir was bedeutet!

Ich starre auf meine Füße, die vor lauter Peinlichkeit ganz kleine Schritte machen. Und hoffe, dass Valerio die Frage überhört hat. Dass er für einen kurzen Augenblick taub gewesen ist.

Blöde Hoffnung: Val räuspert sich. Er kickt ein Steinchen vor sich her. »Du meinst das Fußballspiel, Bonnie?«

»Nein«, flüstere ich. »Das Fußballspiel kam später. Ich rede von Silvies Behauptung, ich hätte mich ihrem Freund an den Hals geworfen.«

Da bleibt Val stehen und packt mich an den Armen. »Und? Hast du?«

»Geht dich nichts an!«

»Warum fragst mich dann überhaupt?«, will er wissen und lässt meine Arme los.

Die Frage macht mich noch wütender, als ich ohnehin schon bin. Und weil mich jede Antwort noch mehr verraten hätte, presse ich die Lippen zusammen.

»Sag schon«, beharrt Valerio. »Hast du? Ja oder nein?«

»So was würde ich nie im Leben tun. Niemals nie!«

»Sie hat es aber gesagt«, beharrt Valerio.

»Eben! Genau das hat mich ja fast umgebracht!«, fauche ich ihn an. »Meine beste Freundin hat Lügen über mich verbreitet. Kapierst du das endlich?« Ich schnaufe wie ein Walross, so sauer bin ich. »Und du … du hast ihr auch noch geglaubt!«

»Warum sollte ich ihr nicht glauben?«, entgegnet Val. »Sie ist – sie war – deine allerbeste Freundin. Ich hab ihr nicht zugetraut, die Unwahrheit zu sagen. Immerhin ging es um sie und um ihren Freund. Warum also sollte sie etwas behaupten, was ihr nur schaden konnte?«

Valerios Antwort haut mich um. Komplett. Total. Ich weiß, dass mir den Mund offen steht, ich weiß, dass ich in diesem Augenblick unvorteilhaft aussehe. Ich kann nicht anders. Ich bin platt wie eine Flunder. Weil – so habe ich die Sache noch nicht gesehen. Die Perspektive ist … wie soll ich sagen … die Perspektive ändert alles. »Ich glaube«, sage ich mühsam, »dass Silvia das ganz anders sah.«

»Nämlich?«

»Auf einmal war sie eifersüchtig auf mich«, sage ich langsam. »Ich war Torwart. Ich hab mich mit ihrem Freund über Fußball unterhalten. Das war zu viel für sie.«

»Also war's ein Zickenzoff?«, fragt Val.

Ich schüttle den Kopf. »Nein, auf keinen Fall. Zuerst vielleicht, aber dann kam ja eines zum anderen. Das Fußballspiel, wo ich so versagte. Das Getratsche, ich hätte die Mannschaft meines »Freundes« absichtlich gewinnen lassen. Dann habt ihr mich alle geschnitten. Und du –«, schon wieder plappert mein Mund etwas aus, das besser ungesagt geblieben wäre, »du warst auch unter denen, die mich auf einmal nicht mehr kannten.« Entsetzt über mich selbst klappe ich den Mund zu. Bin ich wahnsinnig geworden?

Val kickt ein Steinchen vor sich her. »Das stimmt doch, oder? Wir haben uns nicht gekannt.«

»Richtig. Wir haben uns ab und zu auf dem Schulhof gesehen. Aber gekannt? Nö.«

»Mehr war da nicht.«

»Auf keinen Fall. Aber dass du dich jetzt mit Burgl einlässt, kapier ich nicht.« Ich funkle ihn an, dann drehe ich mich um und renne davon. Ich renne und halte den Daumen hoch. Auf den Postbus warte ich nicht, auf keinen Fall! Ich winke mit dem Daumen und bete: Hoffentlich hält jemand, hoffentlich nimmt mich ein Autofahrer mit!

Es klappt schneller, als ich denke. Ich steige in einen Milchlaster. Der Fahrer ist sehr nett, er schenkt mir sofort zwei Milka-Riegel und lässt mich am Beginn der Fußgängerzone raus. Dort ist gerade Wochenmarkt. Ich plumpse auf eine Bank, aber da hält es mich nicht. Ich springe auf, weil ich eine Eisdiele sehe, stelle mich ans Ende der Schlange, warte, bis ich an der Reihe bin, und verlange zwei Kugeln, Himbeere und Schoko.

Wie ich das Eis esse, denke ich unentwegt: Valerio kann mich mal, Valerio kann mich mal – wie ein Mantra denk ich das, und ehrlich – es funktioniert. Ich beruhige mich nach und nach, und als das Eis alle ist, hab ich Valerio vergessen. Jedenfalls so gut wie.

Dann erinnere ich mich endlich wieder an meine Idee. Die ist gut, das weiß ich, also stehe ich auf und suche das Fremdenverkehrsamt. Es ist in einer Nebenstraße, neben einem Käse- und Milchladen. Der junge Mann sieht nett aus, ich sage ihm, dass jemand Falschmeldungen, unsere Hütte betreffend, verbreitet.

»Oh«, sagt er, »das ist ja kriminell!«

Ich nicke. »Ich will der Person das Handwerk legen. Könnten Sie mir bitte ein Blatt Papier geben?«

Er gibt mir ein Blatt und einen Stift.

Ich setze mich an ein Tischchen und schreibe in großen Druckbuchstaben:

DIE RABENNESTHÜTTE IST <u>NICHT</u>
WEGEN ÜBERFÜLLUNG GESCHLOSSEN!!!

»Könnten Sie mir das bitte zehn Mal kopieren?«, bitte ich den jungen Mann.

Er lacht und gibt mir nicht zehn, sondern viel mehr, nämlich zwanzig, Kopien. »Was hast du vor?«

»Die pinne ich überall im Ort an. Haben Sie vielleicht auch Reißzwecken für mich?«

Hat er nicht, aber er zeigt mir, wo ich sie kaufen kann.

Mit zwanzig Blättern, einer Rolle Tesafilm und einem Schächtelchen Reißzwecken mache ich mich dann an die Arbeit:

Ein Blatt klebe ich an die Bushaltestelle, eines pinne ich in der Bahnhofshalle an, eines gebe ich in der Bäckerei ab, eines in der Metzgerei, eines klebe ich an die Wand der Eisdiele, an jedem Parkplatz klebe ich eins an die Parkuhren … Eine Stunde später halte ich kein Blatt mehr in der Hand.

Von Basti hab ich nichts gesehen. Ich finde das komisch, aber vielleicht ist er ja auch schon wieder zur Hütte hochgegangen?

Ich gehe in die Fußgängerzone zurück und sehe mir die Leute an. Immer wenn ich jemanden sehe, der einen Rucksack trägt und dicke Wanderschuhe, frage ich, ob er oder sie auf dem Weg zur Rabennesthütte ist.

Bei zwei Leuten habe ich Glück. »Man hat uns gesagt, die sei wegen Überfüllung geschlossen«, erklärt mir der Mann und will es nicht glauben, dass er einer Falschmeldung aufgesessen ist.

»Wie sah die Person aus, die Ihnen das mitteilte?«, will ich wissen.

Die Beschreibung stimmt haargenau mit der der Wanderer überein, die Basti und ich am Morgen getroffen haben. »Hatte die Person etwas in der Hosentasche?«, erkundige ich mich, obwohl ich mir dabei blöd vorkomme.

Beide schütteln die Köpfe. »Uns ist nichts aufgefallen«, meint die Frau.

Ich verabschiede mich und schaue auf die Uhr. Zu früh, um schon wieder zur Hütte hochzugehen, denke ich – und auf einmal kommt mir eine absolut geniale Idee. Ich könnte, denke ich, Valerios Vater im Krankenhaus besuchen. In einem kleinen, vertraulichen Gespräch könnte ich vielleicht herausfinden, warum sich Vater und Sohn nicht verstehen. Klar, so sehr interessiert mich die Frage ja nicht, aber schließlich war Vals Pa Gast auf unserer Hütte, bevor er in die kleinen Bäumchen, die Latschen, kippte.

Kurz entschlossen kaufe ich ein Sträußchen gemischte Blumen auf dem Markt, weil Pralinen für einen Mann wohl nicht das Passende sind.

Im Krankenhaus riecht es dumpf nach Medizin und Essen. Ich frage mich zu Herrn Tillmann Reitenbach durch, und als ich anklopfe und die Tür aufmache, bin ich auf Valerio gefasst.

Der Blödmann ist nicht anwesend.

Zwei Betten stehen im Zimmer. An einem sitzt eine Familie; Vater, Mutter, Kind. Im Bett liegt ein uralter Mann, der so bleich und eingefallen aussieht, dass ich sofort an einen Scheintoten denke. Er tut mir furchtbar leid, denn eins ist sicher: Der macht es nicht mehr lange.

Dagegen sieht Valerios Vater wie das blühende Leben aus, obwohl er einen dicken Verband um den Kopf hat und der rechte Arm verbunden ist. »Bonnie!«, ruft er so erfreut, als würden wir uns schon ewig kennen. »Das ist aber nett, dass du mich besuchst!«

Ich mache hrrrmmm, lege die Blumen auf die Bettdecke und ziehe einen Stuhl ans Bett. Auf dem Nachttisch steht ein Tablett. »Haben Sie schon das Mittagessen bekommen?«, frage ich verwundert, weil es erst kurz nach elf Uhr ist.

Er nickt und verzieht das Gesicht. »Ich habe aber keinen Appetit.«

In einem Schälchen ist ein Rest orangefarbener Suppe, auf dem Teller liegt ein Klumpen Kartoffelbrei, ein paar verschrumpelte Erbsen und ein Stück Fleisch mit Sauce. Der Nachtisch sieht stark nach Apfelmus aus. Ich rümpfe die Nase. »Kann ich verstehen. Ne Currywurst mit ordentlich Pommes wäre Ihnen lieber, was? Oder Finkenwerder Maischolle, oder Heringe mit Pellkartoffeln. Wie geht es Ihnen?«

»Gut«, sagt er schnell. »In zwei, drei Tagen bin ich wieder fit.«

Obwohl er wirklich ganz gut aussieht, glaube ich ihm das nicht, aber einem Kranken darf man keinesfalls die Hoffnung rauben. »Das freut mich«, sage ich. »Viele Grüße übrigens von meiner Tante Friederike. Sie wünscht Ihnen gute Besserung.«

Würde sie bestimmt, wenn sie wüsste, dass ich einen Krankenbesuch mache. Und weil ich in einer selbst gewählten Mission unterwegs bin und das Gespräch auf das Verhältnis zwischen Vater und Sohn bringen muss, berichte ich ihm erst mal vom Falschmelder und was ich dagegen unternommen habe.

Er findet meine Idee super. »Und das Internet? Die meisten Wanderer informieren sich heute dort, bevor sie aufbrechen.«

Ne, ans Internet hab ich nicht gedacht, aber das ist ein tolles Stichwort. »Das hat Ihr Sohn mir auch geraten«, flunkere ich und werde nicht mal rot dabei.

»So? Das wundert mich.«

»Was wundert Sie, Herr Reitenbach?«

»Dass mein Sohn auch mal einen nützlichen Gedanken hatte.«

O je! Weil sich die beiden wohl spinnefeind sind, weiß ich nicht mehr weiter und zupfe vor lauter Verlegenheit die Bettdecke gerade. »Immerhin besucht er Sie täglich«, sage ich.

»Na, das ist ja wohl das Mindeste, was ich von meinem Sohn erwarten kann, wenn ich ihm die Sommerferien in den Bergen bezahle. Das Geld muss erst mal verdient sein!«

Wenn ich gewusst hätte, dass Vals Vater ein Geizhals ist, hätte ich ihm keine Blümchen mitgebracht. Keine einzige Primel hat der verdient, denke ich und sage: »Ein Glück, dass die Übernachtung in der Rabennesthütte fast geschenkt ist, was? Null Komfort, Matratzenlager und Waschen am Brunnentrog. Garantiert billiger als Ihr Aufenthalt im Krankenhaus.« Ich grinse ihn an. »Jedenfalls gehe ich direkt noch einmal ins Fremdenverkehrsamt. Die machen nämlich um 12 Mittagspause!«

»Dann mal los«, sagt Herr Reitenbach. »Übrigens – Valerio war heute noch nicht hier. Weißt du, wann er kommt? Er muss einiges für mich erledigen.«

Fast wäre ich rausgeplatzt: »Der musste erst mal Burgl in den Ausschnitt linsen!« Zum Glück bin ich ein fixes Mädchen und flunkere flott: »Herr Reitenbach, Ihr Sohn ist schon auf dem Weg.«

Warum nehme ich den Kerl in Schutz? Bin ich verrückt oder was?

Ich mache schnellstens die Fliege, weil es oberpeinlich für mich wäre, wenn ich dem Kerl in die Arme liefe. Jetzt, wo ich von seinem Vater und er garantiert direkt von seiner Burgl kommt, der Döspaddel, der Doofkopp … Aber irgendwie tut er mir doch leid. Ich meine, einen Vater zu haben, der seinen eigenen Sohn nicht leiden kann, ist ja echt nicht der Hit. Damit muss man erst mal klarkommen. Erst recht, wenn der Alte so extrem sportbesessen ist. So unfroh und geizig. Und stur verlangt, dass sein

Sohn so ist, wie er es sich denkt. Ist es da ein Wunder, dass ihm das Schicksal ein Bein gestellt hat?

Hängt der Reitenbach im Latschenbaum
Hernach muss liegen er im Krankenraum

10. Kapitel

Tatsächlich laufe ich Val am Eingang direkt in die Arme. »He!«, schreie ich absichtlich so laut, dass alle Leute herschauen. »War es nett bei Burgl? Du hast dich verspätet; dein armer kranker Vater wartet schon seit einer Ewigkeit auf dich!«

Valerio wird rot und zischt so schnell an mir vorbei, dass die Leute um uns herum lachen. »Dem macht das schlechte Gewissen Beine«, sagt ein junger Mann, der im Rollstuhl sitzt und vorm Eingang eine Zigarette raucht. »Darfst du das?«, frage ich ihn, worauf er auf seine eingegipsten Beine deutet. »Muss wenigstens die Lunge auf Trab halten«, meint er und streckt mir das Zigarettenpäckchen hin. »Willst eine?«

Ich schüttle den Kopf, bleibe aber bei ihm stehen, weil er so verloren aussieht, dass mich das Mitleid übermannt. »Sag, du kennst die Burgl?«, fragt er mich.

»Kennen nein. Ich habe sie nur einmal gesehen. Aber das hat mir gereicht.«

Er lächelt richtig zärtlich. »Die Burgl ist ein nettes Mädchen.«

»So?«

»Ja.«

Mir kommt eine Idee. »Besucht sie dich hier?«

Er rollt zum Abfallkübel und drückt die Kippe aus. »Solche Besuche sind nicht ihr Ding.«

»Blöd für dich. Wie heißt du?«

»Achim. Und du?«

»Tut nichts zu Sache«, antworte ich eilig und renne los. Wenn Burgl ein so nettes Mädchen ist, soll sie ihren Freund gefälligst besuchen und ihn ein bisschen aufheitern, denke ich und sause direkt zum Springenden Gamserl. Dort ist sie natürlich nicht, aber ich lasse eine Botschaft zurück: *»Hallo Burgl, der Achim sehnt sich nach dir. Besuche ihn im Krankenhaus, wenn du ein Herz für ihn hast!«*

Ich schiebe dem Wirt das Blatt zu und schärfe ihm ein, es sofort Burgl auszuhändigen, wenn sie sich bei ihm blicken lässt.

Dann gehe ich noch kurz im Fremdenverkehrsbüro vorbei und diktiere dem netten Mann hinterm Schalter, dass die Rabennesthütte *nicht* überbelegt ist und sich auf zahlreiche Wanderer freut.

Zuerst ist er ein bisschen widerspenstig, aber dann sieht er doch ein, welch wirtschaftlichen Schaden meine Tante durch den Falschmelder erleidet, wenn die Berichtigung nicht auf der Homepage des Ortes erscheint.

Dann gehe ich in die Bäckerei, in der ich den Zettel angepinnt habe – er hängt noch an der Wand –, und begutachte das Angebot. Es gibt eine Menge Süßstücke, Brezeln, Brötchen aus Weißmehl und Vollkornmehl, mit Mohn, Nüssen und einem komischen Kraut, das Bärlauch heißt, und während ich noch total unschlüssig vor der riesigen Auswahl stehe, verlangt der Kunde neben mir einen LKW.

Jedes Kind weiß, dass ein LKW ein Lastwagen ist, deshalb staune ich nicht schlecht, dass jemand in einer Bäckerei einen LKW verlangt. Hier handelt es sich bei einem LKW aber nicht um ein großes Fahrzeug. Die Verkäuferin nimmt nämlich einen dampfenden Laib Fleischkäse aus der Heißtheke, säbelt ein dickes Stück ab, schneidet ein Brötchen entzwei, klatscht die Scheibe auf eine Hälfte und fragt: »Senf oder Ketchup?«

Der Kunde verlangt beides. Die Verkäuferin spritzt also beides auf das Fleisch, drückt die obere Hälfte auf die untere und sagt: »N Guata.«

Das klingt Chinesisch oder Japanisch, aber da ich mich in den Bergen befinde, handelt es sich vermutlich um die Landessprache.

Der LKW riecht unglaublich gut, deshalb deute ich auf den Kunden und sage: »Für mich bitte dasselbe.«

Nach kurzem Nachdenken verlange ich zwei Stücke. Dann frage ich: »Was heißt bitte LKW?«

»Leberkäsweck«, sagt die Verkäuferin und schiebt die zwei LKWs in eine Tüte. Sie sagt das Wort so schnell, dass ich mich echt verhöre. »Läber? Was ist das?«

»Schon mal was von Herz und Leber gehört?«, erkundigt sie sich und patscht sich auf ihren großen Busen.

»Klar.« Ich mache, dass ich aus der Bäckerei komme.

Dann setze ich mich wieder auf die Bank und esse die beiden LKWs. Danach bin ich pappsatt und mache mich auf den Weg.

Leider habe ich keine Gesellschaft – weder von Basti noch von Val ist was zu sehen, deshalb wird es mir ziemlich schnell langweilig. Ich halte wieder den Daumen hoch, und wieder hält ein Milchlaster, aber diesmal schenkt mir der Fahrer nichts.

Am Ortsschild hängt mein angeklebtes Blatt nicht mehr; jemand hat es abgerissen, denn es ist mitsamt dem Tesafilm verschwunden. Was für ein Schietkram!

Das ärgert mich so, dass ich fast meinen Fußball vergessen hätte, den ich im Gebüsch verborgen habe. Ich muss ein paar Meter runter, zwischen die Zweige kriechen, den Ball holen, ihn untern Arm klemmen – und als ich wieder auf dem Weg bin, sehe ich einen Wanderer, auf den die Beschreibung der Leute von heute Morgen exakt passt: Mir bleibt fast das Herz stehen!

Nichts wie ran an den Speck, denke ich und geh auf den Wanderer zu. »Was fällt Ihnen ein, im Ort rumzuschreien, unsere Rabennesthütte sei überbelegt? Wissen Sie, was das bedeutet? Meine Tante verdient nichts! Lassen Sie das also gefälligst bleiben!«

Vor Schreck weicht der Mann einen Schritt zurück. »Hoppla«, sagt er.

»Hoppla?!«, schreie ich. »Was anderes fällt Ihnen nicht ein? Ich verlange eine Erklärung!«

»Die kannst du haben: Keine Ahnung, wovon du redest. Es muss sich um eine Verwechslung handeln.«

»Klar«, sage ich verächtlich. »Eine Verwechslung. Was für eine blöde Ausrede!« Ich bin so wütend, dass ich ihn am liebsten geschüttelt hätte. Aber der Mann bleibt ganz ruhig. Da erst sehe ich seinen riesigen Rucksack.

Jetzt lacht er sogar. »Es geht dich zwar nichts an, aber ich bin erst heute Morgen angereist.«

»Kann ja jeder sagen! Gibt es dafür Beweise?«, will ich wissen.

Er runzelt die Stirn, schüttelt zuerst den Kopf, dann holt er seine Geldbörse aus der Hosentasche und hält mir einen Fahrschein unter die Nase. Es ist eine Fahrkarte der Deutschen Bundesbahn, ausgestellt auf den heutigen Tag und die Strecke Immenstadt-Oberstdorf. »Genügt dir der Beweis?«, erkundigt er sich.

Schiet! »Geklaut haben Sie die Fahrkarte wohl nicht«, sage ich kleinlaut.

Jetzt lacht der Mann. »Mädchen, was du dir nur denkst!«

Und dann, mich trifft fast der Schlag, zeigt er mir noch eine Karte: Der Mann ist ein Polizist! Du meine Güte!

Bonnie, denke ich, da hast du dich in einen sauberen Schlamassel reingeschrien – hättest du lieber mal den Mund gehalten und den Mann höflich ausgefragt … Aber dafür ist es nun zu spät.

Ich mach ein bisschen hrrrm und so, dann entschuldige ich mich.

»Sorry. Tut mir echt leid.«

»Entschuldigung angenommen«, sagt der Mann. »Falls du auch zur Rabennesthütte willst, könnten wir zusammen wandern. Was meinst du?«

»Klar«, sage ich mühsam. »Meine Tante bewirtschaftet die Hütte, deshalb …«

»… bist du jetzt auf der Suche nach dem Übeltäter?«

Ich nicke. Wir machen uns auf den Weg. Der Mann ist alt, mindestens fünfzig oder so, aber er ist echt gut im Training und rennt fast den Berg hoch; ich habe Mühe, mitzuhalten und nicht aus der Puste zu kommen.

»Was genau ist passiert?«, erkundigt er sich.

Ich erzähle es ihm und auch das, was ich unternommen habe.

»Nicht schlecht«, lobt er mich. »Mehr konntest du nicht tun.« Er denkt nach. »Deine Tante führt doch ein Buch, in das sie die Übernachtungsgäste einträgt. Hat sie keinen Verdacht, wer der Übeltäter sein könnte?«

Ich schüttle den Kopf.

»Schade.«

Er hat, sagt er mir, noch ein paar Urlaubstage gut und will morgen auf den Bockkarkopf.

»Ach herrje«, sag ich, »ausgerechnet auf den Bockkarkopf wollen Sie? Da müssen Sie aber aufpassen. Weil – da ist gerade erst jemand abgestürzt und liegt jetzt im Krankenhaus.«

»Das tut mir leid«, sagt mein Begleiter.

»Na ja …« Am liebsten hätte ich ihm gesagt, dass der Abgestürzte selbst schuld am Unglück ist, weil man in den Bergen keinesfalls für einen Marathonlauf trainieren soll. Ich verkneife es mir aber. »Was hätten Sie gemacht, wenn Sie im Dorf erfahren hätten, unsere Hütte sei überbelegt?«, frage ich ihn.

»Unsere Hütte?«, wiederholt er. »Verbringst du den ganzen Sommer oben?«

»Nur während der Ferien. Ich komme aus Hamburg.«

»Und willst lieber wandern statt segeln?«, fragt er.

»Es ist eine Ausnahme«, sage ich dann. »Meine Familie versteht auch nicht, weshalb sich eine Hamburgerin die Bewirtschaftung einer Schutzhütte mit Plumpsklo antut.« Ich grinse. »Meine Tante nennt das Traditionsklo«, erkläre ich ihm. »Irrer Name, was? Ehrlich gesagt – ich verstehe meine Tante ja auch nicht. Schön sind die Berge schon, aber mir ist das Meer lieber.«

»Aber wenn man auf einem Berg steht und ringsherum nichts anderes sieht als tausend schneebedeckte Gipfel, ist das etwas, was das Meer nicht bieten kann«, wendet er ein. »Warst du schon mal auf dem Ifen? Beispielsweise? Wie heißt du eigentlich?«

»Bonnie Hansen. Nein, ich hatte noch keine Zeit für eine Gipfelbesteigung. Ich bin nämlich erst drei Tage hier.«

»Und begibst dich gleich auf die Jagd nach einem Übeltäter? Alle Achtung.«

Wir gehen und gehen, und in null Komma nichts sehen wir die Hütte. Rauch steigt aus dem Schornstein, die Alpenvereinsfahne weht im schwachen Wind, zwei Dohlen – oder sind es Krähen? – kreisen ums Dach. Das ist alles. Keine Gäste auf der Terrasse, keine Stimmen.

Das letzte Stück rennen wir fast. Und dann kommt Friedl aus der Hütte, lacht übers ganze Gesicht, und – fällt dem Wanderer um den Hals! Ich fasse es nicht … Sie umarmt einen Bullen! Voll der Wahnsinn.

»He!«, sag ich, obwohl die Frage Unsinn ist. »Ihr kennt euch?«

Der Typ sagt nichts darüber, dass ich ihn angeschrien habe. Ich finde das anständig, geh rein, damit sie sich ungestört küssen können, und frage Heidi, ob sie weiß, dass Friedls Lover Bulle ist.

Sie weiß es und findet ihn voll in Ordnung.

Aber Gäste sind keine gekommen. Während wir zu viert Braten mit Knödeln essen, sagt der Bulle, er heiße Erwin und ich könne ruhig Du zu ihm sagen.

»Erwin«, wiederhole ich. »Schöner Name. Seit wann kennt ihr euch?« Ich deute mit dem Messer auf ihn und Friedl, obwohl ich weiß, dass das ziemlich unanständig ist.

Erwin will gerade antworten, aber da kommt Valerio herein. Er beachtet mich nicht.

Ich beachte ihn erst recht nicht, aber ich berichte den anderen von Achim mit den Beinen im Gips und dass ich Burgl eine Nachricht zwecks Krankenbesuch habe zukommen lassen. »Weil«, sag ich, »der mit den Gipsbeinen Burgl kennt.«

Heidi zwinkert mir zu. »Bittschön, wer von den Jungs kennt die Burgl eigentlich nicht?«

Friedl fragt schnell, wie es Vals Vater gehe. Ich kapiere gleich, dass sie das Thema wechseln will. Na ja, am ersten Abend mit ihrem Lover will sie keinen Streit, deshalb vertiefe ich die Burgl-Sache nicht. Aber über das Luder ärgere ich mich schon; für sie ist Val natürlich so was wie ein Sonderangebot bei Aldi: frisch und unverhofft … Ich schaue schnell zu dem Jungen rüber. Er sieht ziemlich unglücklich aus und stopft sich gerade einen Happen Knödel in den Mund. Das bringt mich auf mein neues Wissen. »Ich habe heute zwei LKWs gegessen«, sage ich harmlos. »Wisst ihr, was LKWs sind?«

Der Hüttenspruch des Tages lautet:

Wenn man spricht von der Burgl-Maus
Das Männerhirn dampft zum Kopf hinaus

11. Kapitel

Am nächsten Morgen ist die Ruhe dahin: Schon in aller Herrgottsfrühe tauchen die ersten Wanderer auf, dann reißt die Kette nicht mehr ab. Heidi meint, so voll sei es noch nie gewesen; und weil sie und Friedl jede Hand brauchen können, sage ich natürlich: »Kein Problem, ich helfe euch.«

»Okay«, sagt Heidi. »Nimm die Bestellungen auf.«

»Das mache ich mit links.« Ich schnappe mir den Block und einen Stift und gehe in die Stube (so heißt hier der Aufenthaltsraum), denn die Terrasse ist komplett belegt.

Gleich am ersten Tisch hält mich eine Frau fest. »Zwei Haferl Kaffee, ein Weizen, drei Skiwasser. Sechs Schinkenbretterl.«

Weil es ja schnell gehen muss, schreibe ich 3 K, 1 Weiz, 3 SW, 6 SB und will in die Küche rennen, doch schon wieder hält mich jemand fest. »Wir waren zuerst hier«, beschwert sich der Gast. »Für uns zwei Hefeweizen. Zitronenscheibe nicht vergessen.«

Ich notiere: 2HW plus Z.

Ich lege den Zettel in die Küche und renne wieder los. Man sollte es nicht glauben, wie gierig die Leute aufs Essen und Trinken sind! Und jeder sagt: »Wir waren zuerst da!« – selbst wenn ich mit eigenen Augen gesehen habe, wer tatsächlich als Erster am Tisch saß!

Jedenfalls nehme ich in Rekordgeschwindigkeit die Bestellungen auf. Trotzdem wundern sich die Gäste, weshalb sie nichts bekommen. Ich wundere mich auch … bis mich Friedl in die Küche ruft. »Sag mal, hast gestern den Verstand im Tal gelassen? Wer soll denn das kapieren: 3 K, 3 SW und so?«

»Das sieht doch echt ein Blinder«, verteidige ich mich und will ihr die Abkürzungen erklären, aber sie will nichts hören. »Wir tauschen. Ich nehme die Bestellungen auf, du hilfst der Heidi beim Herrichten. Aber komm mir bloß nicht der Kaffeemaschine zu nahe!«

Ich bin ein gutmütiger Mensch. Mich kann man so leicht nicht beleidigen. Trotzdem finde ich Friedls Ton reichlich unhöflich – ich meine, jeder kann doch mal übers Ziel hinausschießen, oder?

Ich schniefe ein bisschen, dann nehme ich das Tablett auf und gehe in die Stube. »Der Kaffee kommt an unseren Tisch«, schreit gleich der Mann am Eingang … Ich geb's ja nur ungern zu, aber irgendwie bringe ich alles durcheinander. Das heißt, ich war's ja eigentlich nicht. Es waren die gierigen Gäste.

Heidi kommt extra aus der Küche, um Ordnung zu schaffen. Danach muss ich Kartoffeln schälen, dann Essiggurken aus einem großen Glas in eine Schüssel füllen, dann Salami schneiden, dann Ketchup aus einem riesigen Eimer in einen kleineren Bottich abfüllen. Unglaublich, was man alles tun muss, um seine Gäste zufriedenzustellen. Und die danken einem nicht mal, für die ist alles selbstverständlich!

Das Ende vom Gästeansturm ist, dass uns der Kartoffelsalat zu den Wiener Würsten schon gegen elf Uhr auszugehen droht.

Heidi füllt den Schnellkochtopf mit Kartoffeln, dreht das Gas auf und sagt: »Wenn's klingelt, sind sie gar. Dann wartest du einen Moment, hältst den Topf unters kalte Wasser, machst den Deckel auf, wartest wieder, und wenn sie ein bisschen abgekühlt sind, schälst und rädelst du sie. Kapiert?«

Klar habe ich alles kapiert. Ich fülle Senf in kleine Schälchen, dann klingelt es, dann mache ich alles so, wie Heidi es will. Kein Problem. In null Komma nichts hab ich die Kartoffeln eigenhändig geschält und gerädelt, Friedl kippt die Sauce drüber und fertig ist der Salat.

Dann taucht das nächste Problem auf: Die Linsensuppe ist alle. Und dabei ist noch nicht mal Mittagessenszeit – aber klar, ein hungriger Wanderer schert sich nicht um die normale Uhrzeit.

Ich spüle den Schnellkochtopf aus, Heidi füllt Linsen und klein geschnittenes, getrocknetes Gemüse aus einem Sack plus eine bestimmte Menge Wasser hinzu, schließt den Deckel, dreht das Gas auf und sagt: »Bonnie, du weißt jetzt, wie es geht.«

Klar, ich weiß, wie der Schnellkochtopf funktioniert, ich bin ja nicht blöd, oder?

Gut.

Ich warte bis zum Klingelton, nehme den Topf vom Gas, halte ihn unters kalte Wasser, warte ein bisschen, dreh den Deckel auf, was gar nicht so leicht ist – und die gesamte Linsen-Gemüsepampe schleudert wie Lava bei einem Vulkanausbruch in die Luft. Herr im Himmel – so was Gewaltiges hab ich noch nie erlebt! Ich hüpfe zur Seite und staune. Aber Hallo! Die ganze Küche ist braun, überall tropfen die Linsen runter, hübsch garniert mit ein bisschen Grünzeug: von den Wänden, der Decke, den sauberen Tellern, Tassen und Schüsseln. Im Ketchup, im Senf, auf den Salamischeiben … wohin man sieht, überall Linsen mit Sauce. Und genau in diesem Augenblick kommt Basti herein, und mit ihm ein schwarzer Köter.

»Heilige Maria und Josef«, schreit er. »So eine Sauerei aber auch!«

Der Köter bellt, dann jault er und fängt an, die Pampe aufzuschlabbern.

»Ich fass es nicht.« Friedl, die hereingelaufen kommt, sinkt auf den Hocker – mitten in die Pampe setzt sie sich. Springt auf, greift sich an den Po. »Das Zeug ist ja kochend heiß!«

Tja …

Linsensuppe fällt heute flach. Friedl speist die Leute mit Erbsensuppe ab, und Heidi, Basti und ich putzen, was das Zeug hält. Nach hundert Stunden oder so sieht die Küche fast wieder normal aus, die Wanderer sind auf dem Weg, die neuen noch im Anmarsch. Wir verschnaufen ein paar Sekunden, dann muss Kaffee gekocht und Kuchen aufgeschnitten werden. Eines ist sonnenklar: Der Beruf einer Köchin kommt für mich nicht in Frage.

Leider verläuft der Rest des Tages auch nicht problemlos. Es ist nämlich so, dass der schwarze Köter in der Diele einige Wanderschuhe benagt hat. Zu dumm, dass es nicht die seines Herrchens waren … Mensch, das gibt vielleicht ein Geschrei!

Der Tag ist eine einzige Hektik. Ich sehne den Abend samt Hüttenruhe herbei, und als es dann so weit ist und Friedl auf die

Uhr an der Wand deutet und die Leute – die Matratzenlager sind voll belegt – ins Bett scheucht, geht der Zirkus von Neuem los: Eine Frau kriecht in ihren Schlafsack, fühlt etwas Warmes, spürt, wie etwas an ihrem Bein hochkrabbelt, schreit wie am Spieß, und was ist?

Eine Maus hüpft ihr ins Gesicht.

Das Geschrei oben ist schlimmer als bei mir in der Schule am ersten Tag nach den großen Ferien. Aber ich sag's ja immer: Eine Hütte mit Komfort wäre echt nicht zu verachten.

Irgendwann wird die Maus gefangen. Das überlebt sie nicht.

Und dann, gerade, als wir uns eine kühle Cola gönnen wollen, hören wir Schritte auf der Terrasse. Die Tür geht auf – und wer erscheint?

Valerio. Und seine Mutter.

Ich kombiniere in Windeseile: Die Fluglotsen haben ihren Streik beendet. Das Matratzenlager ist absolut voll. Kurt … Kurt muss bei Friedl nächtigen. Ich grinse Friedl an: »Für jedes Problem gibt's eine Lösung. Freust du dich darüber?«

Wenn zur Nacht der Wanderer schreit
Bleibt für Schlaf sehr wenig Zeit

12. Kapitel

Die Nacht ist der Hammer: Der schwarze Köter wird in der Stube angeleint, und immer, wenn jemand aufs Traditionsklo schlappt, wacht er natürlich auf und bellt wie verrückt.

Dann steht plötzlich ein Gespenst im Kämmerchen, in dem Heidi und ich schlafen. »Der Hund hat mich angefallen. Ich trau mich nicht aufs Häuschen«, jammert das Gespenst. »Kann mich jemand begleiten?«

Heidi und ich vermuten, dass sich der Köter losgerissen hat. Wir gehen mit dem Gespenst nach unten, machen ganz vorsichtig die Tür auf und das Licht an – und was ist? Der Köter schnappt nach der Heidi! Sie macht einen Satz nach hinten, schreit »Hilfe!«, ich knall die Tür zu und sause hoch zum Matratzenlager: »Der Köter ist los!«

Das löst totales Chaos aus: Flüche, Schreie und Gekeife – der Hundebesitzer hat echt nichts zu lachen.

Als wieder Ruhe eingekehrt ist und ich gerade am Einschlafen bin, höre ich, wie die Tür zu Friedls Kammer aufgeht und jemand einen Eimer verlangt, weil's seiner Nachbarin schlecht geworden ist. Ich sag nur: Wanderer! Eine Katastrophe!! Der einzige

Lichtblick in meinem Leben ist, dass Valerio am Morgen mit seiner Mutter in eine Pension im Tal ziehen wird. Dann sehe ich den Fischkopp nicht mehr – jedenfalls nicht, solange Ferien sind.

Leider geht uns Vals Mutter mit Jammern und Klagen gehörig auf den Geist. »Ich wäre ja schon längst losgegangen, aber mein Sohn möchte auf keinen Fall die Hütte verlassen. Ich verstehe einfach nicht, weshalb er sich s-trikt weigert, mit mir zu kommen«, klagt sie. »Nichts gegen Ihre Hütte, aber die Nacht war die schlimmste meines Lebens.«

Vermutlich war es die lauteste, denke ich und frage mich, weshalb Val unbedingt bei uns bleiben will, wo doch Burgl im Tal haust. Mich freut es, dass sich Friedl nicht erweichen lässt: »In der Hütte ist kein Platz für Dauergäste.«

Das finde ich auch und heule Val keine Träne nach, als er schließlich und endlich klein beigibt und an der Seite seiner Mutter – jetzt ganz der brave Sohn – ins Tal wandert.

Es herrscht herrlichstes Sommerwetter, und heute sehen die Berge so aus wie auf den Ansichtskarten, die wir verkaufen.

Ich bewundere gerade die Aussicht, als Friedl mich zur Eile treibt: »Hilfst uns, das Matratzenlager in Ordnung zu bringen, solange es nicht regnet?«

»Es wird regnen? Spinnst du?«

Nicht Friedl, sondern ihr Freund, Erwin der Bulle, erklärt mir, dass, wenn man meint, die Berge seien näher gerückt, Föhn herrscht. »Föhn bedeutet Regen.«

Aha. Der Föhn. »Nimmst du mich auf den Arm?«, erkundige ich mich ungläubig. »Mit 'nem Föhn trockne und style ich mir die Haare.«

»Bei uns heroben«, erwidert Erwin, der nach der Wanderung gestern einen Ruhetag einlegt, »versteht man unter Föhn einen warmen Fallwind auf der Lee-Seite eines Gebirges. Bläst der Föhn, schlägt das Wetter um.«

Ich nehme mir schwer vor, das Wetter im Blick zu behalten.

Wir gehen dann nach oben, und ehrlich, im Matratzenlager sieht es schlimmer aus als damals, als meine Klasse im Schullandheim auf Norderney war: Jemand hat eine Wurstbüchse mit dem Rest des Inhalts unter der Decke liegen lassen, einer hat eine Packung Chips verkrümelt, ein anderer hat mit dem Inhalt einer Bierflasche die Matratze versaut und die leere Flasche daruntergeschoben … so geht es weiter. Ganz abgesehen vom Gestank – es ist eklig, dort aufzuräumen.

»Warum tust du dir das an?«, frage ich Friedl.

Sie zuckt die Schultern und meint gleichmütig: »So schlimm ist es nicht immer.«

Dann kommen Basti und Gustl vom Tal herauf – beide mit einem prallvollen Rucksack mit Frischwaren: Brot, Butter, Gemüse und Obst. Basti grinst mich an, dann zieht er Heidi an sich und drückt ihr einen dicken Schmatz auf die Backen.

Ich helfe Heidi, die Vorräte zu verstauen. »Hab deinen Freund, den Valerio, im Dorf gesehen«, verkündet mir Basti. »Zusammen mit der Burgl.«

»Ärgert dich das, Bonnie?«, will Heidi wissen.

»Moment mal«, sagt Gustl und lacht fies. »Sie hat den Jungen stehen lassen und ist mit deinem Basti abgezogen, Heidi.«

»Was?« Heidi wirbelt herum. »Ich glaub's ja nicht! Zuerst ziehst mit der Schlampe durchs Dorf, dann küsst du mich ab?«

»Ich …«

»Raus!«, brüllt Heidi. »Aber dalli!«

Basti weicht zur Tür zurück. »Die Burgl hat nichts zu bedeuten«, versichert er. »Ich mag doch nur dich, Heidi!«

»Schönen Dank aber auch«, wütet sie weiter.

Ich glaube, sie hätte Basti die Augen ausgekratzt, wenn er nicht abgehauen wäre. »Wer ist denn diese Burgl?«, fragt Erwin.

Heidi schnaubt nur, Gustl bläst die Backen auf, Friedl verdreht die Augen. »Warum antwortet mir keiner?«, erkundigt sich Erwin und schaut mich an. »Weißt du das, Bonnie?«

»Also«, sage ich langsam, »ich kenne sie ja nicht wirklich.« Dann gebe ich mir einen Ruck. »Im Hamburger Hafen würde sie nicht auffallen. Hier schon«, erkläre ich und finde, dass das eine sehr gute Antwort ist.

Erwin pfeift durch die Zähne. »Ja wenn das so ist … Heidi, ich würde mir keine Sorgen machen. Eine Burgl weiß, wo es was zu holen gibt; bei deinem Basti ist das garantiert nicht der Fall.«

»Woher willst du das schon wissen«, fährt ihn die Heidi an.

»Ja mei … Als Mann hat man das im Gefühl.«

»Gfüi« lautet das Wort in der Landessprache.

Plötzlich klappert ein Fensterladen. Keiner von uns hat bemerkt, dass auf einmal der Himmel mit dicken dunklen Wolken überzogen ist – in einem wahren Affenzahn muss das gegangen sein. Jetzt ist es finster, und nun setzt auch schon der Regen ein, und zwar so heftig, dass wir richtig zusammenzucken.

»Jessas!«, ruft Heidi, stürzt auf die Terrasse und sammelt Kissen und Tischdecken ein. Ein Aschenbecher geht zu Bruch, der Regen trommelt so schrecklich gegen die Scheiben, dass ich ums

Glas fürchte – es ist, als würde die Sintflut einsetzen. Dabei ist es nur der warme Fallwind namens Föhn. Der tatsächlich Regen bedeutet.

Friedl rast hoch und schließt überall die Läden, Erwin verrammelt die Hintertür. Nur Gustl sitzt gemütlich in der Küche und lässt sich nicht aus der Ruhe bringen.

Wir setzen uns an den Küchentisch und schenken Kaffee ein, und dann, kaum dass wir den ersten Schluck genommen haben, poltert jemand auf die Terrasse, die Tür geht auf, und wer steht da, tropfnass und mit wirren Haaren, und zerrt den Rucksack vom Rücken?

»Valerio! Was willst du heroben?«, ruft Friedl.

Er schüttelt sich wie ein Hund. »Ich bitte um ein Nachtlager.«

»Ich hab dir doch gesagt, dass Dauergäste auf einer Schutzhütte nichts zu suchen haben«, sagt Friedl. »Warum nimmst dir mit deiner Mutter kein gemütliches Zimmer in einer netten Pension? Du kannst sie doch nicht allein lassen.«

Er schüttelt nur den Kopf.

Erwin schaltet sich ein. »Hast was Trockenes zum Umziehen?«

»Umziehen ist nicht nötig«, meint Val störrisch.

»Dann setz dich zu uns.« Erwin deutet auf einen Stuhl. »Und jetzt sag uns, warum du nicht im Tal bleiben möchtest.«

Es dauert eine Weile, bis uns Valerio den Grund nennt. »Dass mein Vater abgestürzt ist … also dafür macht sie mich verantwortlich. Ich hätte ihn bremsen müssen, sagt sie. Ich hätte wissen müssen, dass er den Berg nicht hätte hochrasen dürfen. Dass er nicht mehr der Jüngste ist. Dass er fälschlicherweise meint, er sei noch fit wie vor zwanzig Jahren. Mann!«, sagt er leise. »Ich hab's ja versucht! Aber hat er auf mich gehört? Ausgelacht hat er mich. Ein Weichei sei ich, hat er gesagt und ist immer schneller gelaufen.«

Erwin schenkt ihm Kaffee ein. »Trink«, sagt er. Dann fragt er Friedl: »Was machen wir mit dem jungen Mann?«

»Wir?«, entgegnet Friedl spitz. »Du willst sagen: Liebe Friedl, du hast doch ein weiches Herz. Nun lass ihn halt in der Hütte übernachten.«

»Richtig«, bestätigt Erwin. »Kann er?«

»Übernachten?« Friedl seufzt. »Es ist gegen die Vorschriften.«

»Was ist mit dem Stadl?«, erkundigt sich Heidi plötzlich. »Er hat doch einen Schlafsack. Wenn er den ins Heu legt, ist's nicht gegen die Vorschriften.«

Friedl ächzt noch ein bisschen, dann willigt sie ein. »Schweren Herzens«, klagt sie. »Vorausgesetzt, du gehst uns zur Hand. Kost und Logis gegen Handarbeit, verstanden?«

»Und wehe, du schleppst die Burgl in den Stadl«, warnt ihn die Heidi. »Dann ist's aus mit der Freundschaft. Dann tret ich dir so in den Allerwertesten, dass du hochkant ins Tal fliegst.«

Valerio strahlt sie an. »Solange ich keine Topflappen häkeln muss, tu ich alles.«

»Kost und Logis gegen Mithilfe – ich nehm dich beim Wort, Valerio«, wiederholt Friedl und deutet zum Fenster. Die heftigen Güsse sind einem gleichmäßigen Landregen gewichen. »Es wird kalt werden. Kannst schon mal Holz in die Stube tragen und die Scheite neben dem Ofen aufschichten. Gustl, zeigst du ihm, wo er das Holz findet?«

Als die beiden draußen sind, beugt sich Heidi über den Tisch. »Ich glaube Valerio. Und ihr?«

Wir nicken, wir haben seinen Vater kennengelernt. Aber warum seine Mutter ihrem Sohn Vorwürfe macht, ist uns schleierhaft. Heidi vermutet, sie habe einen Schock erlitten, doch Friedl widerspricht ihr. »Die Nachricht hat ihr vielleicht einen Schock versetzt, aber das ist jetzt ein paar Tage her. Der Schock ist vorbei.«

»Vielleicht macht sie sich Vorwürfe, dass Val und nicht sie ihren Mann begleitet hat. Ich meine, vielleicht hat er sie ja zuerst gefragt. Sie hat abgelehnt und gesagt, lieber wandert sie mit ihren Freundinnen auf Mallorca als mit ihm, der ja nur für den Marathonlauf trainieren und nicht die Schönheit der Landschaft genießen wollte«, sag ich, weil ich mir vorstelle, was ich gesagt hätte, wenn mein Vater so was Aberwitziges von mir verlangt hätte. »Val wollte ja auch nicht mitkommen, aber sein Vater hat so lange auf ihm herumgehackt, bis er schließlich die Geduld verloren hat und einwilligte. Hat er mir gesagt.«

Erwin lächelt mich ganz stolz an. »Friedl, du hast eine kluge Nichte. So wie sie es vermutet, wird es gewesen sein: Die Mutter macht sich Vorwürfe, aber zugeben? Ne, das kann sie nicht.«

»Und der Junge badet den Schlamassel aus«, setzt Friedl hinzu. »Armer Kerl. Bonnie, du musst ein bisschen nett sein zu ihm. Oder soll ich das für dich übernehmen?«

»Das überlassen wir Burgl«, antworte ich hochnäsig. Burgl hab ich echt gefressen, aber wirklich.

»Der Regen treibt uns die Wanderer in die Hütte«, stellt Friedl dann fest. »Auf Leute, an die Arbeit! Heidi, du kochst die

Linsensuppe. Und Bonnie, du rührst mir weder die Kaffeemaschine noch den Schnellkochtopf an. Du schneidest Käse und Wurst auf und schaust zu, dass deine Finger heil bleiben.«

Heidi grinst mich an. »Wenn du auch noch mit der Schneidmaschine Mist baust, schicken wir dich zum Blümchenpflücken auf die Wiese! Nur dass du das weißt.«

Haha. Wenn das so weitergeht, brauche ich keinen Finger mehr zu rühren, denke ich und schimpfe insgeheim auf Valerios Mutter. Da dachte ich, ich wäre den Fischkopp endlich los, und was ist? Jetzt hängt er erst recht hier oben herum.

Pech muss der Mensch haben.

Ich schneide also Brot auf und Salami und Schinken. Der Regen rinnt am Fenster herunter, ich denke an die Wanderer, die patschnass die Hütte entern werden und dass wir die Sauerei aufwischen müssen. Und schon poltert jemand auf die Terrasse, ich höre aufgeregte Stimmen, verstehe aber nix, weil die Landessprache gesprochen wird. Also gehe ich in die Stube. »Ist was?«, erkundige ich mich.

»Der Falschmelder ist wieder unterwegs«, informiert mich die Heidi. »Jetzt ist der Wirt von der Obernauerhütten betroffen.«

»Das geht zu weit«, meckert Friedl und jagt mich wieder in die Küche.

Heidi kocht Linsensuppe und schimpft auf den Falschmelder. Und auf Basti. Und Burgl. Und als Valerio reinkommt, keift sie ihn an: »Und du bist auch nicht besser als der Basti! Euch Mannsbilder hab ich alle gefressen!« Sie drückt ihn auf den Hocker und knallt ihm eine Schüssel Kartoffeln vor die Nase. »Schälen und rädeln, aber flott!«

Ich sehe zu, wie er das Messerchen in die eine und eine Kartoffel in die andere Hand nimmt. Und wie er an der Haut herumzupft. Und überhaupt nichts fertigbringt. Also setze ich mich zu ihm und zeige ihm, wie das so geht, das Kartoffelschälen.

Heidi rührt die dicke Suppe um. Sie legt Würstl in siedendes Wasser und richtet eine Menge Schinkenbretter. »Geht es noch langsamer?«, fährt sie uns an. »Der Kartoffelsalat sollte längst fertig sein!«

»Warum lässt du deine schlechte Laune an uns aus?«, frage ich sie, aber sie hört mich nicht, weil jetzt die nassen Wanderer eintrudeln, ihre Bestellungen aufgeben und Hektik ausbricht.

Ich helfe wieder beim Servieren, renne von der Küche zu den Tischen und zurück, immer hin und her. Erwin ist eine große Hilfe, er kümmert sich ums Bier, und Valerio, ich glaub's ja nicht, nimmt Bestellungen auf. Er macht das einwandfrei.

Es regnet gleichmäßig, und natürlich gehen die Leute bei so einer Nässe nur, wenn es absolut dringend ist, raus aufs Häuschen. Ich sehe, wie eine Frau aufsteht, den Anorak und die Stiefel anzieht … aber kaum ist sie im Freien, geht ein solches Geschrei los, dass ich einen Überfall vermute. Im Nu ist sie wieder in der Stube und schreit: »Ein Hund! Ein tollwütiger Hund sitzt vor dem Häuschen!«

Mit einem Satz ist Erwin, der Bulle auf Urlaub, im Freien.

Friedl will wissen, wer einen Hund mitgebracht hat. Niemand hat einen dabei. »Ich sag's ja!«, jammert die Frau. »Es ist ein tollwütiger Hund! Der ist irgendwo ausgerissen. Und verwildert. Und jetzt überfällt er jeden, der ihm übern Weg läuft!«

Ich muss wieder ans Schullandheim denken und an die Fußball-Trainingslager. Bei uns ist es auch hoch hergegangen, aber im Fall eines tollwütigen Hundes hätte keiner von uns gejammert. Wir wären raus wie ein Mann und hätten das Tier verjagt, aber hallo!

Friedl sagt den Leuten, sie sollen eben in der Hütte bleiben, bis ihr Erwin die Sachlage gecheckt hätte. Ich schlüpfe hinter dem Bullen raus, schleiche mich mit ihm in Richtung Häuschen, da hält er mich zurück.

Was sehen wir?

Etwas total Unglaubliches. Und Schönes. Etwas, das uns ein Lächeln ins Gesicht zaubert.

Denn: Das Tier ist kein tollwütiger Hund. Es ist ein Fuchs, ein Füchslein. Das hat unsere Bio-Mülltonne entdeckt und wühlt sich durch die Abfälle. Jetzt hat er einen matschigen Apfel im Maul, er fällt ihm runter, rollt weg, der kleine Fuchs macht einen Satz und spielt mit seinen tapsigen Pfoten Fußball. Ganz süß sieht das aus.

Wir sehen ihm zu und merken gar nicht, wie nass wir werden.

Erst als Friedl aus der Hütte ruft: »Jemand muss aufs Häuschen! Ist der Hund weg?«, erschrickt der Kleine, schnappt sich den Apfel und haut ab wie der Blitz.

Erwin sagt den Leuten nur, dass sie gefahrlos rausgehen können. Aber ich flüstere der Heidi ins Ohr: »Es war ein kleiner Fuchs!« Da flüstert sie zurück: »So was hab ich mir gedacht. Ich meine, wie soll sich auch ein Hund bis hier herauf verirren? Wäre ja echt abartig. Und noch was, Bonnie. Es ist nicht der erste Fuchs, der unseren Biomüll entdeckt.«

An diesem Tag klingt der Spruch des Alpenkalenders richtig positiv:

Ein Füchslein am Abend und recht viel Regen
Bringen der Rabennesthütte vielfachen Segen

13. Kapitel

An diesem Abend kommen noch vier total durchnässte Wanderer, die gehört haben, dass die Obernauerhütte wegen Überfüllung geschlossen wäre. Weil es zu spät ist, dorthin zu gehen, müssen sie ihre Schlafsäcke auf den Bänken in der Stube auslegen. Die haben vielleicht geflucht! Aber da war nix zu machen; ich habe sie um ihr hartes Lager nicht beneidet, kann ich nur sagen.

Am nächsten Morgen grummelt Friedl, der Käse gehe zur Neige. Das stimmt; in den vergangenen Tagen habe ich einen ganzen Laib aufgeschnitten, jetzt ist nur noch ein kleiner Rest übrig. Klar, ich denke, Gustl und Basti würden für Nachschub sorgen, aber nix da.

Noch am Vormittag kommt ein Junge über die Wiese. In Bergstiefeln, kurzen Lederhosen, kariertem Hemd. Braun gebrannt, einen grünen Filzhut auf den von der Sonne gebleichten hellen Haaren. Er legt einen riesigen Laib Käse auf den Tisch.

»Servus, Wolfi«, sagt Friedl. »Setz di. Magst was trinken?«

Heidi wird ganz aufgeregt. Sie fährt sich über die Haare, zieht die Schürze gerade und fragt: »Wie schau ich aus?« Dabei lässt sie den Jungen, Wolfi, nicht aus den Augen.

Ich tu ganz unschuldig. »Bringt uns Wolfi auch Vorräte herauf?«

»Wie? Nein, der nicht.« Sie füllt ein Glas mit Apfelschorle, und weil sie es Wolfi auf die Terrasse hinausbringt, folge ich ihr und setz mich neben den Jungen. Na ja, so jung scheint er nicht zu sein; ich schätze, dass er drei, vier Jahr älter ist als ich. Höchstens. Also so etwa siebzehn. Vielleicht auch schon achtzehn.

Er trinkt und schaut mich dabei an: meine Lederhose, mein Shirt mit dem Segelboot, meine wikingerblonden Haare. »Wo kommst du denn her?«

»Das ist Bonnie, meine Nichte«, erklärt Friedl. »Der Wolfi ist Senner.«

Senner? Was ist das schon wieder?

»Sommers senn i auf der Enzianalpe«, klärt mich Wolfi auf. Ich kapiere natürlich nichts.

»Ja mei …«, sagt er und stupst den grünen Filzhut nach hinten.

Friedl sagt mir dann, dass Wolfi Hirte ist und mit einem Oberhirten, Kurt, nach der Schneeschmelze im Frühjahr mit den Kühen auf die Alpe wandert. Sie sorgen dafür, dass die Tiere ordentlich fressen, nicht abhauen, nicht über Felsen stürzen oder sich sonstwie in Gefahr bringen. Im Spätsommer treiben sie die Kühe wieder ins Tal und geben sie ihren Besitzern zurück.

»Warum nicht im Herbst?«, erkundige ich mich.

Wolfi deutet auf die Berggipfel. »Was meinst, wann hier heroben der erste Schnee fällt? Das kann heute, morgen oder übermorgen sein. Aber gegen Ende August muss man damit rechnen, dass er liegen bleibt.«

Okay, das kapiere ich, schließlich hat es ja neulich auch geschneit, obwohl wir dem Kalender nach Hochsommer haben.

Aber ein ganzer Sommer nur mit Kühen! »Das stelle ich mir langweilig vor. Was macht ihr den Tag über?«

»Die Tiere halten uns auf Trab. Freie Tage gibt's für uns nicht. Wann wir schlafen oder essen, hängt davon ab, ob eine Kuh gesucht werden muss oder ob sich eine verletzt hat. Und dann sennen wir ja auch.«

Sennen bedeutet, dass sie aus der Kuhmilch Käse machen, der Bergkäse heißt. Ein Laib liegt jetzt auf dem Tisch.

Dann berichtet mir Wolfi weiter, dass ihre Alpe auf einem ziemlich steilen Gelände liegt, dass sie keinen Strom und demzufolge auch kein Telefon, keine Handyverbindung und keinen Fernseher haben.

»Aber wir haben ein Solarradio«, ergänzt er stolz.

Ein Solarradio. Aha. Was ist ein Solarradio? Und wie erfahren sie, was sich in der Welt so tut, wenn die Sonne nicht scheint?

»Indem«, sagt Wolfi und grinst Heidi an, »ich euch frischen Käse bringe.«

Heidi grinst zurück. Oh-oh, tut sich zwischen den beiden was?

Ich will nicht hoffen, dass Heidi und Wolfi ... weil mir Wolfi echt gefällt. Der grüne Filzhut liegt neben ihm auf der Bank, seine Haare sind ziemlich lang und ein bisschen lockig, und einen Hauch von Bart hat er auch. Das steht ihm. Echt, Wolfi hat was. Wenn ich den mit Valerio vergleiche ... also ehrlich, gegen Wolfi ist Valerio ein Weichei. Ein Warmduscher. Als hätte er meine Gedanken gehört, kommt er jetzt auf die Terrasse hinaus und setzt sich neben Wolfi. Du lieber Himmel!

»Kann ich dich auf deiner Alpe mal besuchen?«, frage ich.

Heidi und Friedl lachen los. Valerio guckt blöd, aber Wolfi sagt: »Jederzeit. Musst mich eben finden.«

Wenn's weiter nichts ist … »Keine Sorge, das schaffe ich locker«, versichere ich ihm.

Meine Tante lacht. »Das Gelände ist nicht so klein und übersichtlich, wie du vielleicht denkst.«

»Ich habe gute Augen im Kopf«, sage ich und frage Wolfi, ob ihm der kommende Sonntag für meinen Besuch passen würde.

»Jederzeit«, wiederholt er. »Bei uns ist ein Tag wie der andere.«

Valerio rutscht auf dem Stuhl herum. »Ich hab auch noch nie eine Sennalpe gesehen«, erklärt er und sagt, er würde mich begleiten. Ich fass es nicht. Das sagt er, ohne mich zuvor zu fragen, ob es mir auch recht ist!

»He«, fahre ich ihn an. »Du kümmerst dich um deinen kranken Vater, kapiert!« Dann fällt mir noch etwas ein. »Und vergiss die Abmachung nicht: Handarbeit gegen Kost und Logis!«

»Und was ist mit dir?«, entgegnet er.

»Ich«, sage ich hochmütig, »verbringe die Sommerferien bei meiner Tante. Wenn ich ihr helfe, mach ich's freiwillig, klar?«

Valentino macht hrrrm und runzelt unzufrieden die Stirn. »Trotzdem. Ein, zwei Stunden Freizeit sind bei mir doch auch drin, oder?«

»Mal sehen«, weicht Friedl aus. Ich kapiere nicht, weshalb Valerio mich unbedingt begleiten will. Wolfi trinkt die Apfelschorle aus, lässt sich von Friedl den Käselaib bezahlen und steht auf. »Das war's«, sagt er und setzt den grünen Filzhut aufs Haupt. Ich seh ihm nach, bis er über die Wiese und den Hügelkamm gewandert und verschwunden ist. Erst da fällt mir ein, dass er mir nicht erklärt hat, wo und wie ich seine Kuh- und Käsealpe finde. Aber darüber mache ich mir keinen Kopf; Friedl hat ja jede Menge Wanderkarten.

Und Bücher übers Allgäu.

Sie bringt eines an den Tisch, schlägt es auf und deutet mit dem Zeigefinger auf einen Abschnitt. »Die Infos werden dich interessieren, Bonnie.«

»Das wertvolle Allgäuer Braunvieh verdankt seine vorzüglichen Eigenschaften den für die Graswirtschaft besonders günstigen klimatischen Bedingungen, die das Wachstum besonders nahrhafter Futterpflanzen fördern«, lese ich und brauche ein paar Sekunden, bis ich den komplizierten Satz auch verstehe.

Und weiter: *»Unter einer Alp versteht man im Allgäu das hoch überm Tag gelegene Weidegebiet, das vom Vieh längere Zeit hindurch genützt wird, ohne dass es zu seinem Stall im Tal zurückkehrt. ... Wird auf der Alp Milchvieh gehalten, so ist es eine Sennalp.«*

Ich lese dann noch, dass man die Zeit, in der die Kühe auf der Sennalp sind, *Sömmerung* nennt. Das ist ein schönes Wort, finde ich und erfahre, dass die Sömmerung je nach Witterungsverhältnissen zwischen 120 und 150 Tage dauert.

Als ich meiner Tante das Buch zurückgebe, klingelt das Telefon. Das ist ein schwarzes Uraltmodell, bei dem der Hörer noch auf einer Gabel aufliegt. Ich hebe ihn ab. »Hier spricht Bonnie Hansen von der Rabennesthütte. Was kann ich für Sie tun?«

Zuerst höre ich ein Räuspern, dann ein Schnaufen, dann sagt eine Männerstimme: »Ja mei … I glaub des jetzt net – Friedl, des bist doch net du, oder?«

Friedl nimmt mir den Hörer aus der Hand. »Das ist der Anselm, der Wirt von der Obernauerhütte!«, flüstert sie.

Anselm berichtet meiner Tante, was er in Bezug auf den Falschmelder unternommen hat. Er hat – darüber bin ich echt stolz – nichts anderes getan, als was ich auch unternommen habe: Zettel angepinnt und angeklebt, im Fremdenverkehrsamt Meldung gemacht und eine Richtigstellung auf der Homepage des Ortes verlangt. Zusätzlich ist er zur Polizei gegangen; daran habe ich leider nicht gedacht.

Die normale Anzahl Wanderer trudelt im Lauf des Tages ein. Wir servieren zum üblichen Essen Schmalzbrote. Die sind neu auf der Karte, weil Gustl am Nachmittag einen Topf Griebenschmalz heraufgeschleppt hat. Die Schmalzbrote gehen weg wie nichts.

Das Wetter ist so lala. Mal Sonne, mal bewölkt, mal Regen. Ich habe mich an die Rabennesthütte gewöhnt, an unser privates Badezimmer in den wahnsinnigen Farben, ans fischlose Essen, an die Wanderer, an das Getrappel auf der knarrenden Stiege, ans Bedienen am Tag, ans Kochen – eigentlich an alles. Es gefällt mir hier, und ich weiß, ich kann's bis zum Ferienende aushalten. Valerio geht mir zwar auf den Geist, aber weil er fast immer einen Bogen um mich macht, halte ich seine Gegenwart aus. Von Burgl, der Sexbombe aus dem Tal, haben wir nichts Neues gehört. Vom Falschmelder auch nicht. Wir glauben, dass er nicht mehr in der Gegend ist.

Jetzt bin ich schon fast zwei Wochen in den Bergen. Voll der Wahnsinn, wie schnell die Tage vergehen. Seit gestern hat sich ein stabiles Hoch eingenistet, was bedeutet, dass wir jede Menge Gäste erwarten. Das bringt Knete in Friedls Kasse. Die Hütte ist heute bis auf die letzte Matratze belegt; allein dreizehn Wanderer wollen am kommenden Tag einen Klettersteig begehen. Sie haben einen Wanderführer dabei, der ihnen am Abend einen Vortrag hält. Ich lehne an der Wand und höre zu. »*Alpin gesehen werden an einen Klettersteig-Wanderer hohe Anforderungen gestellt*«, macht er sich wichtig. »*Kraft, Ausdauer und völlige Schwindelfreiheit werden vorausgesetzt. Weil: Mit Drahtseilen, Leitern, Eisenstiften und Klammern muss er extrem steile, senkrechte oder gar überhängende Felspartien überwinden.*« Puh, denke ich, das ist nichts für mich! Der Bergführer fährt fort: »*Wären alle Begeher eines Klettersteigs mit den von drohenden Gewittern oder von plötzlichem Kälteeinbruch ausgehenden Gefahren auch nur einigermaßen vertraut, dann wären die sich immer wiederholenden Unfälle durch Blitzschlag in eiserne Sicherungsanlagen oder durch sommerliches Erfrieren undenkbar.*«

Mich schüttelt es: Klettersteige? Nein danke!

Weil der nächste Tag anstrengend und dazu auch noch knallsonnig werden soll, verziehen sich die Gäste ziemlich früh aufs Matratzenlager.

Valerio fängt mich mal wieder auf der Terrasse ab und fragt mich, wann ich endlich zur Enzian-Sennalpe gehen würde. Und warum ich etwas gegen seine Begleitung hätte.

»Warum willst du das wissen?«

»Weil ich vorarbeiten will«, erklärt er eifrig.

So ein Doofkopp! »Das weiß ich doch jetzt noch nicht«, schnauze ich ihn an, weil ich unbedingt allein auf die Alpe gehen will. Wolfi ist was Besonderes, und mich freut es, dass sich Valerio so aufregt, weil ich mir den Besuch auf der Sennalpe vorgenommen habe. Vielleicht gehe ich ja morgen zu Wolfi auf seine Alpe. Wer weiß.

Wir räumen die Hütte auf, ich stelle auf der Terrasse die Stühle ordentlich an die Tische, sammle die Aschenbecher ein, falte die Tischtücher zusammen und trage sie mit den Polstern, die auf den Bänken und Stühlen liegen, ins Haus. Es ist noch ein kleines bisschen dämmrig, und als ich ganz zum Schluss die Abfälle raustrage, sehe ich eine Bewegung. Ich erstarre. Mein erster Gedanke ist: Ein Dieb! Der zweite: Der Falschmelder hat sich zu uns raufgetraut!

Aber echte Tatsache – mein dritter Gedanke ist: Ein Vampir!

Warum? Weil hinter der Biomülltonne zwei spitze Ohren auftauchen. Spitze Ohren, wie ein Vampir sie hat. Mir wird speiübel. Am liebsten hätte ich losgekreischt, wäre in die Hütte gestürzt und hätte mich meiner Tante Friederike an den Hals geworfen. Und dann hätte ich Erwin gebeten, den Vampir zu erledigen. Ich meine, wozu ist er Bulle? Und hat ein Bulle nicht gefälligst seine Knarre am Gürtel zu tragen?

Ich sperre schon den Mund auf, pumpe eine Menge Luft in meine Lungen – und was sehe ich dann? Im allerletzten Augenblick? Die spitzen Ohren gehören keiner großen Gebirgs-Vampir-Fledermaus. Sie gehören dem kleinen Fuchs, der auf die Bioabfälle wartet. So ein raffinierter Bursche! Der hat mitbekommen, dass er sich abends sein Fressen holen kann!

Ich stelle die Schüssel mit den Bioabfällen auf den Boden. Und die große Büchse, in der das Gulasch war, auch. Dann verziehe ich mich auf die Terrasse, setze mich auf die Stufe und warte.

Zuerst kommt er mal hinter der Tonne hervor. Dann streckt er die Nase in die Luft – ich glaube, das heißt: Er nimmt Witterung auf.

Die Witterung scheint ihm zu gefallen, jedenfalls duckt er sich und schleicht auf die Schüssel zu. Dann sieht er mich. Er bleibt stehen. Ich bewege mich nicht, ich traue mich nicht mal zu blinzeln.

Ich mache ihm wohl keine Angst, denn er schleicht weiter auf die Schüssel zu …näher, noch näher …

Und dann passiert alles auf einmal: Hinter mir poltert jemand aus der Hütte, Licht fällt auf die Terrasse, der kleine Fuchs macht einen Satz und – schnappt sich die Konservendose. Die, in der das Gulasch war. Dann sehe ich nur noch einen grauen Schatten über die Wiese flitzen.

Voll der Wahnsinn.

Aber echt schade, dass im entscheidenden Augenblick jemand aufs Häuschen mit dem Herzchen in der Tür gehen musste. Morgen Abend werde ich so tun, als würde ich den Müll weit von der Hütte entfernt auf der Wiese entsorgen. Hundert Pro!

Weil:

Wenn der Fuchs hinter die Tonne kriecht
Er Bonnies leckeres Futter riecht

14. Kapitel

Am nächsten Tag lacht die Sonne vom Himmel. Ich helfe beim Frühstück, und als die Wanderer losmarschieren, frage ich Friedl nach dem Weg zu Enzian-Sennalpe. Sie holt die Karte, deutet mit dem Finger auf ein, zwei, drei Pfade und meint, allein wär das nix für mich, ich müsse unbedingt Valerio mitnehmen.

»Wieso? Muss ich einen Klettersteig bewältigen?«

Friedl beruhigt mich; mich erwarten bequeme Wege über Wiesen, Weiden und Almen. »Trotzdem – du könntest dich verlaufen. Allein gehst du nicht los«, sagt sie energisch.

»Vielleicht«, weiche ich aus, und weil ein verspäteter Gast noch bezahlen muss, ist sie beschäftigt. Mit einem Käsebrot und einem Apfel in der Hand verkrümel ich mich. Jemand ruft mir etwas hinterher, aber ich tu so, als würde ich nichts hören. Zuerst geht es über die Wiese mit den Ziegen. Die beachten mich nicht, ich marschiere weiter und erreiche ein Gebiet, in dem niedere Büsche wachsen, dann geht es aufwärts, immer aufwärts, dann senkt sich der Weg. Wieder geht es über eine Wiese. Und noch eine. Dann folgt ein Wäldchen, dann, als das aufhört, stehe ich wieder auf einer Wiese. Unter mir sehe ich ein graues Dach. Das muss die Alpe sein, denke ich und renne fast runter. Die Alpe steht auf einer weiten Wiese, auf der eine Menge Kühe grasen. Jede hat eine Glocke um den Hals. Wenn sich eine Kuh bewegt, bimmelt die Glocke. Eigentlich bimmeln alle Glocken, sie bimmeln aber nicht fürchterlich laut; es hört sich eher gemütlich an.

Leider ist nirgendwo ein Zaun, deshalb verschnaufe ich ein bisschen und schaue mich um: Ob die Kühe mich anfallen? Mir hinterherrennen? Ob die wild sind und Wanderer nicht mögen? Und wo ist Wolfi, der Hirte? Oder sein Kumpel, der Oberhirte?

Es bringt nichts, wenn ich einfach nur warte. Also fasse ich mir ein Herz und gehe langsam weiter. Mitten rein in die Kuhherde. Die Tiere fressen, als würd's mich nicht geben. Sie schauen nicht mal hoch. Also gehe ich weiter und stehe bald vor der Hütte. Enzianhütte, steht auf einem Holzbrett über der Tür. Und Sennalpe.

Ich rufe: »Hallo! Ist jemand zu Hause?«

Nichts. Ich höre nur die Kuhglocken.

Ich stoße die Tür auf. »Hallo?!«

In der Hütte ist es dämmrig; es dauert, bis sich meine Augen an das wenige Licht gewöhnt haben. Das Innere der Hütte … ja, wie soll ich das beschreiben? Es ist ziemlich dürftig. Ein Tisch, eine Bank. Ein Hocker. Ein Ausguss aus Stein, darüber ein Brett mit zwei Tellern, einer Schüssel, einem Krug, ein paar Becher.

Einen Herd gibt es auch, und als ich den sehe, fallen mir die Augen aus dem Kopf. Der wird noch mit echtem Holz befeuert! Die Scheiter liegen nämlich daneben auf dem Dielenboden, und als ich meine Hand über die Kochplatten aus Eisen halte, spüre ich etwas Hitze. Voll der Wahnsinn, denke ich, wie in einem Heimatmuseum, nur dass das kein Museum ist.

Ich sehe noch eine Tür, öffne sie und blicke in eine Kammer mit zwei schmalen Betten aus dunklem Holz. An einer Wand sind zwei Haken, daran baumeln Hemden und Hosen, und auf einer hölzernen Truhe liegt ein Hut mit einem hübschen Gamsbart.

Wieder im Freien wandere ich zwischen den Kühen umher in Richtung eines Stadls – das ist eine Hütte, in der Gras oder Gerätschaften aufbewahrt werden.

Außer den Kuhglocken höre ich absolut nichts, und obwohl ich ja den ganzen Weg allein gegangen bin und mich kein bisschen gegruselt hab, gruselt es mich jetzt. Es ist nämlich verdammt einsam. Am liebsten wäre ich umgekehrt, aber weil ich jetzt schon mal da bin, gehe ich um den Stadl herum. Wenn Wolfi da nicht ist, geh ich nach Hause in die Rabennesthütte, denke ich gerade – und dann sehe ich die zwei. Sie hocken im Gras, und ihre Köpfe sind ganz nah beisammen.

Tja, denk ich, da hab ich den falschen Tag erwischt. Oder genau den richtigen. Jedenfalls hüpfe ich hinter den Stadl, und zwar so schnell, wie ich noch nie gehüpft bin. Dann warte ich, bis sich mein Herz beruhigt. Und meine Wut abnimmt. Und ich wieder denken kann. Und überlegen, was ich tun soll. Abhauen? Oder ganz harmlos tun und sagen: »Hallo, hier bin ich! Ich will nur mal kurz Guten Tag sagen und schauen, wie es auf so einer Sennhütte zugeht.«

Also das hätte ich Wolfi echt nicht zugetraut. Der und Burgl, das Busenwunder! Also wirklich! Reichen ihr die Jungs im Tal nicht? Muss sie sich auch noch die Senner krallen? Und was hatte Wolfi behauptet? Er hätte nie einen freien Tag? Einer sei wie der andere, sogar der Sonntag? So ein fieser Lügner, so ein Döskopp, so ein Schietkerl!

Das einzig Gute ist, dass Valerio mich nicht begleitet. Der hätte jetzt gelacht. Und sich gefreut, dass Wolfi eine Freundin hat. Aber vielleicht hätte er sich auch geärgert? Vielleicht wäre er wütend geworden, weil Burgl mit Wolfi zusammen ist?

Egal ... Ich kann mich nicht entschließen, zu den beiden rüberzugehen. Ich lehne mich an die Stadlwand – und plötzlich pustet mir jemand heiße Luft ins Genick. »Mist!«, schreie ich, fahre herum und blicke einer Kuh ins Gesicht.

Die schüttelt den Kopf, dass die Glocke nur so bimmelt. Dann stupst sie mich. Will sie etwa gestreichelt werden? Nicht von mir ... Wie angewurzelt verharre ich auf der Stelle. Wegrennen? Das traue ich mich nicht. Sie zur Seite schubsen? Eine Kuh ist echt riesig.

»Hau ab«, sage ich und höre selbst, wie meine Stimme zittert.

»Ja da schau! Ist das nicht die Bonnie von der Rabennesthütten?«

Plötzlich steht Wolfi links neben mir. Und Burgl rechts neben mir.

»Mist«, wiederhole ich, »wieso geht die Kuh nicht weg? Was will die von mir?«

»Das ist doch bloß die Vroni«, sagt Wolfi und krault die Kuh zwischen den Hörnern. Die senkt den Kopf und muht so richtig genüsslich – wenn sie eine Katze gewesen wäre, hätte sie geschnurrt. Hundert Pro!

»Die Vroni ist höflich. Die will dich begrüßen. Neugierig ist sie auch. Sie will wissen, warum du gekommen bist.«

Burgl lacht. Mensch, wie blöd ich die Tussi in ihrem extrem kurzen Lederhöschen finde!

»Ich hab doch gesagt, dass ich dich besuche«, verteidige ich mich. »Und dass ich dich finde«, setze ich hinzu und funkle Burgl an. »Tut mir leid, dass ich euch störe. Hätte wohl anrufen sollen, was? Bloß, dass du hier keinen Empfang hast, Wolfi.«

Burgl zwinkert Wolfi zu. »Ich geh dann mal los.«

»Meinetwegen kannst du bleiben«, blaffe ich rasch. »Wie gesagt, ich störe nicht länger.«

Burgl reißt die Augen auf. »Wer behauptet, du würdest uns stören? Wenn du dich da mal nicht täuschst.«

»Wie bitte?« Das Blut schießt mir ins Gesicht. Wahrscheinlich bin ich rot wie eine Tomate mit Sonnenbrand. Mein alter Fehler: Wenn ich doch nur nicht dauernd vor dem Nachdenken den Schnabel aufmachen würde! Ich schlucke.

Burgl lächelt mich an. Wolfi krault die Kuh, die Vroni heißt.

Ich will abhauen – aber wie denn? Hinter mir ist die Stadlwand, links steht Wolfi, rechts Burgl, vor mir Vroni. Keine Fluchtmöglichkeit. Mist aber auch.

»Bist du alleine gekommen?«, erkundigt sich Wolfi.

»Klar. Brauche ich etwa ein Kindermädchen?«

»Ich frag ja nur … Magst was essen? Oder trinken?«

Alles – nur das nicht. Keine Minute länger als unbedingt nötig bleibe ich auf der verdammten Sennalpe. Also schüttle ich den Kopf. Und ziehe den Apfel aus der Tasche meiner neuen Lederhose. »Ich hab keinen Hunger.«

»Schick«, sagt Burgl und deutet mit dem Kinn auf die Lederbüx. »Und das Ringelhemd dazu ist mal was Neues, meinst nicht auch, Wolfi?«

»Absolut. Also. Wie ist's, Bonnie? Brauchst einen Laib Käse?«

»Danke. Nein. Wenn ihr mir aus dem Weg gehen würdet, könnte ich mich vom Acker machen«, sage ich. »Tschüss dann.«

»Servus«, sagt Burgl.

»Bleib doch noch«, sagt Wolfi.

Vroni macht muhhh – und dann, dann … also dann ärgere ich mich, weil ich sehe, dass auf einmal Valerio über die Wiese auf uns zukommt und dabei jeder Kuh gehörig aus dem Weg geht. Ist er mir gefolgt, weil er eins und eins zusammengezählt hat? Als er kapiert hat, warum ich nicht auf der Rabennesthütte war? Oder hat Friedl ihn geschickt? Hat ihm Heidi einen Tipp gegeben?

Während ich mir die Fragen stelle und Valerio immer näher kommt und uns drei dabei nicht aus den Augen lässt, folgt ihm eine der braungrauen Kühe. Die ist so neugierig wie Vroni, die mir den heißen Atem ins Genick geblasen hat, und so, wie ich die Vroni nicht gesehen habe, sieht auch Valerio die Kuh hinter sich nicht.

Er hat es ziemlich eilig, aber die Kuh hält mit. Valerio merkt schließlich, dass sich hinter seinem Rücken was tut, er dreht sich um, sieht die Kuh, erschrickt, tritt voll in einen Kuhfladen, rutscht aus, rudert mit den Armen in der Luft herum … na ja, den Rest kann man sich denken.

Jedenfalls – Valerio landet mit dem Hintern voll im Schiet, wir lachen, und ich glaube, Vroni lacht auch. Weil nämlich ihre Glocke wie wild zu bimmeln beginnt.

Valerio rappelt sich auf, die Kuh stellt sich ihm in den Weg, Vroni rennt zu ihrer Freundin, und Valerio muss es mit zwei Kühen aufnehmen. Mit drei, wenn man Burgl dazurechnet, denn die eilt ihm zu Hilfe.

Sie reicht ihm die Hand, zieht ihn hoch, lässt seine Hand los, Valerio will sich abstützen, plumpst zurück, landet wieder im Fladen, und Wolfi sagt: »Meine Schwester ist einfach unmöglich. Sie kann's nicht lassen – wenn sie jemandem einen Streich spielen kann, dann tut sie es.«

Ich glaub, ich hab mich verhört. »Sag bloß! Burgl ist deine Schwester?«

Wolfi kneift die Augen zusammen. »Klar doch. Hat dir das keiner gesagt?«

Das muss ich erst mal auf die Reihe bekommen: Burgl ist Wolfis Schwester. Aha. Das ändert natürlich alles. Wenn das Valerio erfährt – aber hallo!

Ich lächle Wolfi an. »Ich dachte natürlich, sie wäre deine Freundin. Deshalb wollte ich nicht stören.«

Er kratzt sich am Kinn. »Und?«

Ich knipse mein strahlendstes Lächeln an. »Jetzt habe ich verdammt noch mal Hunger und Durst. Und so wie es aussieht –«, ich deute mit dem Zeigefinger auf Valerio, der endlich wieder auf seinen zwei Beinen steht, »muss er sich den Schiet von der Hose waschen.«

»Wer hat den eigentlich geschickt?«, erkundigt sich Wolfi. »Ich frag nur, weil ihr ja gemeinsam hättet kommen können.«

»Keine Ahnung, warum er hier ist. Vielleicht hat er sich ja verlaufen?«

Verlaufen hat er sich aber nicht. Er ist stocksauer und sagt: »Du wusstest doch, dass ich dich begleiten wollte, Bonnie!«

»Und du wusstest, dass ich keine Begleitung wollte«, schieße ich zurück. »Was tust du hier, Valerio?

»Also, ich muss wirklich los«, sagt Burgl. »Wolfi, du kümmerst dich um den Jungen, ja?«

»Das findet der Junge aber schade«, sage ich. »Könntest du dich nicht um ihn kümmern, Burgl?«

Burgl lacht wie blöd. Da fällt mir die Sache mit Achim ein. »Hast du Achim schon im Krankenhaus besucht?«, frage ich sie. »Um den solltest du dich wirklich kümmern, Burgl.«

»Der Achim. Aha. Hat er sich nach mir erkundigt?« Burgl zupft an ihren fransigen Haaren. »Also um jeden Kerl kann ich mich nun wirklich nicht kümmern.«

Ich drehe mich zu Valerio um. »Hast du das gehört? Für sie bist du nur einer von vielen blöden Kerlen.«

Ich glaube, in diesem Augenblick hätte mich Valerio am liebsten gefressen, so böse blickt er mich an!

Jedenfalls – Burgl wandert ins Tal, und Wolfi zeigt Valerio den Wassertrog. »Zieh dich ruhig aus und setz dich ins Wasser. Es ist zwar ein bisschen kalt, aber mit einer warmen Dusche kann ich hier heroben leider nicht dienen. Ich geh mit Bonnie in die Sennhütte.«

Dort trinken wir frische Buttermilch, die vom Käsen übrig geblieben ist und echt supergut schmeckt, aber bevor wir beide uns hätten näherkommen können, steht Valerio am Tisch. Er muss sich und die Hose in einem Affenzahn gewaschen haben und sagt: »Ich störe doch nicht?«

»Doch! Genau das tust du«, fauche ich.

»Nein, du störst überhaupt nicht«, sagt Wolfi.

Männer!

Das Ende vom Lied ist, dass Valerio mit uns Buttermilch trinkt und verspricht, Wolfi in ein, zwei Tagen nochmals zu besuchen, um mitzubekommen, wie er Käse macht.

»Begleitest du mich, Bonnie?«, fragt er und macht dabei ganz große Augen.

»Um zu sehen, wie Wolfi Käse fabriziert? Also nein, Valerio. Das interessiert mich nicht die Bohne«, sage ich so hochnäsig wie nur was.

»Schade«, antwortet Valerio und sieht echt enttäuscht aus. Wolfi stößt ihn an. »Junge, halt dich ran«, empfiehlt er Val und lacht richtig fies.

Ich zeige den Jungs den Vogel und gehe. Ohne Tschüss. Meine Wut hält bis zum Abend an. Sie verraucht erst, als ich die spitzen Ohren meines Vampirfüchschens hinter der Biomülltonne sehe. Mein Hüttenspruch des Tages lautet natürlich:

Stellt die Bonnie auf der Alp sich ein
Grantig wird Valerio sein

15. Kapitel

Valerio ist für mich Luft; ich ignoriere ihn total. Wie konnte er mir nur heimlich zur Sennalpe folgen – ich kapiere das nicht. Und sich Wolfi an den Hals werfen! Also wirklich! Von mir aus kann er bleiben, wo der Pfeffer wächst!

Aber abgesehen von Valerio, der mir auf den Geist geht, verlaufen die nächsten Tage und Nächte ohne Zwischenfälle. Niemand fällt die Treppe runter, niemandem wird schlecht, niemand muss auf einer Bank in der Stube schlafen, kein Gast hat seinen Köter mitgebracht. Dazu kommt, dass sich das stabile Hochdruckgebiet nicht von der Stelle bewegt und für allerbestes Wetter sorgt.

Immer wieder stehe ich auf der Terrasse und schaue mir die Wege zu den Felsen hinauf an. Irgendwann, das nehme ich mir fest vor, wandere ich zu einem Gipfel hoch. Am liebsten würde ich ja die Mädelegabel besteigen – wegen des Gipfelkreuzes. Weil da in einem eisernen Kästchen ein Gipfelbuch liegt, in das ich mich eintragen werde: »Bonnie Hansen from Hamburg, Germany, was here!«

Mal sehen …

Es ist der Hammer, wie früh die Leute an schönen Tagen aus den Schlafsäcken kriechen! Wir, Friedl, Heidi und ich stehen um fünf schon in der Küche. Und wir haben so viel zu tun mit Tee- und Kaffeewasser kochen, mit Brotaufschneiden, Marmelade abfüllen, Schinken- und Käsescheiben auf Teller klatschen, dass wir nicht mal Zeit finden, den Langschläfer Valerio aus dem Heu zu scheuchen. Das ist aber nicht das Schlimmste; einmal, als Friedl für Übernachtung und Frühstück abkassiert, behauptet doch tatsächlich ein hinterhältiger Gast, sie hätte ihn beschissen. »Ich hab Ihnen einen Zwanziger gegeben, aber Sie haben mir auf einen Zehner rausgegeben!«, beschwert er sich.

»Sag bloß! Was denkt sich der Schurke eigentlich?«, schimpfe ich.

»So einer ist immer mal wieder unter den Gästen«, sagt Heidi. »Aber keine Sorge, deine Tante schafft den Kerl!«

»Echt? Wie macht sie das? Das muss ich sehen!« Ich sause raus, nehme in der Stube den Schürhaken an mich und stelle mich im Eingangsbereich, da, wo Friedl eine Art Büro hat, neben sie – den Schürhaken halte ich gut sichtbar in der Hand. Die Leute in der Schlange hinter dem, der bescheißen will, lachen.

Aber meine Tante Friederike hat nicht umsonst ein Einser-Abitur hingelegt. In null Komma nichts checkt sie die Scheine. In ihrer Kasse sind nur und ausschließlich Zehner – kein einziger Zwanziger steckt darunter. Dem Blödmann bleibt nichts anderes übrig, als sich mit eingezogenem Kopf zu entschuldigen. »Schleich di und zeig di hier heroben nie wieder«, schreit ihm Friedl nach. Ich muss sagen, meine Tante beherrscht die Landessprache wie eine Einheimische.

Ich renne in den Stadl und werfe Valerio ein Bündel Heu ins Gesicht. Der Langschläfer niest und beschwert sich, aber als ich ihm sage, die Wanderer wären wegen des superguten Wetters schon längst abgezogen, denkt er, ich würde wieder zur Sennalpe und zum Wolfi wandern. Das treibt ihn schneller aus dem Schlafsack, als wenn ich ihm eine Handvoll Mäuse ins Gesicht geworfen hätte.

Wir Frauen erledigen den üblichen Hüttenkram. Erwin und Valerio spalten Holz und schichten es an der Wand auf. Gegen neun Uhr am Vormittag (!) sind wir fertig, und da noch niemand vom Tal heraufkeucht, freuen wir uns auf ein, eine …

Moment mal. Hier braucht's eine Info für alle, die noch nie in Süddeutschland und auch noch nie in den Bergen waren.

Also:

Abhängig vom Gebiet nennen die Einheimischen das zweite Frühstück entweder Vesper oder Brotzeit.

Im Grunde genommen unterscheiden sich Vesper und Brotzeit nicht wesentlich, da man je nach Belieben zu sich nehmen kann:

Brezeln, im Bayrischen heißen sie Brezen, mit Butter. Oder mit Leberkäse, Quark, Käse, Schinkenwurst …

Oder Brötchen, die hier *Wecken* genannt werden. Oder in Scheiben geschnittenes Brot mit den erwähnten Auflagen.

Tomaten, Gurken, eingelegte Gürkchen und Silberzwiebelchen können, Senf muss sein. Meerrettich ist auch nicht übel. Ein bisschen Grünzeug wie Petersilie ist reine Deko und dient nicht der Vitaminzufuhr.

Soweit ich es bisher kapiert habe, besteht ein Vesper oder eine Brotzeit aus etwas Salzigem. Also nicht aus Kuchen oder einem

Süßstück. Aber da kann ich mich täuschen, da ich mich noch in der Erkundungsphase befinde.

Vespern und Brotzeit machen kann man immer dann, wenn einen der Hunger überfällt. Also vormittags, nachmittags und abends, und da es ein sehr netter Brauch ist, werde ich ihn nach Hamburg importieren. Weil es bei uns im Norden keine Brezen oder Brezeln gibt, werde ich mir vor meiner Abreise eine große Tasche anschaffen und sie mit dem Laugengebäck füllen, das ich zu Hause einfriere und bei Bedarf auftaue.

Hab ich mir alles überlegt und mit Friedl besprochen; sie sorgt dann für regelmäßigen Nachschub. Ich denke immer, die Brotzeit am Vormittag ist das Schönste vom Tag. Am Abend denk ich dann, die gemütliche Brotzeit bei Sonnenuntergang sei das Schönste. Egal, eine Brotzeit ist immer schön. Und könnte noch schöner sein, wenn der Döspaddel, Valerio, nicht Dauergast wäre.

So besonders viel bekomme ich ihn ja nicht vor die Nase, aber mir reicht's schon, wenn er morgens »Ich geh dann mal zu meinem Pa ins Krankenhaus« verkündet. Und wenn er abends Friedl berichten muss, wie's dem armen Papa so geht, bekomme ich fast die Krise. Ich kapier mich nicht: Wie konnte ich einen so blöden Kerl mal ganz nett finden? Im letzten Schuljahr hätte ich mich in ihn fast verliebt, ich Blödfrau. Ich meine: VERLIEBEN!!! Kapier ich echt nicht.

Aber neulich hab ich's ihm gegeben. Abends, als die Gäste auf ihren Matratzen lagen und es schon so grünlichdämmrig war, bin ich mit dem Bio-Abfall rausgegangen. Valerio mir hinterher. Ich tu so, als würde ich's nicht merken. Der kleine Vampirfuchs wartet schon auf mich und ich freue mich, dass er direkt zahm geworden ist. Ich leg einen angefaulten Apfel auf den Boden und warte. Mein Fuchs schleicht sich an, und als er merkt, dass leckeres Futter auf ihn wartet, kommt er schnell näher und schnappt sich den Apfel. Valerio missversteht die Situation komplett. »Weg da! Hau ab!«, brüllt er und rennt auf den Fuchs zu.

Der schaut ihn ganz komisch an und springt hinters Häuschen.

Ich schreie Val an: »Wie bekloppt bist du eigentlich?«

Der Kerl fällt aus allen Wolken. »I… ich«, stottert er, »ich wollte dich retten.«

Retten! Auch das noch! Ich schnaube. »Vor einem zahmen Füchslein? Mann, was bist du für ein Held!«

Das sitzt. Ich grinse ihn verächtlich an, stelle die Schüssel mit dem Biomüll auf den Boden und warte.

Der matschige Apfel hat meinem Vampirfüchslein Appetit auf mehr gemacht; da Valerio jetzt die Klappe hält, kommt er schnell wieder aus seinem Versteck. Und frisst aus der Schüssel. Keinen Meter von mir entfernt. Ich hätte nur die Hand ausstrecken müssen, dann hätte ich ihn streicheln können.

Aber das habe ich mich noch nicht getraut. Vielleicht morgen Abend?

Jedenfalls – Valerio hat natürlich nicht dichtgehalten. In der Stube hat er Friedl, Erwin und Heidi brühwarm erzählt, ich hätte einen Fuchs gezähmt.

Das hab ich ja auch, oder?!

Auf jeden Fall sind die Tage auf der Rabennesthütte supertoll. Die gierigen Alpendohlen, die es auf jedes Wursträdchen und jeden Käsekrümel abgesehen haben, nerven zwar manchmal, aber mein zahmes Füchschen ist das Sahnehäubchen auf dem Ganzen. Ich ignoriere Val, so gut es eben geht, und freue mich auf jeden neuen Tag hier oben in den Bergen.

Man kann echt süchtig werden nach der würzigen Luft, nach dem Geruch der Kräuter im Gras, nach dem hellen Himmel am Morgen, nach dem grünlichen Licht am Abend, nach den Ziegen, dem Pfeifen der Murmeltiere, den frechen Alpendohlen. Und, wie gesagt, nach meinem Füchslein, das jeden Tag mutiger und zutraulicher wird. Gestern hat es sich sogar bis zur Terrasse gewagt. Er kommt immer früher am Abend und ist zum Star geworden. Dem Star der Rabennesthütte.

Eigentlich ist jeder Tag noch schöner als der vorhergegangene. Es sind so Kleinigkeiten, die ich super finde: Ein besonders netter Gast. Basti, der mir unaufgefordert eine Tüte Marshmallows aus Oberstdorf mitbringt. Gustl, der tolle Vogelfedern für mich sammelt … Ich wünsche mir, die Ferien würden ewig dauern. Jeder Tag ist schön.

Aber dann … dann passiert's.

Also den ganz besonderen Tag muss ich jetzt erst mal schildern, denn ehrlich, der hatte es in sich. Der änderte das – im Großen und Ganzen doch recht gemütliche – Leben in unserer Rabennesthütte ganz gewaltig. Hab ich »im Großen und Ganzen« geschrieben? Ich bin ja vielleicht bekloppt! Wie komme ich dazu, den Lieblingsausdruck meines Mathelehrers zu benutzen? In den Ferien? Hoch oben in den Bergen? Weit weg von Elbe und Nordsee? Muss daran liegen, dass der Tag so wahnsinnig aufregend war.

Tatsache ist, dass wir gegen neun Uhr morgens gemütlich auf der Terrasse sitzen: Friedl und ihr Erwin, Heidi, ich. Und Valerio, der Blödmann. Auf dem Tisch steht ein Korb mit Brezen, Wecken, Seelen (knusprige Stangen aus Teig in Heringsdicke und -länge, mit Salz und Kümmel obenauf), Brot.

Quark, Scheiben von Wolfis Käse, frische Butter, Schinken. Na ja, mehr zähle ich jetzt nicht auf; ich meine, jeder, der keine zünftige Brotzeit kennt, kapiert ja sowieso nicht, wie sehr man so was Gutes genießt – bei Sonnenschein und kleinem Windchen. Mit würzigem Heuduft in der Nase. Mit Gejodel (optimale akustische Zugabe) im Ohr. Mit null Gästen, die nach Erbstwurstsuppe oder einem Schinkenbretterl verlangen. Oder einem Schmalzbrot.

Wir sitzen also auf der Terrasse. Die Heidi zeigt auf den Weg weit unten im Tal und sagt: »Da kommt der Basti mit dem Frischfleisch.«

Wir nicken. Basti hat noch ein gutes Stück Weg vor sich; er braucht mindestens eine halbe Stunde, bis er bei uns ankommt.

Wir essen und schauen ab und zu auf die Wiesen und Hänge vor uns. Manchmal sehen wir Pünktchen, die sich bewegen – das sind Wanderer auf einsamen Pfaden.

Wie gesagt, Kühe finden in dieser Höhe kein Futter. Aber wir wissen, dass Ziegen in unserer Nähe weiden. Scheue Gämsen gibt es natürlich auch, aber die sieht man wegen der Wanderer eher selten. Wir hören Murmeltiere. Die pfeifen, wenn sie sich untereinander verständigen. Unsere Alpendohlen sitzen auf der Terrassenbrüstung und lauern auf ein Salamirädchen. Oder ein bisschen Käse. Alpendohlen haben einen gelben Schnabel und rote Füße, sie sind wahnsinnig gierig und können schon mal lästig werden, weil sie einen einfach nicht aus den Augen lassen. Und wenn sie eine Weile lang nichts abbekommen, hüpfen sie aufgeregt herum und krächzen wie blöd. Friedl mag Alpendohlen. Heidi hasst sie. Erwin sind sie gleichgültig. Was Valerio von ihnen hält, ist für mich total unspannend. Ich finde sie witzig.

Ich strecke die Beine von mir, klopfe auf meinen Bauch und überlege mir gerade, ob ich noch eine Brezel essen soll. Es wäre die dritte. Ich überlege also, und während ich noch überlege, rennt jemand um die Hütte herum …

… und der gemütliche Tag ist Schnee von gestern.

Warum? Weil die Friedl plötzlich aufspringt.

»Jessas Maria! Was ist?«, schreit sie, als ein Mann daherkeucht. Der lässt sich auf die Bank fallen. Keucht und schnauft und kann nichts sagen. Wir warten. Heidi rennt in die Hütte und kommt mit einem Gläschen Schnaps zurück. »Trink«, sagt sie. Und dann, als er das Schnäpschen gekippt hat: »Sag schon!«

Der Mann holt ein riesiges Taschentuch heraus, rotkariert ist es. Er wischt sich übers Gesicht. Das ist auch rot. Und schweißnass. So nass wie das Hemd. Die Wanderhose ist dreckig. Und dann fällt mir auf: Wo ist der Rucksack? Normalerweise hat ein Wanderer immer einen Rucksack dabei. Und einen Anorak. Weil das Wetter schnell umschlagen kann.

Ich reime für meinen persönlichen Hüttenkalender:

Fängt der Tag mit Schrecken an
Gemütlich man nicht sitzen kann

16. Kapitel

»Die Bergwacht!«, brüllt der Mann. »Sofort muss die benachrichtigt werden!«

Friedl deutet auf die Bank. »Setz di!«

Der Mann schüttelt den Kopf. »Mein Freund …mein Freund ist abgestürzt! Die Bergwacht … die Bergwacht muss ihn retten! Er …« Er schnappt nach Luft.

Friedl deutet wieder auf die Bank. »Setz di. Schnauf durch. Dann berichte, was passiert ist.« Nachdem der Mann ihr genau erklärt, wo der Mann liegt, springt Friedl auf und alarmiert die Bergwacht.

Die Geschichte, die er erzählt, ist nicht ohne:

Der Mann ist mit seinem Kumpel am Morgen mit dem Fahrrad von Oberstdorf nach Einödsbach gefahren. Dann sind sie vom Tal über die Bacher Alpe bis zu unserer Rabennesthütte aufgestiegen. Ihr Ziel war die Mädelegabel, der Berg mit dem Gipfelkreuz, das man von unserer Hütte aus an klaren Tagen sieht. Der Gipfel liegt zweitausend und sechshundert Meter hoch, und normalerweise übernachten die Wanderer bei uns, bevor sie ihn am zweiten Tag erklimmen.

Ich habe ja schon mal berichtet, dass ein Stück nach unserer Hütte eine Wegkreuzung mit einem Wegzeiger markiert ist. Ein Schild zeigt zum Gipfel, eines ins Tal herab, und eines zur nächstgelegenen Hütte, deren Namen mir gerade entfallen ist. Egal. Ich weiß aber, dass es zum Gipfel ziemlich weit ist; man muss aufsteigen, dann geht es über einen Grat, dann ein Stück runter, und dann muss man aufpassen, dass man nicht falsch abbiegt. Aber da, das weiß ich genau, weil ich schon oft gehört habe, wie Friedl den Wanderern den Weg erklärt hat, steht wieder ein Wegzeiger. Außerdem ist der Weg markiert – ich glaube mit einem roten Punkt. Vielleicht ist's ja auch ein roter Balken, aber das spielt jetzt gerade keine Rolle. Wie gesagt – weil der Weg so lang ist, teilen sich die meisten Wanderer die Strecke ein: erste Portion vom Tal bis zu uns. Dann übernachten sie, und am nächsten Tag nehmen sie sich die zweite Portion vor.

So.

Der Mann, er keucht jetzt nur noch ein bisschen, hat es mit seinem Kumpel aber an einem Tag schaffen wollen. Weil, sagt er, sie jung und durchtrainiert und schon kurz nach drei Uhr, in aller Früh also, aufgebrochen seien.

»Seid ihr den Weg schon mal gegangen?«, fragt Heidi.

Der Mann schüttelt den Kopf und sagt, sie hätten sich gründlich vorbereitet und keine Schwierigkeiten gesehen.

»Aber?«, schaltet sich Erwin ein.

Sie hätten den Grat und dann den Wegweiser erreicht. Dann hätte es sie zwar gewundert, dass die Markierungen aufgehört hätten, aber zuerst wäre der Weg gut zu erkennen gewesen. Dann allerdings sei er unter Geröll verschwunden; sie hätten eine Steinlawine angenommen, seien über und durchs Geröll geklettert, doch nach dem Geröll seien sie mitten im Fels gestanden. Da hätten sie kapiert, dass sie sich verstiegen hätten. Was bedeutete, dass sie nicht mehr weiterkonnten.

Friedl und Heidi sehen sich an. »Da stimmt was nicht«, sagt Friedl.

Der Mann ist aber noch nicht fertig. Er berichtet weiter, dass sie dann eben hätten klettern müssen: Felsen rauf und runter. Seil und Haken hätten sie natürlich nicht gehabt, aber eigentlich hätten sie die Kletterei ganz lustig gefunden, abenteuerlich und so, bis … bis sein Freund und Kumpel abgestürzt sei.

Der Mann schluckt. »Er hat sich nicht mehr gerührt. Und dann – kein Handyempfang, keine anderen Wanderer. Keine Hilfe. Ich habe ihn mit meinem Anorak und allem, was in meinem Rucksack war, zugedeckt. Und bin losgerannt. Jetzt bin ich hier –«

Heidi holt dem Mann einen Teller Linsensuppe. »Geht aufs Haus«, sagt sie. »Iss. Du musst di stärken.«

Erwin zieht seine dicken Bergschuhe an und packt seinen Rucksack. Und dann, ich fasse es nicht, springt Valerio auf und kommt mit Rucksack und in voller Wanderausrüstung zurück. »Ich bin dabei«, meint er. Ganz cool sagt er das.

Wie bitte? Der Langweiler will klettern? »Du wirst hier gebraucht. Und vergiss nicht: Du behinderst die Rettungsaktion«, sage ich verächtlich. »Was ist mit deinem lieben Papa? Den musst du unbedingt besuchen.«

Valerio guckt mich nicht mal an. Der Mann hat die Suppe gegessen, Erwin ist fertig, Valerio auch. Sie ziehen los.

Ich schaue ihnen hinterher und ärgere mich. Mann, die retten einen Verunglückten, und ich steh wie's Muttchen am Herd und rühre die Suppe um?! Oder schneide Salamischeiben?! Das gibt's doch nicht.

Ich überlege, was der Mann über den Weg gesagt hat. Und dass Friedl gleich meinte: »Da stimmt was nicht.«

Die Frage ist: WAS stimmt nicht?

Die Rettung ist das eine, ganz klar. Herauszufinden, was nicht stimmt, das andere.

Und wenn was nicht stimmt und wenn man das nicht schnell rausfindet, würden dann nicht noch andere Wanderer ins Verderben wandern? Und vielleicht ins Unglück stürzen?

Das gäbe dann einen Massenunfall, denke ich. Was man verhindern muss. Wer ist man? Ich natürlich. Ich, Bonnie Hansen aus der Hansestadt Hamburg. Klar. Logisch.

Ich renne sofort in die Kammer hoch und kleide mich bergmäßig an. Weil ich die Berg-Regeln schon tausendmal gelesen habe – sie stehen auf einem großen Plakat, das im Windfang hängt –, beachte ich:

Am Berg benötigt man entsprechende Ausrüstung, insbesondere festes, hohes Schuhwerk mit griffiger Sohle.

Dann stopfe ich in meinen Rucksack den Anorak, die Handschuhe, Mütze und den Schal.

Weil: *Wetter und Kälteschutz sind unerlässlich, kann doch das Wetter oft überraschend umschlagen.*

Trotz meiner Eile denke ich an eine Taschenlampe, mein Geld und, obwohl ich weiß, dass es nichts nützt, das Handy. Dann fülle ich die Trinkflasche im Bad mit Wasser und packe in letzter

Sekunde auch noch den Fotoapparat ein sowie eine Tüte Marshmallows. Es ist meine letzte. (Ich liebe nämlich Marshmallows; sie sind süß und kleben immer so schön an den Zähnen). Auf Brot und Obst verzichte ich – wäre ja blöd, der Heidi oder meiner Tante in die Hände zu geraten. Die würden mich garantiert an einen Stuhl fesseln, nur damit ich nicht allein losziehe. Zuletzt reiße ich ein Blatt aus meinem Kalender und schreibe: *Macht euch um mich keine Sorgen! Ich geh nur bis zum Geröll. Bin sobald wie möglich wieder zurück! Bonnie*

Eigentlich wollte ich Geröll und Lawine zusammenschreiben, aber weil ich mir nicht sicher bin, ob in das Wort Geröllawine tatsächlich drei l reingehören, bleibt's bei Geröll ohne Lawine.

Das schreibe ich, weil: *Geben Sie aus Gründen der Sicherheit, insbesondere für den Notfall, Weg und Ziel an – in den Hüttenbüchern, in den Gaststätten oder bei Freunden –, allenfalls auch den Zeitpunkt der geplanten Rückkehr.*

Den Zettel lege ich auf Heidis Kopfkissen, klettere auf den Fenstersims, steige aufs Dach des Häuschens mit dem Herzchen, werfe den Rucksack herunter und springe hinterher – als Fußballprofi beherrsche ich das richtige Fallen aus dem Effeff.

Ich bin froh, dass der Weg zuerst hinter der Hütte herum verläuft. Trotzdem geh ich, so schnell ich kann, bis ich weiß, dass Friedl und Heidi mich nicht mehr sehen können.

Was mich wundert: Hier oben sind die Bäume geschrumpft. Die Tannen und Fichten und Föhren kriechen sozusagen am Boden – ist ja klar, wenn man bedenkt, wie der Wind in dieser Höhe bläst. Da hätte eine normal hohe Tanne keine Chance, die würde glatt umgeweht. Deshalb also gibt es in der Höhe nur Zwergenbäume.

Und Blumen natürlich.

Den blauen Enzian. Die rote Alpenrose, aber die blüht jetzt nicht mehr.

Und jedes Kind kennt natürlich die Silberdistel. Die Silberdistel ist was Besonderes. Erstens, das hat mir der Gustl gesagt, hieß die Silberdistel früher, in seiner Jugend nämlich, »Jägerbrot«, weil man den Blütenboden essen kann. So wie bei der Artischocke, die im Mittelmeerraum wächst.

Und zweitens zeigt die Silberdistel das Wetter an: bei Sonnenschein liegen die Blätter am Boden; wenn Regen bevorsteht, schließen sie sich um die Blüte. Raffiniert ist das.

Wie ich so dahineile, fällt mir auf, dass die silbernen spitzen Blätter nicht direkt platt am Boden liegen; sie stehen irgendwie auf Halbmast, so, als wüssten sie nicht: Rauf oder runter?

Aber dann sehe ich hinter einem Strauch verblühter Alpenrosen zwei spitze Vampirohren. »He!«, sag ich ganz leise. »Bist du das, Füchslein?«

Ich warte ein bisschen. Verdammt, warum hab ich nicht wenigstens einen Apfel mitgenommen? Ich hab nur Marshmallows … Na, denk ich dann, ein Versuch ist's wert. Setze also den Rucksack ab und hole die Tüte raus. Das Zellophan knistert. Die Ohren kommen näher. Die Hitze macht die Marshmallows klebrig, süßer Duft steigt mir in die Nase, ich löse einen vom anderen, und wie ich ihn in der Hand hab – wird er mir aus den Fingern geschnappt.

Voll der Wahnsinn!

Da, an der verblühten Alpenrose, sitzt mein Füchslein und grinst vor Vergnügen. Leckt sich übers spitze Maul und will mehr.

Ich schiebe mir ein Marshmallow in den Mund – er legt den Kopf schief und knurrt.

Ich ziehe wieder einen klebrigen Marshmallow aus der Tüte, aber ich verstecke ihn in meiner Hand. Das findet mein Füchslein nicht fair. Er robbt bis zum Rucksack und steckt die Schnauze in die Öffnung. Also Selbstbedienung? Ne, das geht natürlich gar nicht, dass er mir den Rucksack untersucht. Ich ziehe ihn weg und setze mich drauf.

Mein Füchslein lässt die Ohren hängen. Traurig, traurig ... Ich öffne die Hand ein bisschen – und schon steckt die Schnauze drin. So fix kann ich nicht mal denken, da hat der Fuchs schon gehandelt! Vor Überraschung mache ich die Hand natürlich ganz auf – und der kleine Fuchs leckt sich über die Lippen.

Er ist echt gierig, aber nach fünf Stück ist Schluss. Er knurrt und folgt mir ein ganzes Stück, bis er plötzlich wie vom Erdboden verschluckt ist.

Schade. Solange er neben mir war, habe ich mich nicht einsam gefühlt. Jetzt, wo er weg ist, wird mir wieder ein bisschen gruselig. Die Berge sind so hoch, und die Stille ist absolut total. Um mich abzulenken, denke ich mir einen Namen fürs Füchslein aus: Fox. Foxy.

Foxy passt, finde ich und freue mich, dass ich einen Namen fürs Füchslein gefunden habe. Der Weg schraubt sich höher und immer höher. Mir ist warm, verdammt warm. Ich glaube, so heiß war mir in meinem ganzen Leben noch nicht. Über mir kreist ein, nein, es sind zwei große schwarze Vögel, die über mir im Blauen kreisen. Die tun mir nichts, aber irgendwie gruselt es mich doch. Soll ich nicht doch lieber umkehren? Ich bleibe stehen und wische mir den Schweiß von der Stirn. Ne, ich kehre nicht um, ich habe ein Ziel.

Also marschiere ich weiter und gucke dabei auf meine Uhr. Mann, ich bin schon fast zwei Stunden unterwegs! Zeit, um was zu trinken.

Als ich die Trinkflasche an die Lippen setze, höre ich ein Grummeln in der Luft. Das wird lauter … und dann sehe ich ihn, den Hubschrauber.

Er fliegt über mich weg … und dann, dann bleibt er in der Luft stehen, dann kreist er wie ein Vogel … dann geht er tiefer … und noch tiefer … und was dann passiert, sehe ich leider nicht. Nur dass er sozusagen in der Luft parkt. Voll der Wahnsinn!

Ich sehe wieder auf die Uhr und warte. Da! Etwas Langes fällt aus dem Hubschrauber heraus. Das muss ein Seil sein. Und dann, ich kneife die Augen zusammen, wird das Lange mit einem Paket daran eingeholt. Dann fällt das Lange wieder heraus. Wird wieder eingeholt – wieder mit einem Paket. Diesmal ist es was Kleineres. Und ein drittes Mal: Seil raus, Paket dran, Seil wird eingeholt.

Nach guten zehn Minuten fliegt der Hubschrauber höher, dreht eine Kurve und fliegt schließlich mit lautem Knattern über mich weg.

Okay, denke ich, jetzt wird der Verletzte ins Tal geflogen. Soll ich nun umkehren?

Kommt nicht in Frage, sage ich mir. Denn genau das ist ja passiert, was ich geahnt habe: Die Ursache wurde nicht beseitigt. Was bedeutet: Der nächste Wanderer rennt ins Unglück.

Eine knappe Stunde später stehe ich an einem Pfosten mit dem weißen Schildchen. Ich lese … und schaue mich um. Lese wieder, schau mich noch länger um. Verfolge mit den Augen den Weg. Schaue in die Richtung, aus der der Verletzte gerettet wurde. Und kapiere endlich: Der Pfosten wurde gedreht.

Jemand hat den Pfosten so gedreht, dass das Schildchen in die falsche Richtung zeigt. Genauso ist es. Das ist ungeheuerlich. Das ist schlimmer, als wenn jemand im Tal behauptet, die Hütte sei wegen Überfüllung geschlossen.

Ich stehe vor dem Pfosten. Ich rüttle an ihm. Er steckt nicht fest im Boden, er wackelt! Ein tüchtiger Windstoß würde ihn … keine Ahnung. Vielleicht umblasen?

Ich bin richtig sauer, setze mich, ziehe die Wasserflasche aus dem Rucksack und genehmige mir ein Marshmallow. Und dann tu ich das, von dem ich denke, dass es das Richtige ist.

Ich ziehe den Pfosten aus dem Boden und lege ihn neben den Weg. Dann sammle ich Steine und füge sie in Pfeilform aneinander. Dann reiße ich wieder ein Blatt aus meinem Kalender und schreibe:

Achtung! Wegverlauf prüfen! Lebensgefahr!!!

Das Blatt lege ich an der Pfeilspitze unter einen Stein, aber so, dass die Ränder noch zu sehen sind. Mehr kann ich im Moment nicht tun, denke ich gerade, als ich ein Geräusch höre.

Jemand kommt den falschen Weg herunter, den, der im Geröll endet. Ich warte. Ich würde mich am liebsten verstecken, um erst mal abzuchecken, ob der Wanderer Freund oder Feind ist.

Aber das geht nicht so leicht, das Verstecken. Man muss sich das nämlich so vorstellen: Von oben gesehen ist das Gelände sehr übersichtlich. Ist so was wie ein weites Tal. Ein Einschnitt eben.

Grasbedeckt, mit vielen Steinen und kleineren Felsen dazwischen. Klar, hinter so einem kleineren Felsen könnte ich mich verstecken, aber von oben gesehen wäre ich eben ein bunter Fleck im Grün. Verstecken ist also nix.

Ich warte. Mein Mund ist trocken. Ich schwitze nicht mehr. Im Gegenteil, ich habe eine Gänsehaut an den Armen.

Das Geräusch wird lauter – es sind Schritte. Immer wieder kollert ein Steinchen abwärts. Ich schaue mich um und krieche jetzt doch hinter einen Felsen. Er ist ein bisschen klein und niedrig, aber wenn ich mich platt auf den Boden lege, bin ich nicht zu sehen. Jedenfalls nicht sofort.

In null Komma nix liege ich da, robbe aber ein Stückchen vor, damit ich in Richtung falscher Weg linsen kann. Mir ist echt kalt, weil jetzt der Wind ziemlich bläst. Aber ich traue mich nicht, meinen Anorak aus dem Rucksack zu ziehen. Die Bewegungen könnten mich verraten.

Ich friere also und warte. Komisch, was man so sieht, wenn man platt am Boden liegt: Die Form der Gräser. Die winzigen gelben Blüten. Die verschieden gezackten oder gerundeten Blättchen. Die Silberdistel – aber hallo! Was ist mit den spitzen silbernen Blütenblättern passiert? Warum liegen die nicht so platt wie ich am Boden? Warum schließen sie sich fast wie eine Schüssel um den Blütenboden, den man angeblich wie eine Artischocke essen kann? Ist die Silberdistel wirklich ein Wettermelder? Wird es regnen?

Ich schaue zum Himmel hoch. Blau ist der, strahlend blau. Die Sonne scheint. Nur hinterm Gipfelkreuz der Mädelegabel sieht es ein bisschen weißlich aus.

Ich schüttle den Kopf und drohe der Silberdistel: Blöde Blume! Hast du heute einen schlechten Tag? Du bist auch ein Falschmelder, was?

Die Blume sagt natürlich nichts. Ich gucke wieder um den kleinen niederen Fels herum und sehe endlich eine Gestalt den falschen Weg herunterwandern.

Es dauert ein Weilchen, bis sie so nah gekommen ist, dass ich sie deutlich sehe. Freund oder Feind? Ich stöhne auf: Es ist, ganz klar, ein Feind. Mein Feind.

Also warte ich, bis der Feind in Rufweite ist.

Der Kerl lässt sich Zeit. Bleibt am liegenden Pfosten stehen. Beguckt sich den steinernen Pfeil. Schreitet ihn ab. Entdeckt das Blatt unterm Stein. Zieht es vor. Liest. Dreht sich um. Und um.

Sieht mich aber nicht.

Und dann, ich fasse es nicht, setzt er sich! Öffnet den Rucksack, zieht die Wasserflasche heraus. Und ein Päckchen. Das macht er auf. Es ist – es ist eine Brotzeit!

Mann o Mann o Mann! Der Kerl macht sich über eine super Brotzeit her, und ich bin am Verhungern! Was tu ich bloß? Warte ich, bis er sich den Magen vollgeschlagen hat und ich total geschwächt am Boden liege? Krabble ich hinterm Fels vor, sage: »Mahlzeit. Schönen Tag auch.« Und gehe meines Wegs?

Ne.

Ich komm ganz locker aus meinem Versteck, setze mich neben meinen Feind, greife nach einem belegten Brot, sage artig: »Danke!«, und bevor er nur Hallo sagen kann, hab ich es halb aufgefuttert. Es schmeckt fantastisch.

Valerio ist sauer. Das sehe ich ganz deutlich an den Runzeln auf seiner Stirn. Aber der Typ ist viel zu feige, um sich gegen den Mundraub zur Wehr zu setzen. Er rafft auch nicht alles zusammen und drückt die Brote, den Apfel und die Banane an die Brust und kreischt: »Hau ab! Das gehört alles mir!« Ne, dazu ist er viel zu gut erzogen. Er kaut und schluckt und ist sauer. Als nur noch ein belegtes Brot – Käse plus Schinken – zwischen uns liegt, bietet er es mir sogar an. Das hätte er nicht tun sollen, ich esse es nämlich sofort auf, bevor er es sich anders überlegen kann.

Er faltet das Papier zusammen und steckt es in seinen Rucksack.

Weil: *Halten Sie die Bergwelt sauber und nehmen Sie die Abfälle mit ins Tal. Dadurch helfen Sie mit, unsere Berge rein zu halten, damit sich auch noch andere an deren majestätischer Pracht erfreuen können.*

Dann trinkt der Saubermann noch ein paar Schluck Wasser. Ich überlege schon, wie ich es anstellen kann, dass wir nicht zusammen wandern müssen, als wir jemand pfeifen hören. Der Jemand pfeift »Im Frühtau zu Berge …«. Hat man da Töne? Von wegen Frühtau – es ist längst Nachmittag. Das Lied scheint der Hit der Berge zu sein. Wir schauen in die Richtung des Pfeifers – er kommt aus der richtigen Richtung, und wie er uns erreicht hat, sagt er nicht erst Guten Tag. Er fragt: »Habt ihr den Hubschrauber gesehen?«

Blöde Frage. Klar haben wir den gesehen, wir sind ja nicht blind.

»Ja. Und?«, frage ich den Mann und schau ihn mir genau an. Man kann ja nie wissen – vielleicht ist es ja der Pfostenverdreher?

Der Typ ist mittelalt, mittelgroß, mitteldick und trägt die übliche Bergkleidung: dicke Stiefel, beige Wanderhose, rot-grün kariertes Flanellhemd. Rucksack. Zwei Wanderstöcke, einer links, einer rechts. Nix Auffälliges, denke ich, bis auf die Hosenträger. Die sind echt schön. Bestickt mit blauem Enzian, rosa Alpenrosen, grünen Blättern, weißen Silberdisteln.

»Da wurde jemand aus Bergnot gerettet, was?«, fragt er weiter.

»Kann schon sein«, entgegnet Valerio. Warum weicht er einer genauen Antwort aus? Warum sagt er nicht: »Ja. Und wissen Sie was? Ich war sogar Augenzeuge der Rettung.«

Nein, das sagt Valerio nicht. Mich wundert das.

Der Typ zieht ein riesiges Taschentuch aus der Hosentasche. Ein so riesiges hab ich in meinem ganzen Leben noch nicht gesehen. Es ist fast so groß wie ein Tischtuch. Damit wischt er sich übers Gesicht. »Wer hat den Hubschrauber angefordert? Wisst ihr das?«

Wir, Valerio und ich, schütteln die Köpfe, als hätten wir uns abgesprochen. Je länger der Mann uns ausfragt, desto komischer kommt er mir vor. Jetzt schiebt er das Taschentuch wieder ein. Die Hosentasche beult sich aus. Die Beule hat keine scharfen Kanten. Das fällt mir auf, und dann – dann greife ich nach Valerios Hand. Hilfe!

Valerio drückt meine Hand und sagt: »Jemand hat Hilfe geholt.«

»Und den Verunglückten allein gelassen? Das gibt's doch nicht«, schimpft der Unbekannte mit der ausgebeulten Hosentasche. »Man muss das ganz anders machen.«

»So? Wie denn?«, frage ich, weil ich ihn noch länger ansehen will, um eine Auffälligkeit festzustellen. Ich meine, jeder Mensch hat doch etwas Auffälliges an sich, oder? Eine Warze an der Nase, etwa. Oder einen schiefen Zahn. Oder ein blaues und ein schwarzes Auge. Irgend so was eben.

Der Mann sagt, als würde er es ablesen: »Nur damit ihr es wisst: Solltet ihr auf einer Wanderung in eine Notlage geraten und Hilfe beanspruchen, so gebt das alpine Notsignal!«

»Wie soll das gehen?«, frage ich.

»Du gibst sechs Mal innerhalb einer Minute in regelmäßigen Abständen ein Zeichen. Nach einer Pause wiederholst du den Ablauf und setzt das fort, bis eine Antwort erfolgt.«

»Aha. Wie sehen die Zeichen aus? Können Sie uns das auch sagen?«, erkundige ich mich weiter.

»Sicher«, bestätigt der Mann. »Es können laute Zeichen sein, Rufen und Pfeifen, oder sichtbare, indem man Signale mit einer Taschenlampe oder einem Spiegel gibt oder ein Tuch schwenkt.«

»Aha«, sag ich wieder. »Das klingt ja alles ganz vernünftig. Bloß – was ist, wenn man ohnmächtig wurde? Wie soll man da Zeichen geben?«

Der Mann findet das nicht witzig. Er schaut mich an wie ein Lehrer. Seine Stimme klingt auch wie die eines Lehrers, als er sagt: »Erste Regel: Geh niemals allein in die Berge.«

Valerio drückt wieder meine Hand. Wir lachen los. »Was ist mit Ihnen? Sie sind allein unterwegs!«

Der Mann stutzt, dann lacht er mit uns. »Für mich gilt das nicht«, sagt er. »Servus, ihr zwei! Bleibt nicht mehr zu lange sitzen; das Wetter wird umschlagen.«

Wir schauen ihm hinterher, und da – da fällt mir etwas Besonderes auf. Der Mann hat einen Flicken an der Hose. Direkt am

Hosenboden hat jemand ein schwarzes Stück Stoff über einen Riss oder ein Loch genäht.

Als er außer Hörweite ist, sage ich zu Valerio: »Hast du die ausgebeulte Hosentasche gesehen? Das könnte der Falschmelder sein. Und vielleicht sogar auch der Pfostendreher.« Ich berichte Val von meinen Entdeckungen und Überlegungen.

Er findet alles Quatsch. Das regt mich auf. Deshalb frage ich ihn: »Warum hast du nicht gesagt, dass du Augenzeuge der Rettungsaktion warst?« Und da – ehrlich, erst da – fallen mir noch andere Fragen ein. »Wo ist Erwin? Und der Freund des Verunglückten?«

»Die sind mit dem Hubschrauber ins Tal geflogen.«

»Und haben dich allein zurückgelassen? Das war aber unvorsichtig von ihnen.«

»Und wer hat dich allein auf den Berg geschickt, Bonnie?«, kontert er. »Das war aber unvorsichtig von den Leuten.«

Okay, da sind wir mal wieder quitt. Ich habe aber noch ein paar Fragen. »Sag schon! Weshalb hast du dem Mann verschwiegen, dass du die Rettung mit angesehen hast?«

Er druckst herum und will nicht heraus mit der Sprache. Da fühle ich ihm aber auf den Zahn! »War der Verunglückte ein so schrecklicher Anblick? Ist dir schlecht geworden? Wurdest du sogar ein bisschen ohnmächtig? Sag schon, Valerio.«

Er windet sich wie ein Aal, aber dann, als er merkt, dass ich nicht lockerlasse, rückt er mit der Tatsache heraus. Und schämt sich mächtig. »Ich … also ich konnte mithalten, solange wir auf dem Weg waren. Dann, als das Geröll anfing, blieb ich immer weiter zurück. Weißt du, Bonnie, es ist gar nicht einfach, über eine Menge Steine zu klettern. Man muss springen. Da sind Spalten, in die kannst du rutschen. Und wenn du da mit dem Fuß reingerätst, brauchst du eine Weile, bis du ihn wieder rausgezogen hast.«

»Und? Ist dir das passiert?«

Er nickt. »Nicht nur einmal. Eine Geröllhalde zu überqueren ist nicht einfach. Dazu braucht es Übung. Man muss trittsicher sein, meinte Erwin.«

Trittsicher. Aha. Das Wort habe ich noch nie gehört. Bedeutet wohl so viel wie bei uns im Norden: Man muss seetüchtig sein. Also mit den Gegebenheiten klarkommen.

»Und der Freund des Verunglückten? War er trittsicher?«

Wieder nickt er. »Er und Erwin. Erwin hat dann gesagt, ich soll zurückbleiben, ich würde sie nur aufhalten. Das wollte ich natürlich nicht.«

»Und dann?«

»Dann hab ich mich hingesetzt und zugeschaut, wie der Hubschrauber kam. Aber von der Rettung hab ich nicht viel gesehen. Weil nämlich … also ich hätte ein Stück um die Geröllhalde herumgehen müssen. Das hab ich dann auch getan, aber da hing Erwin schon am Seil und wurde ins Hubschrauberinnere gezogen. Schade. Ich hätte die Rettung gerne beobachtet.«

»Ich auch«, sage ich. »Aber vielleicht wird ja noch jemand gerettet, solange wir in den Bergen sind.«

Valerio hebt die Schultern. »Vielleicht.«

Na ja … Valerio ist also nicht trittsicher. Sein Vater hätte garantiert gesagt, er sei eben ein Weichei. Mit ihm sei nichts anzufangen, weil er eben kein richtig harter Kerl sei. Ich nage an der

Unterlippe und schaue ihn mir verstohlen an. Ist Val ein Weichei? Oder einfach nur ein untrainierter Wanderer, dem unbekanntes Gelände zu schaffen macht? Eins ist mir klar: Ich wäre weitergegangen. Mann, eine Hubschrauberrettung hätte ich mir nie im Leben entgehen lassen!

Ich merke, dass der Wind immer mehr auffrischt. Jetzt bläst er ordentlich über die Wiese. Und der Himmel ist gar nicht mehr so blau, eher weiß mit ein bisschen Grau. Ich ziehe endlich den Anorak an. »Ich geh jetzt«, sage ich zu Valerio. »Willst du mitkommen?«

»Klar.« Er zieht auch seinen Anorak an. Wir greifen nach den Rucksäcken und machen uns auf den Weg.

Wir haben Rückenwind, das ist günstig, und weil ich endlich was im Magen habe, komme ich richtig in Fahrt.

Valerio auch.

Wir sprechen nicht viel miteinander; erstens, weil ich Valerio ja blöd finde und nicht kapiere, wie ich mich mal fast in ihn verliebt hätte, und zweitens, weil der Wind in null Komma nichts so durchs Hochtal fegt, dass wir hätten brüllen müssen.

Wir erreichen das Wäldchen in der Nähe von unserer Rabennesthütte, als die ersten Tropfen fallen. Ich ziehe die Kapuze über den Kopf, setze den Rucksack ab und hole meine Marshmallows heraus.

Dann sage ich zu Valerio, er solle ruhig in die Hütte gehen, bevor er nass wird. Aber das will er nicht. »Was hast du vor, Bonnie?«

Der Kerl soll ja nicht denken, ich würde die Marshmallows alleine essen, wo er doch seine Brotzeit mit mir teilte – unfreiwillig, klar. Aber geteilt hat er trotzdem. Und mir das letzte Brot überlassen.

»Ich treffe mich mit Foxy«, sag ich.

In null Komma nichts ist der Junge sauer – und kapiert natürlich gar nichts. »Foxy? Wer ist das?«, schnauzt er mich an.

»Der, der scharf auf Marshmallows ist«, erkläre ich ihm.

»Du hast einen Freund, der das klebrige Zeug isst?«, will er wissen. »Das glaube ich nicht.«

»Dann wart's eben ab.«

Wir gehen also durchs Wäldchen, das, wenn man's genau nimmt, nur aus niederen struppigen Bäumchen besteht – Latschenkiefer seien das, erklärt Valerio. »Aus den Spitzen der Zweige stellt man Badezusätze her. Und Zeug zum Einreiben, wenn man sich den Fuß verrenkt. Oder erkältet ist.«

»Das glaubst auch nur du«, sage ich verächtlich – und lege den Finger auf die Lippen. Da, wo das Gestrüpp aufhört, sehe ich zwei spitze Ohren. Vampirohren. Solche, wie mein Foxy sie hat.

Ich mache »Pst!« und halte Valerio zurück. Dann knie ich mich nieder und lege ein Marshmallow auf den Weg. Und schwupps – schneller, als ein Mensch denken kann, hat sich Foxy die Süßigkeit geschnappt. Er setzt sich auf die Hinterbeine und leckt sich die Schnauze. Und dann, ganz ehrlich, grinst er mich an. Und will natürlich mehr.

Valerio ist hin und weg von meinem Foxy. Als die Tüte leer ist, sind wir patschnass, und über uns grollt der Donner.

Der Donner ist aber nichts gegen das Donnerwetter, das dann über mich hereinbricht. Tante Friederike tobt!

Klar, weil ich abgehauen bin. »Ist doch nichts passiert«, verteidige ich mich. »Und überhaupt habe ich eine Nachricht auf Heidis Kopfkissen gelegt!«

Na ja, es dauert, bis sich das Donnerwetter draußen und Friedls drinnen ausgetobt hat. Ich muss ihr versprechen, dass ich nie, nie, nie mehr allein losziehe. Sonst schickt sie mich sofort nach Hause zurück.

Das absolut Unglaubliche ist aber, dass der Unbekannte vom Berg mit Erwin gemeinsam in der Küche am Tisch sitzt und ein Bierchen trinkt. Die zwei grinsen mich an und drohen mir mit dem Finger. Also ehrlich – was geht sie mein Tag an? Sind sie etwa zwei Onkels? Trotzdem:

Wenn's Donnerwetter draußen und drinnen tobt
Bonnie Besserung gelobt

17. Kapitel

Valerio und ich setzen uns dazu. Heidi knallt Teller auf den Tisch und stellt eine große Schüssel mit den Käsenudeln in die Mitte. Ich guck genauer hin. Es sind nicht die Art Nudeln, die Kässpatzen heißen.

Der Unbekannte, der vielleicht der Falschmelder und Pfostenverdreher ist, scheint mit Friedl, Erwin und Heidi gut Freund zu sein. Ich versuche zwar, Heidi eine geheime Botschaft zukommen zu lassen, so in der Art: *Pass auf, das ist ein Schurke!*, aber da legt sie sogar dem Mann die Hand auf die Schulter und sagt: »Das ist der Ede. Er gehört zur Bergwacht. Im Sommer ist er Bergführer, im Winter Skilehrer.«

»Ach du lieber Himmel …« Mir fällt der Unterkiefer runter. »Wir sind uns schon begegnet. Da hat er uns einen Vortrag über das richtige Verhalten bei Unfällen am Berg gehalten.«

Ede sagt, das stimme alles: Er sei Bergführer, Skilehrer und Walzer. Eigentlich heiße er Eduard, aber kein Mensch habe ihn jemals anders als Ede gerufen. Dann zieht er die Schüssel zu sich her und schnuppert. »Ahhh! Älplermakkaroni!« Meine absolute Leibspeise!«

»Extra für dich und den Erwin haben wir die gekocht«, erklärt Friedl und gibt ihrem Erwin einen Kuss.

Das Gericht ist genau das Richtige für Leute, die ausgehungert von einer Wanderung kommen. Kartoffeln, Makkaroni, Sahne, jede Menge Butter, Speck und Käse – einfach super. Das Dumme ist nur, dass man ziemlich schnell satt wird. Jedenfalls fangen wir an zu essen. Valerio und ich wollen natürlich gerne wissen, was Erwin vom Verunglückten weiß, wie es dem geht und wie er selbst zur Rabennesthütte heraufgekommen ist. Ob ihn der Hubschrauber abgesetzt hat oder so.

Aber weil ich fürchte, dass Friedl wieder einen Tobsuchtsanfall bekommt, lasse ich das Thema lieber bleiben. Val hätte ja fragen können, aber der stopft sich mit den Älplermakkaroni voll. Mir fällt ein, dass Ede sagte, er sei Walzer. Ich weiß, dass ein Walzer ein Tanz ist, den meine Oma anlässlich ihrer Hochzeit mit meinem Opa aufs Parkett legte. Jetzt ist der Tanz so gut wie ausgestorben. Aber klar, in den Bergen halten sich alte Sitten eben länger – wir kochen ja auch noch in einer Familie-Feuerstein-Küche.

»Du bist Walzer. Heißt das, dass du auch Tanzlehrer bist?«, frage ich ihn.

Er schaut mich ganz komisch an. Auch Heidi kapiert meine Frage nicht. Nur Friedl fängt an zu kichern. »Walser mit einem s in der Mitte. Nicht Walzer mit einem z.«

Aha. »Was bedeutet das?«, frage ich.

Der Ede lässt sich mit der Antwort Zeit. Zuerst isst er, bis er satt und sein Teller leer ist. Dann erst legt er die Gabel weg und erklärt, dass die Urwalser in der Schweiz, im heutigen Oberwallis, lebten. Vor tausend Jahren oder so zogen sie los – warum, weiß man heute nicht so genau. Vielleicht änderte sich das Klima und sie litten Hunger. Oder sie vermehrten sich so stark, dass die Nahrung nicht mehr reichte. Vielleicht waren sie aber auch abenteuerlustig. Oder alles kam eben zusammen. Tatsache ist, dass diese Urwalser über etliche Alpenpässe wanderten und sich in verschiedenen Tälern eine neue Heimat suchten. Beispielsweise hier, in der Nähe von Oberstdorf. Genauer: rund um einen Ort, der heute Riezlern heißt. Und das Gebiet, in dem sie sich niederließen, wurde dann logischerweise Walsertal getauft.

Die Hänge waren so steil (sie sind es natürlich immer noch), dass damals niemand dort wohnte. Die Walser schafften das; sie erfanden zum Beispiel stark gebogene Sensen, mit denen sie an den steilsten Hängen Gras mähen konnten. Und sie kapierten, dass sie im Sommer ihr Vieh hoch oben auf den hoch- und höchstgelegenen Wiesen, den Alpen, grasen lassen konnten. Das war ziemlich clever, denn das Gras unten konnten sie dann mähen und trocknen und für den Winter einlagern. Was bedeutete, dass sie mehr Kühe durchfüttern, also Viehzucht treiben konnten. Das war nämlich das Einzige, was damals das Überleben möglich machte. Viehzucht. Nicht der Anbau von Getreide oder Obst oder Gemüse. Dafür waren (und sind) die Sommer zu kurz und die Winter viel zu lang und zu kalt.

Die Fürsten oder Grafen, denen das ganze Land gehörte, freuten sich über die Siedler. Sie vermieteten ihnen die steilen Hänge, die ihnen bis dahin sowieso nichts einbrachten. Im Gegenzug erhielten sie von den Siedlern einen Laib Käse im Jahr. Das war ein fairer Deal, denn für einen Laib braucht man unglaublich viel Milch, und so viele Kühe hatten sie anfangs ja auch noch nicht.

Und wenn Feinde ins Land einfielen, mussten sie das Land verteidigen. Klar, wenn ich Fürstin gewesen wäre, hätte ich das auch von meinen Siedlern verlangt.

Jedenfalls – der Ede stammt von einer Sippe ab, die vor ewigen Zeiten aus der Schweiz über gefährliche Gebirgspässe einwanderte. Um sich in einer neuen Heimat einen Claim abzustecken und ein neues Leben zu führen. Voll der Wahnsinn, was?

»So etwa wie die Leute, die nach Amerika auswanderten, um mit einem Treck nach Westen zu ziehen?«, frage ich ihn.

Er nickt und nimmt einen Schluck. »Genau. Und das, Bonnie, bringt uns pfeilgrad zum Unfall am Berg.«

»Wie meinst das?«, will Erwin wissen.

»Der Unfall hätte nicht sein müssen«, sagt Ede.

Ich springe auf. »Stimmt! Ich hab gesehen, dass der Pfosten, der Wegweiser, gedreht wurde! Das war richtig gemein, weil nämlich da, wo der Wegweiser dann hinzeigte, ein Weg abging. Nur, dass der im Geröll endete, in dem der Wanderer abstürzte!«

»He, Bonnie«, sagt Valerio und zieht mich auf den Stuhl. »Mach mal langsam. Was hat das mit den Siedlern in Amerika zu tun?«

»Die Bonnie ist nicht dumm«, sagt Ede. »Und was der Unfall am Berg mit den Siedlern in Amerika zu tun hat, will ich dir sagen, Valerio. Es gab auch damals Leute, die Wegzeiger verdrehten. Der Treck folgte ahnungslos dem falschen Weg, der in einer Schlucht endete. Beispielsweise. Dann stürzten die Schurken aus dem Hinterhalt, überfielen die Leute, raubten sie aus und überließen sie ihrem Schicksal. Oder sie machten sie gleich einen Kopf kürzer.«

Valerio runzelt die Stirn. »Ich kapier nicht … Klar!«, sagt er dann. »Das hat der Typ am Berg auch getan. Den Wegweiser verdreht. Nur dass er die Wanderer nicht ausgeraubt hat. Oder …«

»Aber warum hat er den Wegweiser verdreht? Was hat er davon?«, frag ich Ede.

»Genau das müssen wir herausfinden. Weil sonst …«

Die ganze Zeit sind Heidi und Friedl zwischen Küche und Stube hin- und hergeeilt. Sie haben die Gäste bewirtet, und wenn sie mal eine Minute Zeit hatten, haben sie sich zu uns gesetzt. Nach dem Gewitter regnet es jetzt, was die Zahl der Wanderer in Grenzen hält.

»… weil sonst«, sagt der Ede gerade, aber er sagt nicht, was sonst passiert. Denn auf einmal platzt Burgl in die Küche. Burgl, die Schwester vom Wolfi. Die schuld daran ist, dass Heidi unter Herzschmerz leidet, weil sie Basti nicht traut.

»Ede, dich such ich!«, ruft Burgl. »Du bist doch bei der Bergwacht.»

Ich bewundere Ede. Er bleibt ganz gelassen sitzen. »So?«

Erwin zieht für Burgl einen Stuhl an den Tisch. Heidi runzelt die Stirn und gießt ihr Kaffee ein, Ede besteht darauf, dass sie trinkt und verschnauft.

Sie hat wieder ihren schwarzen Push-up-BH an und ein Blüschen mit entsprechendem Ausschnitt. Und die kurze Lederbüx. Und derbe Bergstiefel, was auch genial rüberkommt. Dazu die fransigen Haare – ehrlich, Burgl hat was. Neben ihr sieht Heidi doppelt so brav aus wie sonst.

Als die Tasse leer ist, will Ede Genaueres wissen.

»Da, wo es zur Mädelegabel geht, wurde der Pfosten verdreht«, macht sich Burgl wichtig.

Ich winke ab. »Ist ’ne alte Geschichte.«

»Wie willst das wissen, Bonnie?« Sie lehnt sich zurück und kreuzt die Arme vor der Brust.

»Weil ich dort war. Die Frage ist aber: Warum tut das jemand?«

»Ja mei …« Erwin holt sich ein zweites Bier. »Gründe dafür kann’s viele geben: Rache für etwas, von dem wir nichts wissen. Lust an der Bosheit. Vielleicht will er auch uns Bergwachtleuten eins auswischen.« Er schaut zum Fenster rüber, an dem der Regen runterrinnt.

»Könnte es ein Einheimischer sein?«, frage ich.

Erwin und Ede schütteln die Köpfe. »Niemals. Die Einheimischen leben vom Fremdenverkehr. Die Wege müssen sicher sein, sonst bleiben ihnen die Wanderer weg.«

»Vielleicht gibt es ja noch einen Grund«, überlege ich laut. »Vielleicht ist es ein Fremder, der jemandem schaden will, der vom Fremdenverkehr lebt. Einem Wirt beispielsweise. Oder jemandem wie Friedl, die eine Hütte bewirtschaftet.« Während ich das sage, fällt mir der Zechpreller ein, der Friedl an dem Tag gedroht hat, als ich angekommen bin.

Ich rutsche auf dem Stuhl herum. »Und wenn es der ist, der zuerst behauptete, die Hütten seien überfüllt? Nachdem das nicht mehr zog, könnte er an die Wegweiser gedacht haben.«

Burgl steht auf. »Den Weg zu euch hätte ich mir sparen können. Jetzt geh ich zu meinem Bruder auf die Sennalpe.«

»Warte, Burgl«, sag ich, »bestell deinem Bruder Wolfi einen Gruß von mir.« Ich schiele dabei zu Valerio rüber; der ist wieder mal im null Komma nix sauer und knurrt: »Muss das sein?« Das sagt er aber so leise, dass nur ich es verstehe.

»Klar muss das sein! Würd' ich sonst einen Gruß von mir ausrichten lassen?«, zische ich ihm zu und stelle das Geschirr in die Spülmaschine. Dann gießen wir uns Himbeersirup in Gläser und füllen sie mit Wasser auf – Skiwasser heißt das und schmeckt sehr lecker.

»Das ist eine dumme Geschichte«, sagt Erwin und meint den Pfostendreher. »Was wirst du unternehmen, Ede?«

»Wenn ich das wüsste …«

»Wachen aufstellen geht nicht«, überlege ich laut. »Dafür ist das Gebiet zu groß. Da müsste schon Kommissar Zufall einspringen, um den Typen zur Strecke zu bringen. Das Gebiet mit dem Hubschrauber absuchen bringt auch nichts, weil –«

»– der Mann vermutlich im Dunkeln unterwegs ist«, beendet Erwin meine Überlegung. Dann ruft er Friedl und lässt sich den Zechpreller ganz genau beschreiben. Aber weil er keine schiefen Zähne hat, keine Warze an der Nase und auch keine unterschiedlichen Augen, stellen wir fest, dass er eben aussieht wie jeder, der in den Bergen wandert.

»Weißt du, dass ich vermutet hab, du seiest der Falschmelder?«, frag ich Ede. »Und dass mir der Flicken auf deinem Hosenboden auffiel?«

Ede findet den Verdacht nicht lustig; er grummelt, so genau hätte Friedl den Zechpreller anschauen müssen, dann wüsste man mehr.

Das vergrätzt Friedl so, dass sie ihn anschnauzt: »Da hätte ich viel zu tun, wenn ich von jedem Gast einen Steckbrief verfassen müsste!« Und dann stutzt sie. »Aber etwas ist mir doch aufgefallen«, sagt sie auf einmal. »Weil, wie er sein Geld zählte, hab ich gesehen, dass er überm Mittelfinger der linken Hand eine schwarze Kappe trug. Vielleicht geht da der Nagel ab. Oder er hat sich den Finger sonst wie verletzt. Bei einem Schreiner kann das zum Beispiel vorkommen. Wenn er nämlich den Finger in die Säge bringt.«

Ede pfeift ein paar Takte vom Hit der Alpen »Im Frühtau zu Berge, wir ziehn fallera« und sagt dann: »Also müssen wir nach jemandem suchen, der einen verletzten Finger hat. Das ist schon mal was. Gut, dass du dich daran erinnert hast, Friedl.«

»Gern geschehen«, antwortet sie. Und dann kommt der Hammer. »Ihr beide, Valerio und du, Bonnie, ihr habt euch heute einen freien Tag genehmigt. Es ist nur gerecht, wenn Erwin und ich uns morgen auch einen genehmigen. Im Klartext heißt das: Heidi und ihr zwei sorgt vom Frühstück bis zum Abendessen für die Gäste.«

»Neiiin«, schreit Valerio entsetzt. »Das geht nicht! Morgen muss ich unbedingt meinen Vater besuchen! Nachdem ich heute nicht bei ihm war –«

»– kann der Besuch bis übermorgen warten«, sagt Friedl cool.

Ich weiß sofort: Der Tag mit Heidi und Valerio ist die Strafe dafür, dass ich abgehauen und auf eigene Faust losgezogen bin. Ich finde Friedl unmöglich; erstens weiß sie doch, dass mir Val auf den Geist geht, und zweitens, dass wir die Bewirtung ohne sie unmöglich schaffen werden. Nie im Leben.

Das einzig Gute ist das schlechte Wetter, das morgen zu erwarten ist. Bei Regen kommen nicht viele Wanderer das Tal herauf.

Trotzdem: Friedls Rache ist der Hammer; uns kann nur Übles erwarten:

Das Schaffen ohne Friedl ist ein Graus
Da schaut der Tag echt böse aus

18. Kapitel

Am nächsten Morgen wirft mich Heidi schon vor fünf Uhr aus dem Bett. Ich hab mir vorgenommen, total cool zu sein.

Bonnie, sage ich mir, du schaffst das. Vielleicht brennt die Suppe an oder du kippst jemandem das Bier über die Hose, aber was macht das schon? Unfälle passieren eben.

Ich ziehe die Lederhose und das gestreifte Hemd mit dem roten Segelboot an, und weil ich garantiert ins Schwitzen komme, stecke ich meine wikingerblonden Haare mit Klammern hinter die Ohren. Heidi flicht wieder Zöpfe und erzählt mir, dass sie eine Mordswut auf den Basti hat, weil der sich immer noch mit der Burgl trifft. Weil: Für Jungs ist ein Luder wie die Burgl einfach spitzenmäßig.

In der Familie-Feuerstein-Küche hat der Tag noch nicht begonnen. Ich setze erst mal Wasser auf, dann renne ich zum Stadl und ziehe Valerio so lange an den Haaren, bis er brüllt und garantiert wach geworden ist. Ich warte sogar, bis er aus dem Schlafsack rausgekrochen ist, und schärfe ihm dann ein, dass er nicht rumtrödeln darf, sondern in null Komma nichts in der Küche zu erscheinen hat.

Die Frühaufsteher poltern schon die hölzerne Stiege herunter und wanken Richtung Häuschen mit Herzchen. Heidi, Val und ich haben echt alle Hände voll zu tun: Kaffeemaschine in Gang setzen, Teebeutel in Tassen hängen, Wasser und Milch in Kannen füllen, Brötchen aufbacken, Brot schneiden, Marmelade abfüllen … ich weiß nicht, wo mir der Kopf steht.

Val kümmert sich ums Geschirr und Besteck, legt Wursträdchen und Käsescheiben auf Teller, und ehrlich gesagt, der Kerl macht sich nützlich. Hätt ich ihm ja nicht zugetraut.

Friedl beschränkt sich darauf, für Essen und Übernachtung abzukassieren. Dann setzt sie sich mit Ede und Erwin in die Stube und lässt sich von vorn bis hinten bedienen. Danach schlendert sie so richtig gemütlich in die Küche, lehnt sich an den Herd und verlangt von mir, dass ich für sie und Erwin eine Brotzeit mache. »Wir werden wandern«, erklärt sie. »Das bisschen Regen macht uns nichts.«

Ich erinnere mich an die Regel, dass man unbedingt das Wanderziel angeben soll, und wundere mich, dass sie nicht sagt, wohin sie mit ihrem Lover wandern will. Aber weil ich sauer auf sie bin, sage ich nichts. Stattdessen richte ich ihr die Brotzeit her. »Reichen euch sechs belegte Brote?«, erkundige ich mich höflich.

»Was? Nur sechs? Nein, die reichen nicht. Wir brauchen vier pro Person.«

Ich hole den Feuersenf und die Pfeffermühle aus dem Schrank. Was soll ich sagen? Die Brote werden rattenscharf.

Tja, dann wandern Ede, Erwin und Friedl los. Ede muss wieder arbeiten, Erwin macht sich mit meiner Tante einen schönen

Tag. Ziel unbekannt. Hat man da Töne? Das ist gegen die Bergregeln, aber hallo!

Heidi, Valerio und ich sind nach der Frühstückshektik so fertig, dass wir erst mal alles liegen und stehen lassen: das schmutzige Geschirr, die vollgerümpelte Küche, das Matratzenlager unterm Dach, und, sorry, das verschissene Klo.

Wir genehmigen uns eine gemütliche Brotzeit mit Eiern, Speck, Käse und allem Drumunddran, und weil es immer weiter regnet, werden wir nicht mal gestört. Es ist so nett und gemütlich, dass ich mich dauernd daran erinnern muss, dass Valerio ein superblöder Kerl und außerdem mein Feind ist.

Ich glaube, ihm geht es kein Haar besser, denn er schenkt mir immer Kaffee und Milch nach und reicht mir die Marmelade oder so. Na ja, der Döspaddel will eben gut Wetter machen, mehr nicht.

Obwohl wir schon pappsatt sind, macht Heidi eine Tafel Schokolade auf. »Schoko geht immer«, sagt sie gerade, als wir draußen Schritte hören. Und dann steht auch schon Basti in der Küche und schnappt sich einen ganzen Riegel Schoko.

»Hab auf dem Weg die Friedl mit ihrem Erwin getroffen«, sagt er und zieht einen Hocker an den Tisch. »Was meinst, Heidi? Machen wir uns einen schönen Tag?« Er blinzelt sie an und grinst. »Nur wir zwei beide?«

»Was ist mit der Burgl? Hat die heut keine Zeit für dich?«, schießt Heidi zurück.

»Ach, die Burgl …«, sagt Basti so locker wie nur was. »Also, was ist? Kommst mit, Heidi?«

Ich sehe natürlich, dass Heidi am liebsten mit ihrem Basti verschwinden würde.

Der deutet zum Fenster, an dem der Regen runterrinnt. »Bei dem Wetter schaffen's die Bonnie und der Val allein. Da kommen nämlich keine Gäste. Das weißt doch, Heidi.«

Heidi zupft an ihren Zöpfen herum.

Val und ich warten. Ich gönne der Heidi einen freien Tag, deshalb frag ich Val ganz direkt: »Was meinst du, Valerio?«

»Mal sehen.« Wir machen die Tür nach draußen auf und schauen raus.

Alles ist grau in grau. Man könnte an der See sein oder irgendwo im Flachland. Wir sehen weder Berge noch ins Tal runter und schon gar nicht den Himmel mit einem Fleckchen Blau. Nur graue Nebelschwaden, die sich über anderes Grau legen. Und den Regen, der wie durchsichtige Schnüre von oben fällt. »Schietwetter«, murmelt Val. »Ich glaub nicht, dass heute jemand kommt. Und wenn doch, sind es nicht viele.«

»Du meinst, mit denen werden wir fertig?«, frage ich ihn.

Er nickt. »Klaro.«

Also sagen wir Heidi und Basti, wir würden das bisschen Arbeit locker schaffen. »Wo das Wetter doch so mies ist.«

Val fragt dann noch, was sie eigentlich vorhätten. Er hätte es wissen müssen – sie lachen ihn nur an und halten die Klappe.

Hätte ich auch getan.

»In zwei Stunden bin ich wieder bei euch«, versichert Heidi.

»Zwei Stunden«, bestätigt Basti. »Oder so um den Dreh herum.«

Als wir allein sind, hängen wir erst mal eine Weile ab. Klar, überall sieht es aus wie im Saustall, aber bei dem Wetter …

Jedenfalls, irgendwann werfe ich wenigstens den Bioabfall in eine Schüssel und mach mich auf die Suche nach meinem Foxy.

Ich gehe also auf die Terrasse hinaus – und mich trifft der Schlag.

Denn: Der Regen hat aufgehört, die Sonne blinzelt durch die Wolken. Und als ich ins Tal schaue, sehe ich eine riesige Wandergruppe. Die wollen zu uns!

»Herrgottnochmal«, schreie ich. Die Kartoffeln sollten längst gekocht, die Erbswurst- und Gulaschsuppe fertig sein, und aussehen tut es wie im Saustall.

Da kommt Leben auf! In absoluter Rekordzeit schaffen wir den Standard eines First-Class-Hotels. Klar, auf ein paar Kleinigkeiten wie das Fegen des Dielenbodens in der Stube etwa haben wir verzichtet. Aber der Rest ist so ziemlich tadellos.

Ich fülle Kartoffeln in den Schnellkochtopf, schließe den Deckel, stell den Topf aufs Gas und schleppe gerade die Polster auf die Terrasse, weil inzwischen auch die Stühle und Bänke abgetrocknet sind, als ich auch schon die ersten Gäste begrüße. Mit Handschlag! Und der höflichen Frage, ob sie einen guten Weg gehabt hätten.

Zuerst denken die Leute, ich würde sie verarschen, aber als sie mein ehrliches Gesicht sehen, freuen sie sich über meine Anteilnahme. Ich nehme die Bestellung auf – Weizen, Skiwasser, Kaffee, Brotzeit –, gebe sie an Valentino weiter und setze mich zu den Herrschaften, schließlich muss man sich um seine Gäste kümmern.

Val bringt dann auch das Gewünschte an den Tisch und – setzt sich zu uns!

He, denke ich, ich bin hier die Chefin! »Sag mal, hast du in der Küche nichts zu tun?«, erkundige ich mich.

Val tritt von einem Bein aufs andere. »Ich weiß nicht so recht …«

Da pfeift es in der Küche. Ich fürchte das Schlimmste, ziehe den Kartoffeltopf vom Herd, halte ihn unters kalte Wasser, drehe den Deckel ab – und wie eine Fontäne spritzen die Kartoffeln zur Decke hinauf, brechen auseinander und fallen in Klumpen und Klümpchen herunter.

»Du Idiot!«, brüllt Valerio.

Ich bin sprachlos. Was hab ich denn Falsches getan? Das kann ich jetzt aber nicht ergründen, denn das Chaos ist absolut. Und genau in diesem Augenblick hören wir, wie die Hüttentür geöffnet wird. Ich lug in die Stube. Drei, vier, fünf Leute, nein, es sind mehr, mindestens acht neue Wanderer streben den Tischen zu. Einer ruft gleich: »Bedienung! Friedl, wir sind am Verhungern!«

Val und ich starren uns an. Mit einer Kopfbewegung zum Chaos hin sagt Val: »Und jetzt?«

»Saubermachen geht nicht«, stelle ich fest. »Wir tun einfach so, als sei alles in Ordnung.« Ich pflücke Kartoffelstückchen aus meinen Haaren und von den Armen und trete in die Stube.

»Sie wünschen?«

»Würstl mit Kartoffelsalat, zwei Gulaschsuppen, Erbswurstsuppe. Sechs Bier. Zwei Skiwasser.«

»Wir …« Meine Gedanken rasen. Was sag ich bloß? »Wir haben ein Problem mit dem Gas«, erkläre ich entschlossen. Meine Beine zittern. Ich lächle so liebenswürdig wie die Queen. »Heute bleibt die Küche kalt. Leider. Wie wär's mit einer zünftigen Brotzeit? Schmalzbrot haben wir auch im Angebot.« Ich warte. Meine Beine zittern noch immer.

Die Gäste murren ein bisschen, entscheiden sich dann für sieben Mal Brotzeit. Der achte Gast, eine Frau, will Kaffee und Kuchen. Die Kaffeemaschine funktioniert. Ich sause in die Küche. Val bringt Gläser und Bier an den Tisch. Und zwei Skiwasser. Die Frau will ihr Glas nicht. Sie will jetzt Kaffee. Val nimmt das Glas, trägt es in die Küche und trinkt es aus. »Das schaffen wir nie«, klagt er.

»Hör bloß auf, das Weichei zu spielen«, fahre ich ihn an. »Das schaffen wir locker!« Wir knallen die Holzbretter auf den Tisch, mitten hinein in den Kartoffelmatsch, und richten acht Mal Brotzeit. Mit sauren Gurken und Silberzwiebelchen. Derweil blubbert die Kaffeemaschine, Val schneidet den Kuchen auf. Dann tragen wir alles in die Stube.

»Igitt«, sagt die Frau angewidert. »Da klebt was Gelbes am Brett. Das sieht ja eklig aus.«

»Ist es aber nicht«, erkläre ich flugs und wische das bisschen Kartoffelmatsch mit dem Zeigefinger weg. Die Männer lachen. Einer fragt: »Wo ist denn die Friedl?«

»Die Friedl … ja, Friedl ist ins Tal gegangen. Wegen, wegen dem Gas. Bevor uns die Hütte um die Ohren fliegt, will sie den Handwerker kommen lassen. Ist doch klar, oder? Ich meine, Sicherheit geht vor.«

Ich bin phänomenal geistesgegenwärtig, denke ich. Richtig stolz bin ich auf mich. Bis einer der Männer zu einem anderen sagt: »Du Karl, du bist doch der Fachmann. Schau du doch mal nach dem Gasherd.«

Mir wird ganz kalt vor Schreck. Die Küche! Das Chaos! Die Sauerei überall! »Nicht nötig«, sag ich rasch. »Weil … ich denk mal, dass es Friedl nicht gern sieht, wenn sich ihre Gäste die Hände schmutzig machen, wo sie sich doch ihre Freizeit … ihre Freizeit so schwer verdient haben.« Puh, wenn das so weitergeht, habe ich am Abend vor lauter Lügen eine Nase von hier bis ins Tal runter. Schlimmer als Pinocchio. Wo ist denn Valerio? Warum unterstützt mich der Kerl nicht?

Ich renne in die Küche. Val hat den Tisch abgewischt. Und den Herd. Und den Boden gefegt. Jetzt schneidet er Brot. Er dreht sich um und grinst mich an. »Alle Achtung, Bonnie. Du lügst ja wie geschmiert! Gelernt ist gelernt, was?«

»Was soll denn das jetzt wieder heißen«, fauche ich ihn an. »Hilf mir lieber –«

»Bedienung!«, schreit einer in der Stube.

»Jetzt gehst du raus«, sage ich zu Val. »Und ich hör dir zu!«

Valerio reibt sich die Nase, schnappt sich ein Küchentuch und legt es sich oberkellnermäßig übern Arm. »Sie wünschen?«

»Da«, sagt die Frau und zeigt auf ihr Brotzeitbrettchen. »Erklär mir mal, was das für ein ekliges Zeug ist!«

Valerio beugt sich über das Brettchen. »Wissen Sie«, sagt er in seinem schönsten Hochdeutsch, »gerade als wir die Butter auftauen wollten, schießt eine Stichflamme aus der Gasleitung, die Butter fliegt uns um die Ohren, und ein paar Flöckchen sind eben auch auf dem Brettchen gelandet. Moment mal –« Er greift nach dem Brett.

»Jetzt iss, Erna«, sagt der Mann neben ihr. »Die Butter bringt dich nicht um.«

»Wenn das Butter sein soll … also ich weiß nicht«, knurrt die Frau.

Die Leute am Nebentisch wollen noch ein Bier. Valerio wedelt mit dem Küchentuch über den Tisch und plaudert übers Wetter.

Dann kommen neue Gäste, aber die bleiben auf der Terrasse und packen ihre eigene Brotzeit aus. Ich hätte sie umarmen können, so froh bin ich darüber!

Ich sag's ja nicht gern, aber alles in allem sind Val und ich kein schlechtes Team. Die alten Gäste erklären den neuen, dass die Gasleitung defekt und nicht mit warmen Speisen zu rechnen sei. Ich schreibe auf einen Zettel »Heute nur kalte Küche! Gasleitung defekt!«. Den klebe ich an die Hüttentür.

Wegen des gefährlichen Gasdefekts setzen sich die Ängstlichen gleich auf die Terrasse; die Mutigen bleiben in der Stube und sind mit Käse und Wurst zufrieden.

Na ja, der Tag schleppt sich so dahin. Wir rennen wie die Hasen zwischen Küche, Stube und Terrasse hin und her. Nur wenn jemand wissen will, warum wir nur zu zweit sind, bleiben wir kurz stehen. »Es liegt an der Gasleitung …«

Mensch, wo steckt nur die Heidi? Sieht sie denn nicht, wie toll das Wetter geworden ist – perfekt zum Wandern! Nicht zu heiß und nicht zu kalt!

Gegen fünf kommen dann auch noch die Matratzenlager-Gäste. Die Hektik nimmt zu, ich stelle fest, dass die letzte Salami aufgegessen und nur noch ein einziger Brotlaib im Kasten liegt – klar, es gab ja keine Suppe und keinen Kartoffelsalat! –, als Val käsebleich in die Küche kommt. Und mir was ins Ohr flüstert, das mich auf den Hocker streckt.

»Da ist einer gekommen, dem fehlt die Spitze vom Mittelfinger. Bonnie! Und ausschauen tut der! Direkt zum Fürchten!«

»Verdammt«, flüstere ich. »Was sollen wir tun?«

»Keine Ahnung«, haucht Val.

Ich stehe auf. »Bleib in der Küche. Ich schau mir den Kerl mal an.«

»Sei vorsichtig!«

Das braucht mir Valerio nicht extra zu sagen. »Hat er schon seine Bestellung aufgegeben?«

Val nickt. »Ein Bier. Ein Schmalzbrot.«

Ich klatsche Schmalz auf eine Scheibe. »Wo sitzt er?«

»Tisch vier. Direkt am Fenster.«

Ich rausche mit dem Schmalzbrot aus der Küche. Rein in die Stube und direkt auf den Kerl zu. »Bitte!«, sag ich und stelle den Teller auf den Tisch. »Oh! Das Besteck!«, sag ich dann und tu so, als wäre mir das schrecklich peinlich. »Ich bringe sofort Messer und Gabel!«

»Vergiss das Bier nicht!«

»Wird gemacht!«

Dem Mann fehlt tatsächlich die Spitze vom Mittelfinger! Ich muss das noch genauer sehen. Schnapp mir also Messer und Gabel. Und die Bierflasche. Und ein Glas. Marschiere in die Stube zurück.

»Bitte sehr!« Ich reiche ihm die Gabel. Jetzt bin ich mir zweihundertprozentig sicher: Keine Spitze am Mittelfinger. Was für ein Schietkram!

Und Friedl ist mit ihrem Erwin unterwegs. Mit Erwin, dem Bullen. Der ausgerechnet dann abgängig ist, wenn man ihn mal brauchen würde. Und Heidi hat sich in Luft aufgelöst.

Wenigstens sind wir nicht allein, Val und ich, wir haben etliche Gäste, und einige übernachten sogar. »Bleiben Sie über Nacht?«, frage ich den Mann.

Er schneidet das Brot in kleine Würfel. Die spießt er aufs Messer. »Weiß noch nicht.«

Na super! Das wird ja immer schöner! Ich ziehe mich Richtung Küche zurück und lasse den Mann nicht aus den Augen. Schaue ihn mir so genau an, dass ich Erwin eine perfekte Beschreibung liefern kann. Nur für den Notfall. Dann kann er nämlich einen Steckbrief der Extraklasse herstellen.

Also: Sein grüner Filzhut liegt auf dem Tisch, direkt neben dem Schmalzbrot. Am Hut ist eine Feder, die aussieht wie von einer grauen Gans, und ein dicker Pinsel – der Gamsbart. (Gans und Gams sind zwei Paar Stiefeltiere!) Der Mann trägt ein kariertes Hemd, eine Lederhose mit ganz normalen Hosenträgern, dicke gestrickte Kniestrümpfe in Waidmannsgrün, Wanderschuhe. Der beige Anorak hängt über der Stuhllehne. Alles so normal und nichtssagend wie nur was. Hat er einen Wanderstock? Hat er. Auch der ist nichts Besonderes.

Das einzig Auffällige sind die vielen krausen Haare, die ihm aus den Ohren sprießen. Und die rote Knollennase. Die buschigen Augenbrauen, die im Leben noch keine Pinzette gesehen haben. Die kleinen Schweinsäuglein mit kaum sichtbaren Wimpern. Genau: Deshalb sieht der Kerl zum Fürchten aus. Wie der mich ansieht! Als würde er mir einen Mord zutrauen!

Bonnie, sage ich mir, für sein Aussehen kann der Kerl nichts. Also beruhig dich. Immerhin bist du nicht allein in der Hütte.

So etwa eine Stunde später sind die Gäste satt, sitzen mit ihrem Bier oder Skiwasser auf der Terrasse und halten das Gesicht in die

Abendsonne. Nur der mit der Knollennase und der fehlenden Fingerspitze bleibt eisern in der Stube.

Val und ich schimpfen über Heidi. Macht die sich einfach vom Acker und lässt uns schuften. Dann schimpfen wir über Friedl. »Das ist die Strafe dafür, dass du gestern abgehauen bist«, erklärt mir Val. »Aber warum ich mitbestraft werde, ist mir schleierhaft.« Er deutet auf das Chaos. »Kinderarbeit ist verboten!«

Ich habe eine Mordswut auf meine Tante. Und auf Heidi. Wenigstens die hätte hierbleiben können! Oder nach einer Stunde zurückkommen! Weil ich eine solche Wut habe, ignoriere ich den Saustall. Den soll aufräumen, wer will, denk ich gerade, als die Leute auf der Terrasse losschreien. Dann poltern Stühle, Val schlingt mir die Arme um den Hals und brüllt: »Ich rette dich!«

Ich stoße ihn weg von mir. »Döskopp! Du und mich retten? Ich glaub's nicht!«

Ich renne raus – und seh gerade noch einen schwarzen Schatten hinters Häuschen huschen.

»Ein tollwütiger Hund!«, schreit jemand.

Aber ganz klar – es ist kein tollwütiger Hund. Was die Leute auch nur immer denken!

»Das ist nur mein Foxy«, beruhige ich sie und hole ein Würstl aus der Küche. Hocke mich auf die Stufe, und schon lugt Foxy um die Ecke. Und schleicht sich näher. Die Leute hinter mir sind absolut still. Foxy macht einen Satz, schnappt nach der Wurst, aber weil ich darauf gefasst bin und sie festhalte, hat er nur die Hälfte im Maul. Er schlingt sie runter, leckt sich über die Schnauze, beäugt die zweite Hälfte.

»Komm, Foxy«, locke ich ihn.

Und Foxy kommt. Er ist ein kluges Kerlchen, er kapiert, dass ich den größten Teil der Wurst noch in der Faust habe. Er legt den Kopf schief und wartet.

Ich warte auch. Und dann fühle ich plötzlich eine Hand auf meiner Schulter. Drehe mich um. Sehe den Knollennasigen. Und dass Foxy abhaut. Ich werfe ihm die Wurst hinterher. Er flitzt zurück, holt sie sich und ist verschwunden.

Ich stehe auf. »Was ist?«, frage ich ihn. Mensch, bin ich wütend! Angst habe ich auch.

»Noch ein Weizen«, verlangt er.

Wie bitte?

Die Leute auf der Terrasse murren. »Hätten Sie mit Ihrer Bestellung nicht warten können?«, beschwert sich einer. Und ein anderer jammert: »Ein zahmer Fuchs! So was sieht man schließlich nicht alle Tage.«

Das finde ich auch. Ich frage mich, wo der Döspaddel abgeblieben ist, bringe dem Knollennasigen sein Bier und mach mich auf die Suche.

Im Stadl finde ich ihn. Gerade stopft er seinen Schlafsack in den Rucksack. »He! Was hast du vor?«

»Mir reicht's«, zischt er. »Ich mach mich doch nicht zum Deppen für Heidi! Oder schufte für dich und deine Tante, Bonnie!«

Zuerst will ich losschimpfen, dann setze ich mich ins Heu. »Du hast recht«, sag ich. »Willst du ins Dorf zu deiner Mutter?«

»Vielleicht.«

»Du weißt doch, dass man in den Bergen das Wanderziel angeben muss.«

Er schweigt. Eisern.

Was für ein Blödmann, denke ich und ändere meine Taktik. Sage ganz cool: »Weißt du was? Egal wohin du wanderst – ich komme mit.«

Valerio plumpst vor Schreck neben mich. »Das geht nicht.«

»Klar geht das.«

»Was ist mit der Küche? Und den Gästen? Du kannst die Hütte nicht einfach sich selbst überlassen.«

Ich strecke mich im Heu aus und gähne. »Die Hütte und die Gäste sind mir schietegal. Außerdem fürchte ich mich vor dem Knollennasigen.«

»Du und Angst? Dass ich nicht lache! Bonnie, solange du nicht allein mit ihm bist, wird er dir nichts tun.«

»Wer weiß?« Ich rolle mich auf den Bauch und schließe die Augen.

Val rüttelt mich. »Mensch, Bonnie! Wenn du Angst hast …«

»Was ist dann?«

»Dann … also dann kann ich dich nicht allein lassen!«, jammert er.

Ich setze mich auf und verziehe so das Gesicht, als würde ich gleich losheulen. »Ich hab echt Schiss«, flüstere ich. »Ehrlich, wenn du abhaust, geh ich mit.« Ich drücke die Hände vor die Augen, als würde ich heulen. Aber klar, ich blinzle zwischen den Fingern durch. Und atme auf: Mein Theater funktioniert!

»Wirklich?«

»Hundert Pro, Val«, hauche ich und schaue ihn seelenvoll an.

»Verdammt! Da seid ihr!«, schreit Friedl in den Stadl rein.

Ich springe auf. »Friedl! Endlich bist du wieder da! Den ganzen Tag lang schuften und rackern wir wie die Sklaven beim Bau der Pyramiden, und …«

»Was tut ihr im Heu? Und was ist mit der Gasleitung?«, unterbricht sie mich. »Seit wann ist die defekt? Und warum ist die Küche ein einziger Saustall?«

Ich stemme meine Fäuste in die Hüften. »Liebe Tante Friederike«, fange ich an, werde aber sofort wieder unterbrochen.

»Ich pfeife auf die ›liebe Tante Friederike‹«, fährt sie mich an. »Sag mir –«

»Moment mal«, falle ich ihr ins Wort. »Ist dir klar, dass du einen ganz besonderen Gast hast?«

Das verschlägt ihr die Sprache. »Was soll das heißen?«

»Der Falschmelder und Pfostendreher ist hier«, erkläre ich cool.

»Quatsch«, erwidert Friedl.

»Kein Quatsch«, schaltet sich Valerio ein. »Bonnie hat Angst vor dem Kerl. Und, ehrlich gesagt … ich auch.«

Friedl deutet auf Vals Rucksack. »Wolltest du etwa abhauen?«

»Klar«, antworte ich. »Er hat Schiss. Wegen dem Knollennasigen. Und die Schufterei geht ihm auf den Geist.«

Friedl schüttelt ungläubig den Kopf. »Heißt das, du hättest Bonnie in der Hütte allein gelassen?«

»Das hätte er«, jammere ich. »Du bist genau im richtigen Moment zurückgekommen, Friedl.«

Friedl durchbohrt Val mit einem fürchterlichen Blick. »Valerio, du hast mich enttäuscht.« Damit dreht sie sich um und stapft wütend aus dem Stadl.

»Du gemeines Biest«, sagt Val. »Wir waren heute ein gutes Team.«

Ich zucke die Schultern. »Du hast Silvias Lüge geglaubt, richtig? Ich hingegen hab nur gesagt, was Fakt ist: Du wolltest abhauen. Und mich dem Knollennasigen ausliefern.«

»Ich hab's aber nicht getan«, verteidigt er sich. »Ich bin geblieben. Aber jetzt«, er schleudert seinen Rucksack auf den Rücken, »jetzt hab ich endgültig die Nase voll. Von der Hütte, der Arbeit, von dir. Vor allem von dir, Bonnie. Du bist echt 'ne rachsüchtige Zicke.«

»Wenn du meinst.« Ich stelle mich breitbeinig vor ihn hin. »Sonst noch was?«

»Ja. Aber das ist jetzt auch egal. Ich hau ab. Zum Wolfi, wenn du's wissen willst.«

»Gute Reise«, schrei ich ihn an.

Er sagt: »Danke!« Und ist weg.

Endlich, denke ich und wundere mich, dass ich mich nicht so richtig darüber freue. Eigentlich hätte ich jubeln müssen. Aber mich rachsüchtig zu nennen ist ein starkes Stück. Echt. Er saust über die Wiese. Der Rucksack auf seinem Rücken hoppelt auf und ab, was echt spaßig aussieht. Ich will lachen, aber weil das nicht so richtig klappt, geh ich in die Hütte.

Da bleibt mir die Spucke weg. Weil Friedls Erwin ganz gemütlich neben dem Knollennasigen sitzt. Dem, dem auch die Mittelfingerspitze fehlt. »Kennt ihr euch?«, will ich von Erwin wissen.

Statt einer Antwort fragt er mich: »Was ist mit dem Jungen?«

»Valerio? Der hat die Nase voll.«

»Also ist er tatsächlich abgehauen? Schön, schön …Wohin denn?«

»Schön? Wie man's nimmt«, entgegne ich. »Er rennt zum Wolfi, der Doofkopp. Aber sag schon: Kennt ihr euch?«

Ich deute auf den Knollennasigen.

»Das ist Ludwig, ein Kollege von mir«, erklärt er und grinst dabei.

»W… was?«, stottere ich. »Noch ein Kollege? Erst ein Ede? Jetzt ein Ludwig? Ist die Rabennesthütte etwa euer Meetingpoint? Okay«, sag ich. »Das konnte ich nicht wissen.«

Friedl kommt aus der Küche. »Und wo sitzt jetzt der Falschmelder und Pfostendreher?«

Eines ist sicher: Ich hätte unbedingt die Bauernregel am Kalender beachten müssen, dann hätte ich mich nicht so eiskalt blamiert:

In der Früh ein Morgenregen
Wird vor Mittag noch sich legen

19. Kapitel

Klar, die nächsten Minuten sind ein bisschen peinlich. Ich gestehe, dass Val und ich Ludwig, Erwins Kumpel und Kollege, für den Übeltäter hielten. »Wegen der fehlenden Fingerspitze«, erkläre ich. »Und weil er einen so finster anguckt«, sage ich zu Erwin, als wir später die Küche in Ordnung bringen, was eine ziemliche Schufterei ist.

Erwin versteht mich. »Das ist sein Markenzeichen«, sagt er. »Mit einem Blick aus seinen kleinen Schweinsaugen schüchtert er den raffiniertesten Verbrecher ein.«

Erwin ist echt ein guter Kumpel. Er beruhigt Friedl, die wegen des Saustalls in der Küche absolut sauer ist. Und wegen des Zettels. Wegen der Gasleitung, die angeblich schadhaft sei. »So eine Meldung vergrault mir die Gäste!«, schimpft sie los und hört überhaupt nicht auf, bis Erwin schließlich seinen Freund Ludwig in die Küche holt.

Ich hätte ihm das ja niemals zugetraut, aber Ludwig schildert Friedl, wie ich Foxy gefüttert habe und wie begeistert die Gäste davon waren.

Leider haben wir das Schlimmste noch nicht hinter uns. Weil

Heidi ja abwesend ist und ich keine Ahnung habe, wo sie steckt und wann sie kommt.

So ist das in den Bergen; da wird jedes Zuspätkommen zu einer kleinen Katastrophe. Weil man immer mit dem Schlimmsten rechnet: Mit Abstürzen. Mit Verlaufen. Mit Gefahr für Leib und Leben.

»Einfach mit Basti loszuziehen ist so untypisch für Heidi«, jammert Friedl. »Das hat sie noch nie getan! Immer war sie zuverlässig! Was sollen wir nur tun, Erwin?«

Ludwig zupft an seinen buschigen Augenbrauen herum. Ich finde, die gehören in Ordnung gebracht; jemand müsste sie ausdünnen – hat er keine Frau, die ihm das sagt? »Noch ist es taghell«, stellt Ludwig fest. »Ich seh keinen Anlass, schon jetzt in Panik zu geraten. Was meinst du, Erwin?«

Erwin ist auch der Ansicht, man könne noch zuwarten, bevor man sich Sorgen mache. Allerdings versteht er auch nicht, weshalb Heidi den ganzen geschlagenen Tag fortgeblieben ist, wo sie doch weiß, dass Friedl sich freigenommen hat. Und das Wetter so schön geworden ist, was jede Menge Gäste bedeutet.

»Angerufen hat sie auch nicht«, füge ich hinzu, obwohl ich natürlich weiß, dass Handys hier nicht funktionieren. Zumindest funktionieren sie nur selten; die Verbindung bricht immer so schnell ab.

Vor lauter Sorge haben wir überhaupt keinen Hunger. Wir putzen noch ein bisschen und machen überall Ordnung. Mit Arbeit lenkt man sich ab, außerdem vergeht die Zeit schneller.

Ja, und dann wird es dämmrig, und Heidi ist noch immer nicht zurück.

Wir stehen auf der Terrasse, schauen ins Tal runter und zu den Bergen hinauf, und Erwin holt sogar sein Fernglas. Wie in Zeitlupe prüft er die Wege, und dann, auf einmal, bleibt sein Blick an einem Pünktchen hängen. »Das könnte sie sein«, murmelt er.

Wir warten. Ich zupfe an meinem Daumennagel herum, so nervös bin ich.

Wir warten und warten, bis Erwin dann sagt: »Es sind zwei.«

Aha. Zwei Leute kommen aus dem Tal herauf. Das könnten durchaus Heidi und Basti sein. Aber warum Basti, wo der doch immer im Tal übernachtet?

Wir warten weiter. Die Berge liegen noch in der Sonne, im Tal ist es schon dunkel und jetzt sind die Wiesenhänge bereits dunkelgrün. Sehr dunkelgrün.

Da lässt Erwin das Fernglas sinken. »Es sind Heidi und Basti.«

Friedl sagt zuerst: »Gott sei dank!« Sie schnauft ein paar Mal, dann schimpft sie: »Das Mädchen kann was erleben!«

Ludwig lehnt sich ans Geländer. »Warte ab, was sie zu sagen hat, bevor du sie zur Schnecke machst.«

Als Heidi am Parkplätzchen angekommen ist, renne ich ihr entgegen. »Mensch, wo wart ihr? Warum bist du nicht nach einer Stunde gekommen, Heidi?«

Heidi und Basti sind völlig fertig; das sehe ich sogar in der Fast-Dunkelheit. »Ist was passiert?«

»Passiert nicht direkt«, antwortet Basti.

Mir ist klar, dass sie erst etwas essen müssen. Und trinken. Oder wenigstens verschnaufen.

In der Küche, die jetzt unwahrscheinlich sauber ist, stehen zwei Gläser mit Skiwasser bereit. Im Brotkorb liegt Knäckebrot, klar, den letzten Laib brauchen wir für die Gäste. Spiegeleier mit Speck braten in der Pfanne auf dem Herd, ich hole Senf und Ketchup aus dem Schrank. Total professionell komme ich mir vor.

Mir läuft das Wasser im Mund zusammen: Jetzt, wo die zwei hier sind, habe ich einen wahnsinnigen Hunger! Später, denke ich. Wir warten, bis sich die zwei ein bisschen erholt haben.

Was sie dann berichten, ist echt der Hammer.

Na ja, den ersten Teil lassen sie aus. Der geht uns wohl nichts an. Die eigentliche Geschichte beginnt da, wo Heidi zu unserer Hütte zurückgehen wollte.

»Das war nach knappen zwei Stunden«, sagt sie. »Basti musste nach Hause, ich machte mir Sorgen um euch, weil sich inzwischen das Wetter gebessert hatte. Basti und ich standen –«

»Wo war das?«, fragt Ludwig dazwischen.

Heidi wird ein bisschen rot. »So ungefähr eine halbe Stunde von hier.«

»Oberhalb oder unterhalb unserer Hütte?«

»Unterhalb«, sagt Basti.

»Wo sich der Heustadl befindet?«

»Etwa da.«

»Gut. Und weiter?« Mann oh Mann, der Ludwig tut so, als wäre es ein echtes Verhör!

Basti wuschelt sich durch die Haare. »Wir wollten gerade ins Freie, als jemand hinterm Stadl vorkommt. Wie aus dem Boden gewachsen sah das für uns aus. Wir haben keine Schritte gehört –«

»Auf der Wiese? Wohl kaum«, wirft Ludwig ein.

»Da war keiner, als wir kamen. Das wissen wir sicher, weil Basti um den Stadl herumgegangen ist«, erklärt Heidi. »Aber klar, er kann irgendwann gekommen sein, während wir im Stadl waren.«

Ludwig nickt.

»Jedenfalls kommt er hinterm Stadl vor. Basti zieht mich ins Innere zurück –«

»Warum?«, fragt Ludwig.

Basti hebt die Schultern. »Keine Ahnung. Das war einfach ein Reflex. Klar, wir wollten nicht gesehen werden, aber …«

»Kanntet ihr den Mann?«

Beide schütteln die Köpfe. »Nie gesehen.«

»Und dann?«

»Der Mann schaut sich um. Dann nimmt er den Rucksack ab und setzt sich ins Gras. So, dass er sich an die Stadlwand lehnen kann.«

»Ja, da schien nämlich die Sonne darauf; es war eine richtig warme Stelle«, setzt Heidi hinzu. »Der Mann öffnet den Rucksack und holt eine Wasserflasche und seine Brotzeit heraus. Ein Stück Brot und eine Scheibe Rauchfleisch. Das Brot war so altbacken, dass er kleine Stücke mit dem Messer heruntersäbeln musste. Er kaute ewig darauf herum«, sagt sie. »Ich hab mich gefragt, weshalb er nur einen Kanten hartes Brot isst, wo er doch auf jeder Hütte einen Wecken bekommen hätte.«

»Gut«, sagt Ludwig. »Und weiter?«

»Wir waren in einer blöden Lage; klar, wir kannten den Mann nicht. Aber wir wollten nicht einfach aus dem Stadl rausspazieren. Wir dachten, er würde uns fragen, was wir getan hätten … und so«, fügt Basti verlegen hinzu.

»Deshalb haben wir gewartet«, sagt Heidi. »Und wie wir warten, säbelt der Mann am Brotkanten und am Rauchfleisch herum, und ich seh, dass an seiner Hand ...«

Ludwig fasst sich an den Kopf. »Das glaube ich jetzt nicht«, stöhnt er.

»Was?«, fragt Basti verdutzt.

Ludwig hält seine linke Hand hoch. Die mit dem Mittelfinger, an dem die Spitze fehlt. »Hat die Hand so ausgesehen?«

Beide schütteln den Kopf. »Nein, absolut nicht. Wieso?«

»Weil wir schon dachten, Ludwig wäre der Falschmelder und Pfostendreher. Dabei ist er Erwins Kollege«, erkläre ich.

»Das wissen wir«, sagt Heidi, und Basti nickt. »Klar. Wir kennen uns. Ludwig ist Bulle. Genau wie Erwin. Mann, wir könnten hier heroben eine Polizeistation aufmachen!«

Erwin schüttelt den Kopf. »Von wegen! Meine Kollegen kommen, weil sie wandern wollen. Ausspannen. Einen Ferientag einlegen. Und weil sie wissen, dass ich bei Friedl bin und sie die besten Älpler-Makkaroni im ganzen Kleinwalsertal zubereitet.«

Er drückt ihr einen dicken Schmatz auf die Backe. Das finde ich peinlich; ich meine, so alte Leute sollten sich nicht in aller Öffentlichkeit küssen. Echt ätzend ist das, ehrlich.

»Also. Was war an der Hand des Mannes?«, will Ludwig wissen.

»Sag du es«, fordert Basti Heidi auf.

»Er hatte eine Entzündung am Mittelfinger. Unterm Nagel war der Finger ganz schwarz. Er muss ihn irgendwo eingeklemmt haben.«

Friedl fährt auf. »Die schwarze Kappe!«

Ludwig stutzt. »Schwarze Kappe?«, wiederholt er.

»Hier in der Hütte war ein Mann, der den Mittelfinger mit einer schwarzen Kappe schützte – so eine, wie man sie in der Apotheke bekommt! Man steckt sie über den verletzten Finger und bindet sie am Handgelenk fest. Du hast das doch auch gesehen, Heidi!«

Heidi nickt. »Genau das habe ich Basti gesagt. Ich hab gesagt: ›Du, das könnte der Pfostenverdreher sein.‹«

»Ist euch an dem Mann noch etwas aufgefallen?«

»Nein. Er war total unauffällig. Bis eben auf den verletzten Finger. Deshalb sind wir ihm ja auch nachgegangen«, erklärt Basti weiter. »Als er gegessen hatte, ist er nämlich nicht ins Tal und auch nicht zur Hütte hier. Er hat eine Karte aus dem Rucksack geholt und sie eine Weile lang angeschaut. Und dann ist er nicht über die Wiese gegangen, sondern erst mal bis zu dem kleinen Gehölz hinunter. Da ist er verschwunden –«

»Das Komische war, dass wir ihn auf einmal wieder gesehen haben. Auf dem Weg, der zur Mädelegabel führt. Das hätte er aber einfacher haben können, wenn er gleich über die Weide gegangen wäre«, berichtet Heidi weiter. »Genau das hat uns gewundert. Deshalb hab ich zu Basti gesagt: ›Komm, wir folgen ihm ein Stückchen. Wenn ich erst in einer halben Stunde zurückgehe, macht das jetzt auch nichts mehr aus.‹«

»So haben wir es gemacht. Wir sind ihm gefolgt, und wisst ihr was? Er hat tatsächlich einen Wegweiser verdreht; der steckte nicht fest im Boden. Das ist ein Irrer, sag ich euch.«

»Und ihr?«, fragt jetzt Erwin. »Was habt ihr getan? Ihr habt ihn doch hoffentlich nicht zur Rede gestellt, oder?«

»Hältst du uns für blöd oder was?«, fragt Basti. »Wir sind ihm gefolgt und –«

»Hat er euch gesehen?«, unterbricht ihn der Ludwig.

»Bestimmt nicht. Wir haben gute Augen und darauf geachtet, dass zwischen ihm und uns immer genügend Abstand blieb.«

»Wo ist er jetzt?«, fragt Erwin.

Beide zucken die Schultern. »Keine Ahnung. Das ist es ja – wir wissen es nicht. Es war so: Nachdem er das Schild versetzt hatte, war es nach drei Uhr. Wir wollten nicht in die Dunkelheit kommen, also sind wir umgekehrt.«

»Aber auf dem Rückweg haben wir den Pfosten natürlich wieder umgedreht«, sagt Heidi.

»In die richtige Richtung natürlich«, setzt Basti hinzu und grinst. »Und jetzt sind wir hier.«

»Ja«, sagt Erwin und putzt sich die Nase. »Eins sollten wir noch wissen: Wie alt war der Mann?«

Heidi und Basti sehen sich an. »Das war auch etwas, worüber wir uns gewundert haben«, sagt Heidi. »Der Mann war nämlich nicht alt.«

»Aber jung war er auch nicht«, widerspricht ihr Basti. »So Ende zwanzig, schätze ich.«

Heidi nickt. »Genau. Höchstens Anfang dreißig. Angezogen war er wie alle Wanderer. Total unauffällig also, nur dass die Kleidung schon ziemlich abgetragen war.«

Obwohl Ludwig ja heraufgekommen ist, um am nächsten Tag mit Erwin eine große Tour zu unternehmen, packt er sofort seine Sachen zusammen. Dann benachrichtigt er Ede, den Bergwachtler. Danach wartet er auf Erwin, der mit dem Rucksack aus

Friedls Zimmer kommt. Friedl ist ziemlich sauer auf den Pfostendreher, aber klar, es hilft alles nichts – die Liebe muss warten, denn: Der Mann ist eine Touristengefahr.

Schietpech für Friedl und Erwin, sage ich nur.

Erwin und Ludwig wollen sofort nach Oberstdorf runter. Der Kerl muss gefunden werden, und dazu braucht es jeden Mann. Basti hat sich inzwischen erholt und hofft auf eine zünftige Brotzeit zu Hause.

Heidi vermutet aber – das sagt sie mir später im Bett –, dass er unbedingt an der Suche teilnehmen möchte.

»Oder die Burgl treffen«, vermute ich.

Heidi lacht. »Die Burgl ist kein Thema mehr. Basti hat mir geschworen, dass nie was zwischen ihr und ihm war. Er will auch nichts mit der Burgl haben, weil die … also die Burgl hat nicht nur einen Freund. Wenn du verstehst, was ich meine. Neulich soll's ihretwegen im Ort eine fürchterliche Prügelei gegeben haben.«

Ich gähne.

Plötzlich setzt sich Heidi auf. »Wo ist eigentlich der Valerio?«

»Der hat die Fliege gemacht. Weil ihm die Schufterei zum Hals raushängt.« Und weil er eine Mordswut auf mich hat. Das sag ich aber nicht.

»Das hätte ich dem Jungen nicht zugetraut«, findet Heidi. »Sich einfach abzuseilen! Wo ist er jetzt?«

»Beim Wolfi auf der Sennhütten.«

»Glaub ich nicht.« Heidi gähnt. »Der ist zu seiner Mutter ins Tal gezogen. Weil er's da komfortabler hat als in der Sennhütten.«

Heidi legt sich wieder hin und kuschelt sich zwischen die Federn. Dann sagt sie: »Weißt was, Bonnie? Wenn Valerio tatsächlich beim Wolfi ist und wenn er obendrein Glück hat, ist auch die Burgl in der Hütten. Das Luder, das elende. Sakradi aber auch … die Burgl und der Val.«

Der Kalenderspruch des Tages lautet:

An diesem Tag, das wisse,
für Heidi gab's viele heiße Küsse

20. Kapitel

Als Heidi und ich am nächsten Morgen in die Küche kommen, liegt ein Zettel auf dem Tisch. »Komme später. Frühstück zubereiten. Friedl.« Das steht darauf. Mehr nicht.

»Jetzt ist meine Tante komplett verrückt geworden«, stelle ich fest und löffle Kaffeepulver in den Filter.

Heidi findet das auch. Wir haben keine Ahnung, wohin Friedl gegangen sein könnte, oder warum, und sind ziemlich sauer.

Ich bin sogar extrem sauer, weil ich ziemlich mies geschlafen hab. Erstens wegen Heidis Vermutung, Val hätte in Wolfis Sennhütte Zuflucht gesucht und dort das Luder Burgl getroffen. Zweitens hab ich mir ausgemalt, wie sich der Döspaddel Burgl an den Hals geworfen hat. Klar, kann er machen. Aber die Frau ist tausend Jahre älter als er! Mindestens drei oder vier dürften es sein. Sich als junger Mensch auf eine so antike Person einzulassen halte ich für abartig. Erschwerend kommt hinzu, dass ja Vals Vater im Krankenhaus liegt. Gut, er ringt nicht gerade um sein Leben, aber gesund ist er keinesfalls. Also müsste ein anständiger Sohn Rücksicht auf den elenden Zustand seines Erzeugers nehmen und sich nicht dem Vergnügen mit einem Busenwunder in Größe XXL hingeben. Egoistisch bis zum Gehtnichtmehr ist das. Aber ganz klar: Bei einem Döskopp wie Val darf man nichts anderes erwarten. Habe ich ja auch nicht; trotzdem rege ich mich auf. Keine Ahnung, warum. Vielleicht, weil alles ganz anders ist? Weil er im finsteren Wald nächtigte und von einer Wildsau totgetrampelt wurde? Würde ihm zwar recht geschehen, aber grausig wäre es schon – ich müsste das Wildsauopfer ja identifizieren! Und das, wo ich doch in meinem jungen Leben noch keine Leiche gesehen hab.

Ich stelle mir den Blödmann im Blute liegend vor und veranstalte eine Mordssauerei mit der Johannisbeermarmelade …

Das Frühstück ist vorbei, die Wanderer sind längst losgezogen, die Küche und das Massenlager wieder aufgeräumt – und Friedl lässt sich noch immer nicht blicken.

»So langsam mache ich mir Sorgen«, meint Heidi und stellt schon mal Kartoffeln aufs Gas. Als die weich gekocht sind und ich sie zum Auskühlen auf die Terrasse trage, schnauft Friedl den Weg herauf. In Begleitung von … ich trau meinen Augen nicht, zwinkere, halte die Luft an, will's nicht glauben … in Begleitung von Valerio.

Der sieht unglücklich aus.

Ich verschränke die Arme vor der Brust und blicke finster. »So«, sagt Friedl, als sie auf der Terrasse angekommen ist, »jetzt gebt ihr euch die Hand und schließt Frieden.«

»Niemals!«, sag ich.

»Niemals nie!«, sagt Valerio.

»Wenn es so ist«, meint Friedl cool, »hat einer die Hütte zu verlassen. Entweder ziehst du zu deiner Mutter ins Tal, Valerio, oder du, Bonnie, fährst zurück nach Hamburg. Macht das untereinander aus; ich gebe euch zehn Minuten Zeit.« Friedl verschwindet in der Rabennesthütte. Kommt zurück und erklärt: »Ich meine es ernst, Valerio. Deiner Mutter hab ich versprochen, auf dich aufzupassen. Das kann ich nur, wenn du in meiner Nähe bist. Auf Wolfis Sennhütten bist du's nicht. Also entscheide dich.«

Wir starren uns an.

»Ich bleibe hier«, fauche ich.

»Ich arbeite für Kost und Logis. Ich bleibe.« Valerio stopft die Fäuste in die Hosentaschen.

»Friedl ist meine Tante«, erinnere ich ihn.

»Na und? Sie schickt dich weg, wenn ich bleibe. Und ich bleibe. Hundert Pro.«

»Hau ab! Deine Eltern sind im Tal!«

»Ist mir doch egal. Deine sind in Hamburg.«

Ich weiß: Noch eine Sekunde, und ich explodiere. Also halte ich die Luft an, zähle bis zehn, dann bis zwanzig, bis dreißig, atme wieder und ändere meine Taktik. »So blöd kannst du doch nicht sein, dass …«

»Doch«, stimmt mir Val zu. »Ich war echt blöd.«

Ich schalte sofort. »Stimmt. Also hau ab. Ich jedenfalls bleibe hier.«

»Moment mal. Ich spreche nicht von gestern. Ich will die Sache mit Silvia klären.«

Die Antwort bringt mich aus dem Konzept. »Ist doch Schnee von gestern! Was gibt es da noch zu klären?«

»Keiner von uns will gehen, stimmt's? Also müssen wir Frieden schließen. Was nur möglich ist, wenn wir die Sache mit Silvia endlich klären«, wiederholt Val, macht rrrm und ähhh und ziert sich.

»Da gibt's nichts zu klären. Silvia hat Lügen verbreitet, du hast ihr geglaubt, dann kam das Fußballspiel, danach habt ihr mich geschnitten. Punkt. Aus. Basta. Und jetzt – ab ins Tal zu Mami und Papi. Los, mach schon!«

Val stampft mit dem Fuß auf. »Moment mal! Du siehst da was falsch!«

»Nicht möglich!«, ätze ich.

Heidi kommt auf die Terrasse. »Geht ihr Streithammel euch noch immer an die Gurgl?«

Wir achten nicht auf sie.

Val zeigt mit dem Finger auf mich. »Ich hab ja gewusst, dass du dich mit Silvias Freund gut verstehst. Weil ihr beide Fußball spielt; das verbindet. Und dann habe ich euch zusammen gesehen; ihr seid aus der Turnhalle gekommen. Und genau an dem Tag hat Silvia mir gesagt, du hättest dir ihren Freund gekrallt. Hättest dich ihm sogar an den Hals geworfen.«

»Und das hast du ihr natürlich geglaubt«, sage ich verächtlich. »Aber warum solltest du mich auch fragen, ob Silvias Behauptung stimmt oder nicht? Wo wir uns doch nur ab und zu mal auf dem Pausenhof gesehen haben.«

»Ja.« Val lässt den Kopf hängen. »Das ist es ja. Mehr war nicht zwischen uns.«

»Eben.« Ich fühle, wie die Wut wieder in mir hochsteigt. »Mehr war nie zwischen uns«, stelle ich richtig. »Deshalb kapiere ich nicht, was Silvia mit der Rabennesthütte zu tun haben soll.«

»Weil …«

Der Blödmann macht wieder hrrrm und ähhh und ziert sich. Mich treibt das zur Weißglut, aber ehrlich! »Spuck's schon aus!«

Erst jetzt nimmt Valerio seinen Rucksack ab. Stellt ihn vor die Füße. Kickt ihn. Einmal. Zweimal. Dreimal. Da kippt er zur Seite.

»Ich war echt blöd«, sagt Val leise.

»Blöder geht's nicht. Gut, dass du das einsiehst.«

»Tu ich ja!«, schreit er mich auf einmal an. »Verstehst du nicht? Ich hätte dich fragen sollen!«

Ich schüttle den Kopf. »Aber wieso denn? Wo wir uns ja egal waren?«

»Genau das ist der Punkt«, entgegnet er wie aus der Pistole geschossen. »Du warst mir eben nicht egal. Und jetzt, wo Heidi mir gesagt hat …«

Ich versteh nur noch Bahnhof. »Heidi hat dir was gesagt?«, hake ich nach.

»Dass du nur deshalb bei deiner Tante bist, weil deine beste Freundin etwas behauptet hat, was gelogen war.«

Ich hätte mir denken können, dass Heidi nicht dichthält.

»Warum hast du mir nicht gesagt, dass du es auf Silvias Freund NICHT abgesehen hattest?«

»Wie bitte?!«

Wir funkeln uns an.

»Du …« Val gibt dem Rucksack einen Schubs. »Ich war blöd, weil ich dir nicht gesagt hab, dass du mir nicht egal warst. Und weil du mir nicht egal warst, hätte ich fragen müssen.«

»Ich war dir nicht egal?« Ich schnaube verächtlich. »Ich sag dir was, Val: Wenn ich dir ehrlich nicht egal gewesen wäre, hättest du Silvia nicht geglaubt. Du hättest nachgefragt.«

»Mensch, Bonnie!« Dem Kerl stehen echte Schweißtropfen auf der Stirn. »Warum bin ich nicht bei meiner Mutter? Warum übernachte ich in einem Stadl (ist kein Stall, eher so was wie ein Schuppen), in dem es durch alle Ritzen zieht und mir nachts die Mäuse übers Gesicht rennen?«, fleht er mich an.

»Im Stadl sind Mäuse? Das glaube ich nicht.«

»Kannst ja mal bei mir übernachten.«

»Das hättest du wohl gern, was?« Die Mäuse geben mir zu denken. »Mäuse ... Warum ziehst du dann nicht zu deiner Mutter in die Pension?«

Val sagt eine ganze Weile lang nichts. Aber dann kommt's. »Lieber nehme ich die Mäuse in Kauf.«

»Lieber als was?«, frage ich.

»Als nicht in deiner Nähe zu sein.«

Der Junge hat eine Meise, denke ich. Denn: Hochsommer hin oder her – in zweitausend Meter Höhe wird es nachts wirklich kalt. Besonders in einem Stadl, wo der Wind durch alle Ritzen fegt. Ungemütlich ist es auch, wenn einem die Mäuse über das Gesicht trippeln. Und vielleicht in den warmen Schlafsack kriechen wollen. Und das hält der Kerl aus? Meinetwegen? Um mir zu beweisen, dass ich ihm wichtiger bin als ein garantiert mäusefreies schönes warmes Hotel- oder Pensionszimmer im Tal? »Das glaube ich jetzt nicht! Du sagst das nur, um nicht abhauen zu müssen. Aber trotzdem«, sage ich so hochnäsig wie nur was, »um des lieben Friedens Willen gönne ich dir die Nächte mit den Stadl-Mäusen.« Ich streck ihm die Hand hin. »Friede.«

»Friede«, wiederholt Valerio und schlägt ein.

Mir fällt noch was ein. »Das war jetzt aber kein fieser Trick, um auf der Hütte bleiben zu können? Zu behaupten, die Mäuse machen dir nichts aus, meine ich.«

Da wird der Kerl doch tatsächlich rot. »Bonnie«, schnaubt er, »du bist der größte Döspaddel aller Zeiten!«

»Klar. Was sonst?«, zicke ich und sehe, dass Friedl auf der Terrasse steht. »Die zehn Minuten sind um!«

»Okay«, schreie ich, »von mir aus kann der Doofkopp bleiben.«

Dann marschiere ich in die Rabennesthütte – und platze mitten in ein fürchterliches Chaos. Ein Chaos, das – ich will es zuerst nicht glauben – Mäuse verursacht haben.

Die, die noch nie in einer komfortfreien Schutzhütte übernachtet haben, müssen wissen, dass die Bettlaken nicht jeden Morgen gewechselt werden. Macht auch nichts, weil jeder seinen eigenen Schlafsack mitbringt. Aber nach einer oder zwei Wochen werden die Wolldecken ausgeschüttelt und die Laken eben doch gewechselt. Oben, im Flur vorm Matratzenlager, steht ein Schrank, in dem Friedl Laken und überzählige Decken aufbewahrt, und genau an diesem Morgen hat sie ihn aufgemacht und prompt die Krise bekommen. Weil sich Mäuse eingenistet und einiges angeknabbert und überall Spuren hinterlassen haben. Unappetitliche Spuren.

Wir schleppen die Laken und Decken auf die Terrasse. Alles muss ausgeschüttelt, geflickt und vor allem gewaschen werden. In einer Hütte, wo Solarzellen den Strom für die Waschmaschine liefern, ist das ein Klacks.

Eigentlich.

Wenn nämlich die Batterien, in denen der Strom gespeichert wird, funktionieren. Aus einem Grund, der uns komplett schleierhaft ist, funktionieren die aber nicht einwandfrei, was ein kompletter Schietkram ist. Demzufolge befindet sich der Spaßfaktor bei Friedl und Heidi kilometerweit im Minus. Und als ich ihnen dann auch noch sage, dass im Stadl die Mäuse tanzen, rasten sie völlig aus. »Was? Da auch? Obwohl wir überall Fallen aufgestellt haben? Warum hat Valerio das nicht gesagt?«, schreit Heidi.

»Er hat eben gedacht, das sei normal«, erkläre ich.

»Jaja, bei euch am Meer mag das ja sein. Aber doch nicht bei uns!«, jammert Heidi.

Ich sage natürlich nicht, dass das Übernachten im Stadl nicht nur eine Mutprobe ist. Ich sage nicht, dass Val die Mäuse in Kauf nimmt, um bei mir zu sein. Die Behauptung hat mich so durcheinandergebracht, dass ich nicht weiß, was ich denken soll. Ich glaube es nicht, sag ich mir hundert Mal. Tausend Mal. Ach was! Hunderttausend Mal sag ich mir: Bonnie, du hast dich verhört …

Den ganzen geschlagenen Tag gehe ich Val aus dem Weg.

Er mir auch.

Und Friedl guckt immer komischer.

Am Abend serviere ich den Leuten an Tisch acht und neun die Hüttenbrotzeit, bestehend aus Speck, Käse und Butter auf dem Holzbrettl, renne in die Küche zurück, will Würstl in Teller schneiden – Erbswurstsuppe mit Wiener für Tisch sieben –, als Friedl demonstrativ die Küchentür schließt. Und sich mit dem Rücken dagegenlehnt. Und die Arme vor der Brust kreuzt.

»Was ist?«

»Bonnie, solange du bei mir bist, bin ich für dich verantwortlich«, sagt sie. »Und für Valerio.«

»Ja. Und?«

»Falls sich zwischen euch was entwickeln sollte«, sie schnauft richtig, »gehst du mir nicht in den Stadl.«

»Der Kerl geht mir nur auf den Geist. Mehr ist da nicht«, sage ich. Dann lächle ich sie an. »Soll ich wegen der Mäuse nicht in den Stadl?«

»O nein.« Sie guckt ganz grimmig. »Weil ich auch mal jung war.«

»Wer hätte das gedacht …«, fange ich an zu spotten. Aber weil Friedl so komisch guckt, halte ich die Luft an. »Ist was?«

»Noch nicht. Und so soll's auch bleiben. Haben wir uns verstanden, Bonnie?«

Ich nicke, weil ich gar nicht weiß, was ich sagen soll. Ich schneide die Saiten für Tisch sieben, fülle den Teller mit grüner Erbswurstsuppe, trage ihn in die Stube, gehe an Friedl vorbei und flüstere ihr ins Ohr: »Hat ein Stadl eine verhängnisvolle Rolle in deinem Leben gespielt, Friedl?«

»Wie bitte?«

»Sag schon. War ein Stadl schuld, dass du das Karrieremachen aufgegeben hast?«

»Später!«, zischt sie.

Okay. »Wann ist später?«

Sie verdreht die Augen. »Mal sehen!«

»Heute noch?«

»Vielleicht.«

Ich lass da nicht locker, nehme ich mir vor. Leider kommt es aber ganz anders.

Denn als am Nachmittag Basti in die Hütte schnauft, bringt er Neuigkeiten mit: »In zwei Wochen findet das Trachten- und Musikfest im Tal statt!«

Na und? Das ist noch lange hin. Den Kalenderspruch des Tages kapiere ich übrigens nicht. Oder doch?

Für Verliebte voller Feuer
Ist ein schöner Stadl teuer

21. Kapitel

Während die Gäste auf der Terrasse den Abendsonnenschein genießen, sitzen wir in der Küche: Basti und Heidi, Val und ich.

»Das Fest ist eine ganz große Sache«, erklärt uns Basti. »Die Allgäuer Jodler treten auf, die Alphornbläser, die Zitherspieler und die Volksmusikanten, und –«

»– getanzt wird bis zum Morgen«, sagt Heidi genüsslich. »Darauf freu ich mich. Ihr müsst natürlich auch mittanzen.«

»Tanzen?«

»Ja klar. Schuhplattler und –«

Val und ich brüllen vor Lachen. »Schuhplattler? Was ist das?«

Heidi ist voll in Fahrt. »Und das Volkstheater führt ein Stück auf. Letztes Jahr war es Die Hüttengaudi. Wir haben uns gebogen vor Lachen!«

Val rutscht auf dem Hocker herum. »Also ich weiß nicht …«

Heidi rammt ihm den Ellbogen in die Seite. »Du kommst mit! Und du, Bonnie, brauchst ein Dirndl!«

»Ich? Ein Dirndl? Niemals. Eine weiße Hose tut es auch.«

»Nix da!«

»Hat Friedl ein Dirndl?«

»Ja freilich«, sagt Heidi. »Und was für eines!« Mit dem Zeigefinger deutet sie einen Ausschnitt bis zum Nabel an. »Toll sieht das aus. Aber das ist nicht ihr einziges.«

Meine Twinset und Perlenkette-Tante ist Dirndlträgerin! Also das hätte ich nicht gedacht. Ich wuschel durch meine wikingerblonden Haare und überlege mir schon mal, welche Farbe dazu passen würde. Rot vielleicht. Oder blau? Mal sehen … Dann stelle ich mir Valerio in Lederhosen vor. Mit bestickten Hosenträgern. Und einem Leinenhemd mit Schleife am Kragen. Mit grob gestrickten Kniestrümpfen. Unmöglich! Ein Witz!

»Jedenfalls«, sagt Heidi, »nur rumhopsen geht nicht. Wir müssen euch das Tanzen beibringen. Stimmt's, Basti?«

Der legt den Kopf schief. »Ob die das lernen? Verstehst, Heidi, die kommen aus dem Norden. Die kennen nur das Meer. Sagt mal«, er grinst Val an, »könnt ihr da oben überhaupt Feste feiern? Oder spielt ihr das ganze Jahr nur Steckerlfisch?«

»Was meinst du?«, fragt Val und tut so, als kapiere er überhaupt nichts. Heidi fällt drauf rein. »Steckerlfisch ist ein Fisch, der auf einen Stecken gespießt wird. Der ist dann stocksteif und biegt sich nimmer.«

»Ein toter Fisch?«, fragt Val nach. »Also wenn bei euch im Süden Tote tanzen, bleibe ich hier. Das muss ich sehen.«

Na ja, der Punkt geht ganz klar an Val. Aber als Basti ihn dann hochzieht und sagt: »So, jetzt wolln wir mal«, macht Val echt keine gute Figur.

»Jetzt stampfst mal mit dem rechten Fuß auf«, befiehlt Basti.

Val stampft.

»Nein, Val! Das ist nix! Stampfen musst! Stampfen! Sooo!« Basti stampft, dass der Küchenboden sekundenlang nachschwingt. Wie nach einem Erdbeben etwa.

Val versucht es. »Schon besser! Und noch mal! Denk, du müsstest deinen Feind zerstampfen, Val!«

Das gefällt mir! Ich springe auf und denke an Silvia, die blöde Kuh. Und dann stampf ich – die Jungs gaffen mich nur so an. »Das war … also Bonnie, das war gut«, lobt mich Basti und sagt zu Val: »Die hat Temperament, die Bonnie!«

Das endlich feuert Valerio so an, dass Basti mit ihm zufrieden ist. »Pass auf, was jetzt kommt«, sagt er. »Zuerst stampfst auf, dann schlägst mit der linken Hand auf den linken Schenkel. So. Dann schlägst mit der rechten Hand auf den rechten Schenkel. Kapiert? Los geht's!«

Das hat Val sofort intus.

»Gut«, lobt Basti. »Aber jetzt kommt's. Du schlägst mit der rechten Hand von hinten auf die linke Schuhsohle. Dann schlägst mit der linken Hand auf den linken Schenkel. Dann mit der rechten Hand auf den rechten Schenkel. Mach's mir einfach nach, Val.«

Das ist zu viel für Valerio. Links, rechts … dauernd bringt er die Hände durcheinander, und als Heidi und ich es ihm dann auch noch vormachen, wird er wütend und gibt auf.

»Macht nix«, tröstet ihn Basti. »Kommst halt vom Norden. Bist eben ein Fischkopf – was soll man machen?«

Friedl stellt ein Tablett mit schmutzigem Geschirr in die Küche. »Basti! Was machst du noch in der Hütten? Willst nicht ins Tal?«

»Ich«, sagt Basti und zwinkert Val zu. »Ich schlaf heut beim Valerio im Heu. Gibst mir zwei Wolldecken, Friedl, und der Kittel ist geflickt.«

»Hm.« Friedl ist nicht begeistert. »Plant ihr eine Dummheit?«, will sie wissen.

Die zwei sind empört. »Eine Dummheit? Wir doch nicht!«

»Ich hab einen leichten Schlaf«, warnt Friedl und wirft Basti zwei graue Wolldecken zu.

Kaum liegt Heidi in den Federn, schnarcht sie auch schon. Nicht laut, es ist eher ein lautes Atmen. Normalerweise penne ich weg, sobald mein Kopf auf dem Kissen liegt. An diesem Abend ist es anders: Ich kann nicht einschlafen. Immer muss ich an Valerio denken. Dass er behauptet hat, ich sei ihm nicht egal gewesen. Dass er Silvia nicht hätte glauben dürfen. Dass ihn das jetzt noch so ärgert, dass er die Mäuse in Kauf nimmt. Weil ich ihm nicht egal bin …

Ich glaub's noch immer nicht.

Vielleicht hätten wir schon früher miteinander reden müssen?

Schließlich hab ich ja auch immer wieder zu Val hinübergeschaut. Auf dem Schulhof, in den Pausen. Was ganz klar bedeutet, dass er mir auch nicht egal war.

Miteinander reden! Das muss eine Zauberformel sein. Redet miteinander, und Missverständnisse sind chancenlos – so was in der Art. Vielleicht hat Friedl, meine Tante mit dem Einser-Abi und dem Studium samt eingebauter Karriereleiter, mit jemandem nicht geredet? Die Frage summt mir so lange wie eine wilde Hummel im Kopf herum, bis ich höre, wie Tante Friedl ihre Tür zumacht. Dann, wie sie ihre Schuhe auszieht und auf den Holzboden fallen lässt. Wenige Sekunden später quietscht ihr Bett.

Im Nu klemme ich mir das Kopfkissen untern Arm und klopfe an ihre Tür. »Friedl, ich bin's, Bonnie!«

Dann spaziere ich in ihr Zimmer. Ich setze mich ans Fußende ihres Bettes, ziehe die Decke über meine Beine und stopfe das Kissen in den Rücken. »So, Friedl«, sage ich. »Jetzt haben wir's gemütlich. Jetzt erzählst du mir deine Geschichte.«

Natürlich will meine Tante nicht, natürlich protestiert sie und klagt, sie sei müde, überhaupt sei alles lange her, gehe mich nichts an, sei sowieso vergessen und vorbei.

Das ist mein Stichwort. »Das war dann eine unglückliche Liebe«, kombiniere ich. »Wie war das mit deinem Freund? Gab es da ein Missverständnis, das ihr nicht aus der Welt schaffen konntet?«

»Mein Gott, bist du hartnäckig, Bonnie«, jammert Friedl. »Weißt du, wie spät es ist? Ich bin müde!«

»Gerade weil es so spät ist, solltest du dich beeilen«, sage ich zu meiner Tante. »Je eher du anfängst, desto schneller bist du fertig und kannst die Augen zumachen. Also?«

Was sie schließlich berichtet, ist der Hammer: Sie war verlobt, sie stritten sich wegen eines anderen Mannes, ihr Verlobter wurde eifersüchtig, sprang in sein Segelboot, fuhr in Regen und Sturm raus und kenterte. Wurde gerettet und zuerst wiederbelebt, schaffte es dann aber doch nicht.

Am ganzen Schlamassel gaben ihr seine und auch ihre Eltern, also meine Großeltern, die Schuld. Das hielt sie nicht aus, haute ab, zog in der Weltgeschichte umher und ließ sich schließlich und endlich so weit wie möglich von der See entfernt nieder: in den Bergen. In der Rabennesthütte, mehr als zweitausend Meter überm Meeresspiegel.

»Was war denn mit dem anderen Mann, mit dem du nicht verlobt warst?«, frage ich dann. »Hat er sich so über dich geärgert, dass er nichts mehr von dir wissen wollte?«

»Geärgert hat er sich über mich. Das habe ich ja auch verstanden und versucht, ihm klarzumachen, dass er warten muss, bis ich mir über meine Gefühle klar geworden war. Aber …«

»Er hat dir nicht geglaubt?«

Meine Tante schwieg. »Ganz so einfach war es nicht«, flüstert sie dann. »Versteh doch, Bonnie: Ich war verlobt. Aber auf einem Fest verliebte ich mich in einen anderen Mann. Und er sich in mich.«

»Sakradi! Das war aber ein echter Schietkram, was?«

»Zum Schietkram wurde es, weil ich mich nicht für einen der beiden entscheiden konnte.«

In der Dunkelheit riss ich die Augen auf. Das hätte ich ja nie gedacht, dass meine Tante zwei Lover gleichzeitig hatte! Ich meine, so wie sie heute aussieht, mit den weiten unschicken Jeans, den angegrauten Haaren, dem blöden Pferdeschwanz und den ungepflegten Händen traut ihr das kein Mensch zu. Zwei Männer, die sich in sie verlieben! Nicht zu fassen!

»Das glaubst du mir nicht, Bonnie?«, fragt meine Tante.

»Wenn du es sagst«, stottere ich. »Aber klar, du warst auch mal jung. Sag mal, was ist aus dem geworden, mit dem du nicht verlobt warst?«

»Er hat ganz schnell eine andere geheiratet.«

»Ach du lieber Himmel!« Mit meinem nackten Fuß streichle ich ihren nackten Fuß. »Der hat dich im Stich gelassen? Kein Wunder, dass du abgehauen bist!«

Weil sie nichts sagt, setze ich hinzu: »Im Grunde genommen war es ja Glück im Unglück. Denn du hättest nie Erwin kennengelernt, wenn du im Norden geblieben wärst.«

»Ja«, bestätigt Friedl. »Nur dass mein Verlobter mein Glück mit seinem Leben bezahlte.«

Ich zucke richtig zusammen. »Das darfst du nicht sagen!«, protestiere ich. »Dass du dich in zwei Männer verliebt hast, war einfach Schicksal. Finde ich jedenfalls.«

Friedl sagt nichts.

»Hast du immer noch ein schlechtes Gewissen?«, frage ich sie. »Es ist doch schon unglaublich lange her.«

»Schuld verjährt nicht.« Friedl sagt das ganz hart. »Ich kann's einfach nicht vergessen, Bonnie. Stell dir vor, dein Verlobter erfährt, dass es noch einen Mann in deinem Leben gibt. Ist doch klar, dass ihn das verletzt. Was tut er? Er –«

Ich unterbreche sie. »Konnte er überhaupt segeln?«

»Er war ein ausgezeichneter Seemann. Das ist es ja. Niemand verstand, weshalb er kenterte. Klar, es war stürmisch, es regnete, die See war kabbelig. Aber er war schon oft bei viel schlimmerem Wetter draußen.«

»Willst du damit sagen, dass er absichtlich – ?« Ich bring das Wort nicht über die Lippen.

»Ich weiß es bis heute nicht.« Friedl rutscht tief ins Bett. Und dann sagt sie so leise, dass ich sie kaum verstehe: »Manchmal, für ein paar Stunden oder Tage, vergesse ich das Unglück. Dann erinnere ich mich wieder daran, und es tut so weh wie in der Nacht, als man ihn aus dem Wasser zog.«

Mist. Ausgerechnet ich hatte sie wieder daran erinnert! Verdammt, das wollte ich nicht. Wenn nur meine Familie nicht so ein Geheimnis daraus gemacht hätte, wäre mir das nicht passiert.

»So. Jetzt weißt du, wie ich in die Rabennesthütte kam. Nun wird aber endlich geschlafen, Bonnie. Spätestens um fünf wachen die ersten auf und poltern die Stiege runter.« Friedl knipst das Nachttischlämpchen an. »Was? Schon fast Mitternacht? Bonnie, verzieh dich!«

»Eine Frage habe ich noch, Tante Friederike.«

»Wie oft soll ich es dir noch sagen? Hier oben heiße ich Friedl«, schnauzt sie mich an.

»Klar doch. Dass du kein Wasser mehr sehen kannst, verstehe ich jetzt. Aber warum musstest du dich ausgerechnet in die komfortlose Rabennesthütte verkriechen?«

»Das hängt mit Erwin zusammen und ist eine ganz andere Geschichte.«

»Mit Erwin?«, wundere ich mich. »Sag schon!«

»Ein andermal.« Friedl zieht mir die Decke weg. »Raus jetzt!«

Als ich in mein Bett krieche, richtet sich Heidi schlaftrunken auf. »Wo warst du?«

»Bei meiner Tante.«

»Ahh. Na dann!« Und schon dreht sie sich wieder um. Dann höre ich nur noch ihren lauten Atem.

Aber ich schlafe um nichts in der Welt ein. Ich liege da, starre in der Dunkelheit zur schwarzen Zimmerdecke hoch und leide mit meiner Tante. Weil nämlich: Val und ich können natürlich segeln – jedes Kind lernt das, wenn es Ferien am Wasser macht. Ist doch klar, dass ich mir jetzt vorstelle, was beispielsweise hätte passieren können. Nachdem Val, dem ich angeblich nicht egal bin, von der Schlange namens Silvia erfuhr, ich hätte mir ihren Freund gekrallt. Val wäre dann klammheimlich, bei Wind und Wetter, aus dem Hafen gesegelt. Mutterseelenallein. Mit einem solchen Kummer im Herzen, dass er zu spät reagiert hätte, als sich das Boot bei einer scharfen Bö auf die Seite legte. Er wäre über Bord gegangen, das Boot kieloben durch die Wellen getrieben. Und ich hätte am Ufer gestanden und mit ansehen müssen, wie er … Ne. Das stelle ich mir lieber nicht vor. Das ist so grausam, dass ich einfach nur froh bin, nicht Friedl zu sein.

Als ich gerade am Einschlafen bin, fällt mir meine Oma ein. Die hat aus ihrem Poesie-Album einen Spruch ausgesucht, den sie mir dann in mein Freundinnen-Buch geschrieben hat. Den Spruch habe ich auswendig gelernt und ich werde ihn gleich morgen früh Friedl vorsagen. Denn der Spruch stimmt, schließlich hat sie Erwin kennengelernt. Ich mag Erwin; er ist echt ein guter Kumpel, und jeder sieht, dass er Friedl liebt. Der Spruch lautet:

Kein Unglück ist so groß
Es trägt doch ein Glück im Schoß

22. Kapitel

Keine Ahnung, wie lange ich geschlafen habe – jedenfalls wache ich auf, weil es auf meine Bettdecke regnet. Platsch, platsch, platsch.

Dann sagt Heidi halblaut: »Na so was«, setzt sich auf, und in diesem Augenblick landet etwas auf meiner Stirn, was eindeutig kein Regentropfen ist. Es ist ein Steinchen.

Heidi krabbelt über mich weg und beugt sich aus dem Fenster. »Hallo?! Bist du's, Basti?«

Da mein Bett am Fenster steht, knie ich neben ihr und sehe unten zwei schwarze Schemen – Basti und Valerio.

»Bis man euch Schlafmützen wach bekommt«, beschwert sich Basti leise.

»Pst!«, mache ich. Der Junge weiß doch, dass meine Tante direkt neben unserer Kammer schläft. »Was wollt ihr?«

»Kommt runter! Klettert aus dem Fenster!«

»Nee! Warum denn? Es ist schweinekalt!«

»Na und? Zieht euch etwas an!«

Heidi kichert. »Sollen wir?«

»Traut euch, ihr Feiglinge!«

Ich bin hellwach und denke: Das klingt nach Abenteuer, Bonnie! »Warum nicht?«

In Windeseile fahren wir in die Jeans und ziehen einen Pulli an. Dann klettere ich aufs Fensterbrett und hüpfe aufs Dach vom Häuschen. Von da ist's nur ein Sprung, und Val fängt mich auf, obwohl es nicht nötig ist, schließlich ist eine Fußballfrau Meisterin im Fallen. Aber aufgefangen zu werden ist auch nicht zu verachten.

Heidi folgt mir nach, die Jungs wollen uns in den Stadl ziehen, aber da machen wir nicht mit. Denn wenn Friedl das mitbekommen würde, wäre es vorbei mit den Tagen in der Rabennesthütte. Wir rennen also um die Hütte herum und setzen uns auf die Bank, die auf der Terrasse unterm Vordach steht.

Es ist echt schweinekalt. Ein Polster unterm Po wäre nicht schlecht, eine warme Decke noch besser. Da wir beides nicht haben, kuschelt sich Heidi an ihren Basti. Ich kuschle mich nicht an Val. Ich friere lieber.

Es ist totenstill. Wir hören zwar den Brunnen vor der Hütte, aber kein Auto. Keine Kirchturmuhr schlägt, kein Vogel piepst. Sogar der Wind schläft. Die Berge stehen wie eine schwarze gezackte Mauer am Horizont, die Wiesen sind etwas heller, aber da, wo der Wald beginnt, ist die Finsternis wieder undurchdringlich. Allein würde ich hier nicht sitzen wollen, denke ich und ich glaube, den anderen geht es wie mir.

Nach einer Weile sehe ich, wie Basti die Heidi küsst ... Nach einer ewig langen Zeit geht die Hüttentür auf. Es ist aber nicht Friedl. Es ist einer vom Matratzenlager, der zum Häuschen geht. Er trägt ein helles Hemd und wir sehen auch seine nackten Beine, weil die nicht so dunkel sind wie die kurze Hose, die er anhat.

Wir sind mucksmäuschenstill. Warten, bis er zurückkommt und in der Hütte verschwunden ist. Dann stößt mir Heidi den Ellbogen in die Rippen. »Habt ihr's auch gehört?«

Wir horchen. Da – ein Steinchen kollert.

Dann ist nichts mehr zu hören. »War wahrscheinlich der Fuchs, mein kleiner Foxy«, wispere ich. Aber ich hab überall eine Gänsehaut und wünsche mir auf einmal, im sicheren warmen Bett zu liegen, denn plötzlich kommt es mir vor, als wären überall Gespenster. Solche, wie im Fernsehen. Mit Krallenhänden, fürchterlichen Fratzen, aufgerissenen Augen und Sabber vorm Mund. Grässlich, einfach grässlich!

Dann, ich kann es nicht fassen, erscheint tatsächlich ein Gespenst. Eines, das den Weg heraufrennt. Wirklich, es bewegt sich nicht langsam und lauernd, es rennt!

Gespenster rennen nicht. Gespenster fliegen oder schweben oder schleichen sich an.

»Ich wollt, ich wäre nicht hier«, wispert Heidi.

Ich will auch nicht auf der Bank sitzen. Ehrlich, am liebsten würde ich aufspringen, in die Hütte sprinten und die Tür hinter mir, hinter uns, verriegeln. Aber klar, das geht nicht, das Gespenst würde uns sehen. Was dann passieren könnte, male ich mir lieber nicht aus. Also hocken wir mucksmäuschenstill auf der Bank, atmen vorsichtig und tun so, als wären wir unsichtbar.

Das Gespenst kommt näher. Jetzt ist es da, wo Gustl immer den Jeep parkt. Geht weiter, geht in Richtung unsere Hütte. Mist, denke ich. Was, wenn es sich zu uns auf die Bank setzt? Und uns mit seinen Knochenhänden befingert?

Mir bleibt fast das Herz stehen …

Das Gespenst rennt weiter. Bis zu unserem Brunnen. Dort taucht es die Hände ins Wasser, spritzt es sich ins Gesicht, trinkt.

Trinken Gespenster? Wohl eher nicht. Wer da Wasser aus unserem Brunnen trinkt, ist eindeutig ein Mann. Einer mit einem Buckel. Mit einem Buckel? Muss ein Rucksack sein. Ein riesiger, prall gefüllter Rucksack.

Wir bewegen uns nicht, atmen kaum. Ich kneife die Augen zu schmalen Schlitzen zusammen, damit der Mann das Weiße nicht sieht. Erwin oder Ede von der Bergwacht sind das nicht, die sind viel größer. Warum geht der Fremde nicht weiter? Und jetzt – jetzt nimmt er auch noch den Rucksack ab, öffnet ihn, kramt darin herum … und das Nächste, das wir sehen, ist wohl eine Wasserflasche. Die füllt er nämlich mit unserem Brunnenwasser. Ob der Kerl auch noch Brotzeit macht?, frage ich mich. Das wäre ja das Allerletzte, aber wirklich!

Der Mann verstaut die Trinkflasche im Rucksack, macht ihn zu, setzt ihn auf, sieht sich um, lauscht … und da! Wieder kommt jemand aus der Hütte, der Lichtkegel einer Taschenlampe beleuchtet den Weg und zittert Richtung Häuschen. Diesmal ist es eine Frau in einem Flattergewand. Sie huscht hinter die Hütte, und als sie wieder kommt, bleibt sie stehen, hebt die Arme und macht ein paar Tanzschritte. Voll abartig sieht das aus. Ich kneife Val in den Schenkel und merke, wie er sich das Lachen verbeißt.

Aber komisch – der Mann, der gerade noch am Brunnen stand, ist weg. Komplett verschwunden. Und das ist echt das Gruseligste von allem. Ein Mensch mit Rucksack kann sich doch nicht in Luft auflösen, oder? Das gibt es einfach nicht. Und doch –

Mir kommt es vor, als würde die Frau im Flattergewand eine endlos lange Zeit vor der Hüttentür herumtanzen. In der einen, der hoch erhobenen Hand, die Taschenlampe, mit der anderen rafft sie ihr Gewand. Voll der Wahnsinn …

Gerade, als ich mich frage, wann es ihr denn kalt wird, schlüpft sie in die Hütte. Ich schaue wieder zum Brunnen hin. Da, fast hätte ich aufgeschrien, wächst etwas aus dem Boden. Zuerst ist's nur ein Höcker. Der wird größer, höher … und ist wieder der Mann mit dem Rucksack.

Er sieht sich um. Ich fürchte schon, er hätte uns gesehen, aber ich täusche mich, denn endlich marschiert er los. Er geht so lautlos, als schwebten seine Füße überm Boden. Nur ein einziges Mal hören wir ein Steinchen.

Wir sehen den schwarzen Schemen noch eine ganze Weile, erst nach langen Minuten verschwindet er in der Finsternis.

Da steht Basti auf. »Dem geh ich nach«, wispert er. »Das ist garantiert der Pfostendreher. Wetten?«

»Bist du wahnsinnig?« Wir halten ihn fest. Und geben ihn erst frei, als er uns versichert, dem Kerl wirklich nicht zu folgen.

»Der Bergwacht müssen wir's aber melden«, beharrt er. »Niemand geht nämlich nachts in die Berge, es sei denn, er hat etwas Unrechtes im Sinn.«

»Das mag ja sein«, zischt Val. »Trotzdem kannst du die Bergwacht nicht alarmieren. Was glaubst du wohl, was Friedl unternimmt, wenn sie erfährt, dass wir hier draußen waren? Das kannst du uns nicht antun, Basti!«

Basti sieht das zwar ein, aber die Bergwacht will er trotzdem alarmieren. Da hat Heidi die zündende Idee. »Du telefonierst nicht, du gehst runter ins Tal und ins Büro der Bergwacht. Du sagst, dass du im Stadl übernachtet hast, und wie du aufs Häuschen gehen musstest, hast du gesehen, wie jemand den Berg heraufgekommen ist. Du hast dich an die Hüttenwand gedrückt, sagst du. Und dass der Unbekannte nach einem kurzen Stopp am Brunnen weitergewandert ist und sein Verhalten echt komisch war.«

»Moment mal«, sagt Val. »Warum kann er das nicht am Telefon sagen?«

Heidi kichert. »Weil Friedl natürlich weiß, dass Basti ins Gebüsch pinkeln und niemals den weiten Weg bis zum Häuschen gehen würde, deshalb!«

Wir unterhalten uns dann noch ein bisschen über die Frau, die vor der Hütte tanzte. »Leute gibt's«, sagt Heidi. »Ich sag euch: die komischsten Typen trifft man in den Bergen.«

Sie will uns ein paar Storys erzählen, aber inzwischen ist es uns so kalt geworden, dass wir lieber ins Bett wollen. Mir klappern sogar die Zähne. Das muss man sich mal vorstellen!

Wir schleichen also wieder hinter die Hütte, Basti verschränkt die Hände, ich setze meinen Fuß auf, schwinge mich hoch aufs Häuschendach und bin in null Komma nichts auf dem Fensterbrett und in der Kammer. Sekunden später ist Heidi neben mir, sie wirft ihrem Basti noch eine Kusshand zu, dann ziehen wir uns aus und kriechen in die Federn. Leider sind die nicht mehr warm, deshalb dauert es eine Weile, bis wir nicht mehr vor Kälte schlottern.

Natürlich verschlafen wir und wachen erst auf, als Friedl uns schüttelt.

»Was ist denn mit euch los?«, will sie wissen. »So tief kann man doch nicht schlafen! Oder habt ihr euch etwa die Nacht um die Ohren geschlagen?« Sie legt den Kopf schief. »Nein, ich hätt's gehört, wenn ihr aufgestanden wärt«, meint sie dann.

Weil auch die Jungs verpennen, soll Heidi sie wecken. Sie rennt also in den Stadl und kommt mit der Nachricht zurück, dass Basti schon ins Tal gegangen sei.

Friedl wundert sich natürlich, weil Basti normalerweise keine Mahlzeit auslässt, aber Heidi beruhigt sie. »Der trifft sich mit Gustl und kommt am Nachmittag wieder.«

Die Frau, die nachts vor der Hütte tanzte, erkennen wir auf Anhieb: Sie hat einen grauen Zopf, und ihre Wanderkleidung sieht aus wie selbst genäht und handgestrickt. Sie ist mit drei Freundinnen unterwegs, die zum Frühstück nur heißes Wasser verlangen, in das sie ihre mitgebrachten Teebeutel hängen. Sie verschmähen auch unsere aufgebackenen Brötchen; stattdessen mümmeln sie Knäckebrot. Aber weil Valerio ihnen drei Mal heißes Wasser bringen muss, bekommt er ein üppiges Trinkgeld – das ist auf einer komfortlosen Hütte echt ungewöhnlich. Aber klar, die Frauen waren auch total ungewöhnlich.

Noch vor sechs Uhr morgens kreist ein Hubschrauber über den Bergen. Wir rennen auf die Terrasse und beobachten, wie er ein Tal nach dem anderen abfliegt. Über der Mädelegabel kreist er besonders lang, aber leider geht er nirgends herunter, sondern fliegt nach einer Weile wieder zurück.

Als die Gäste losmarschiert sind und wir den üblichen Kram erledigt haben, muss Val wieder seinen Pa im Krankenhaus besuchen. Bevor er losgeht, zieht er mich vor die Hütte.

»Du«, sagt er, »gestern hab ich was ganz Tolles entdeckt. Ist gar nicht weit weg.«

»Echt?«

Tolle Sachen interessieren mich, also gehe ich mit. Den Hang runter, um ein paar Kehren bis dahin, wo die ersten Bäume wachsen, dann rein ins Gebüsch.

Na ja, denk ich enttäuscht. Wenn das alles ist?!

Alles – das ist nur eine Lichtung. Mit dickem Moos auf dem Boden und einem umgestürzten Stamm, auf dem man sitzen kann.

Ehrlich gesagt habe ich mit purer Natur nicht viel am Hut. Genauer gesagt: Eigentlich gar nichts.

Aber wer mal auf so einem dicken grünen sonnenwarmen Polster saß, wer einem Specht zuhörte, wer mal sah, wie Millionen von goldenen Lichtfünkchen in der Luft tanzen und man höchstens von einem Eichhörnchen beobachtet wird, also der kapiert: Natur pur hat was. Eine solche Einsamkeit findet man in keinem Park der Welt. Die ist nur zu toppen, wenn man an einem total abgelegenen und menschenleeren Strand in einer Sandkuhle liegt.

Jedenfalls: Wegen meinem Foxy und speziell wegen dem Mooswinkel werd ich den Sommer auf der Rabennesthütte nicht so schnell vergessen. Weil, als wir da auf dem umgestürzten Stamm sitzen und der Specht wie ein Wahnsinniger die Rinde bearbeitet … also da legt Valerio, der Doofkopp und Döspaddel, den Arm um meine Schulter. Einfach so. Ohne Vorwarnung.

Das ist ein starkes Stück. Klar, dass ich den Arm wie nix abschüttle und aufspringe. »He! Was soll das? Bist du bescheuert oder was? Ich bin doch keine alte Oma, die du stützen musst!«

Ich sage das so laut, dass der Specht vorsichtshalber zwei Bäume weiterfliegt. Und ich aus dem Gebüsch und bergauf renne und total außer Atem in die Hütten platze.

Da höre ich, dass Friedl einen Anruf von Ede bekommen hat. Wieder wurde ein Wegzeiger verdreht, doch glücklicherweise waren die Wanderer mit einem Bergführer unterwegs, der sich auskannte, den richtigen Weg einschlug und von der nächstgelegenen Hütte aus die Bergwacht benachrichtigte.

Nun wurden alle Hüttenbesitzer aufgefordert, die Wanderer auf die Möglichkeit verdrehter Wegweiser hinzuweisen. Und weil es ein schöner sonniger Tag mit vielen Wanderern ist, kommt meine Tante aus dem Erklären nicht heraus. Schließlich schreibt sie »Karte benützen! Unbedingt Wegweiser mit geplanter Route vergleichen!« und klebt den Zettel an die Hüttentür. Aber das hilft überhaupt nichts, denn jetzt wollen die Leute, dass man ihnen die Warnung erklärt.

Gegen Abend kommt der Doofkopp zurück. Mit Gustl, Basti und einer Menge Frischwaren: Fleisch, Gemüse, Obst. Milch und Butter. Und dann, Basti ist total unerbittlich, geht es wieder ans Üben fürs Trachtenfest.

An diesem Abend lernen wir den Auftanz. Das ist so eine Art Polonaise. Wir fassen uns an den Händen und hopsen hintereinander durch die Küche. Weil die so klein ist, hüpfen wir auch durch die Stube und auf die Terrasse hinaus, und als die Gäste uns sehen, lassen sie ihre Brotzeit und ihr Bier stehen und machen mit. Das ist ein Spaß, das kann man gar nicht beschreiben! Friedl macht ein Bombengeschäft, denn nach dem Tanz sind alle durstig wie nur was.

Danach muss Val wieder ran, muss das Klatschen üben für den Schuhplattler! Der Schuhplattler ist echt schwierig, wird aber sowieso nur von den Männern getanzt, während sich die Frauen im Kreis drehen. Der Auftanz gefällt mir; für den Hüttenkalender reime ich deshalb in der Sprache der einheimischen Bevölkerung:

Beim Tanz, da wird dir sakrisch warm
Da kriegst ein Durst, dass Gott erbarm!

22. Kapitel

Ganz spät am Abend kommt auch Erwin wieder, und weil er und Friedl Nachholbedarf in Sachen Liebe haben – vermute ich mal –, sagt Friedl: »Bonnie, wie wär's, wenn du morgen mit der Heidi nach Oberstdorf gehen und dir ein schönes Dirndl aussuchen würdest?«

»Ein Dirndl?« Ich kneife ein Auge zu und wackle mit dem Zeigefinger. »Ihr wollt wohl die Hütte für euch haben, was?«

»Bist ein schlaues Madl«, sagt der Erwin und grinst mich an.

So kommt es, dass ich am Morgen meine kurze Lederbüx anziehe und das gestreifte Shirt mit dem roten Segelboot. Heidi trägt ihr blaues Dirndl mit einem frischen weißen Blüschen, das supertief ausgeschnitten ist, und pinnt die Zöpfe wieder mal um den Kopf. Das sieht richtig flott aus. Jedenfalls, solange sie nicht neben Burgl steht.

Val geht natürlich auch mit ins Tal. Auf halber Strecke etwa fällt mir auf, dass er total schweigsam ist. Das finde ich komisch. Ich frage ihn, ob was nicht in Ordnung wäre, aber er schüttelt nur den Kopf und murmelt etwas von »Quatsch. Später. Hat noch Zeit. Ist vielleicht halb so schlimm.«

Obwohl ich das übertrieben finde, besteht Heidi darauf, ihn bis vors Krankenhaus zu begleiten. Dann bummeln wir durch den Ort, gucken die Dirndl in den Schaufenstern an und gehen schließlich ins beste Trachtengeschäft. Die Heidi ist dort bekannt wie ein bunter Hund; sie verlangt gleich »etwas Besonderes.«

Ich schlüpfe zuerst in ein weißes Blüschen mit Rüschen und einen blau geblümten langen Rock und merke gleich: So ein Dirndl verändert dich wie nix.

Dass mein Busen in Sachen Größenwachstum ziemlich hinterherhinkt, tut im Ringelshirt nichts zur Sache. Im Dirndl ist das fatal. Da muss was in der Bluse sein – aber Hallo! *Holz in der Hütten* heißt es hier. Die Verkäuferin kommt dann auch gleich mit einem gepolsterten BH – und schwupps! – sehe ich komplett anders aus. Nicht ganz so sexy wie Burgl, aber trotzdem! O là, là!

Aber das Blaugeblümte ist zu brav. Auch die nächsten Exemplare sind irgendwie langweilig. Ich sortiere alle aus, bis ich etwas Wahnsinniges sehe: Ein geschnürtes Mieder mit herzförmigem Ausschnitt in einem dunklen Pink. Dazu ein langer Rock in Orange mit pinkfarbenen Ranken. Plus eine weiße Rüschenbluse und eine rosa-orange gestreifte Schürze. Die Farben sind zu meinen wikingerblonden Haaren der absolute Hit. Ich schwanke zwar noch kurz zwischen dem Dirndl und einer ledernen Kniebundhose, aber die findet Heidi einfach bescheuert. »Meinst, das gefällt dem Valerio, wenn du ausschaust wie ein Junge?«, sagt sie und lacht mich aus.

»Valerio?« Ich runzle die Stirn. »Wer ist Valerio?«

Da lacht Heidi so bescheuert, dass sie die Verkäuferin fragen muss, wo das Klo ist.

Nach einer knappen Stunde stehe ich wieder auf der Straße. Mit einer riesigen Tragetasche, in der sich das erste Dirndl meines Lebens befindet. Plus einem Paar gestrickter Strümpfe in Weiß und einem komplizierten Lochmuster, schwarzen Schuhen und einem geblümten Tüchlein, auf dem die Verkäuferin und Heidi bestanden. Keine Ahnung, wozu das gut sein soll. Zum Naseputzen jedenfalls nicht.

Heidi trippelt von einem Bein aufs andere und jammert, wenn sie jetzt nicht endlich abzische, würde sie ihren Basti verpassen.

Wir machen noch aus, dass wir uns um zwölf im Springenden Gamserl treffen, dann ist sie weg. Ich stehe in der Fußgängerzone und komm mir mit der Tragetasche so richtig blöd vor, aber weil ich auf der anderen Seite die bekannte Eisdiele sehe, geh ich rüber, verlange je eine Kugel Erdbeer und Schoko und frage den Eismann, ob ich die Tüte bis zum Nachmittag in seiner Bude deponieren kann.

Er hat nichts dagegen.

Ich latsche also mit der Eistüte in der Hand durch die Fußgängerzone und bleibe vor dem Schaufenster eines Juweliers stehen. In der Auslage sehe ich nämlich jede Menge Schmuck, wie man ihn zu einem Dirndl trägt: silberne Edelweiß am schwarzen Samtband. Große Herzen mit Alpenrosen. So geschmückt würde man mich in Hamburg in die Klapsmühle einweisen. Hier finde ich die Anhänger voll in Ordnung, esse ruckzuck mein Eis und betrete den Laden.

Der Verkäufer will das Dirndl sehen. Nein, er will sogar, dass ich es anziehe, damit der Schmuck auch ja hundertprozentig passt! Also das geht jetzt nicht, ich bin doch gerade eben erst die Tragetüte losgeworden. Ich sage ihm, ich würde zwecks Beratung am Nachmittag mit dem Dirndl und meiner Freundin wiederkommen.

Jetzt habe ich immer noch eine halbe Stunde bis zum Treffen im Springenden Gamserl. Also laufe ich langsam weiter und ärgere mich, dass wir uns bei dem tollen warmen Wetter nicht in einem Biergarten treffen, zum Beispiel in dem, an dem ich gerade vorbeigehe. Ich überlege gerade, ob ich mir die halbe Stunde mit einer eisgekühlten Cola vertreiben soll, und sehe mich schon nach einem freien Tisch um – da fällt mein Blick auf zwei Turteltäubchen. Die stecken die Köpfe so dicht zusammen, dazwischen hätte kein Härchen mehr Platz. Der Junge linst dem Mädchen in einen Ausschnitt, der bis zum Bauchnabel reicht, während das Mädchen an seinem Ohr knabbert. So schaut's wenigstens aus. Gerade kommt der Kellner an den Tisch, er bewegt die Lippen, also fragt er die beiden etwas. Aber die achten nicht auf ihn, die schütteln nicht mal die Köpfe, die sind so mit sich beschäftigt, dass die Welt um sie herum untergehen könnte – sie würden es nicht merken.

Burgl und Valerio, denk ich. So, so. Und das, wo Val gestern behauptete, ich sei ihm nicht egal.

Ganz automatisch bewegen sich meine Beine weiter. Die Straße lang. Um die Ecke herum. Um die nächste auch noch. Dann bleibe ich stehen. Gehe weiter. Und frag mich, warum ich keinen vollen Bierkrug ergriffen und den beiden den Inhalt über die

Köpfe gekippt habe. Da wären die auseinandergefahren wie nix! Die Szene male ich mir in allen Einzelheiten aus: Val mit patschnassen Haaren. Burgl, der das Bier in den supertollen Ausschnitt rinnt. Da muss ich so lachen, dass mich die Leute anschauen, als sei ich nicht ganz bei Trost.

Ich wische mir die Lachtränen weg und höre das Mittagsläuten der Kirchenglocken. Kehre um und gehe zum Springenden Gamserl. Und was sehe ich? Einen roten Porsche. Mit laufendem Motor. Und offenem Verdeck. Klar, bei dem schönen Sonnenschein.

Ich sehe auch das Springende Gamserl, wo sich gerade die Tür öffnet. Und Burgl herausschreitet. Und in den Porsche steigt.

Wo ein Mann hinterm Lenkrad hockt. Ein Mann, der eine Schirmmütze trägt. Rot wie der Porsche natürlich. Aber die Haare, die sich im Nacken kräuseln, sind nicht rot. Auch nicht braun. Oder blond. Schon gar nicht schwarz! Sie sind grau. Wie bitte? Der Typ ist ja ein Opa! Lässt sich ein Mädchen, so jung wie Burgl, von einem alten Knacker mit Wackelgebiss tatsächlich durch die Gegend kutschieren? Und vielleicht sogar küssen?

Mir dreht sich der Magen um.

Ich lehne mich an die Hauswand.

Dann höre ich, wie der Porschemotor aufheult. Und wie das nette Wägelchen um die Kurve braust. Und der Motor immer leiser wird …

Ich frage mich, ob Burgl echt eine so wilde Hummel ist, dass sie innerhalb einer halben Stunde oder so mit Val knutscht UND mit einem steinalten grauhaarigen Opa???

Die Kirchenglocken bimmeln noch immer. Klar: Mittagszeit! High Noon!!!

Plötzlich ist mir die Lust vergangen, mit Heidi – und vielleicht auch Valerio – Käsnudeln oder Weißwürste oder auch eine Pizza zu essen.

Also schleiche ich mich vom Acker.

Und plötzlich stehe ich vor dem Bahnhof.

Der Bahnhof! Aber klar doch! Wann geht der nächste Zug Richtung Hamburg, Richtung Meer? Richtung Wasser und Wellen? Und Luft, salzige Luft! Plus freier Sicht in allen Himmelsrichtungen?

Ich starre auf den Fahrplan. Keine Ahnung, ob ich Richtung München oder Salzburg oder Richtung Frag-mich-nicht fahren muss. Also gehe ich zum Schalter, hinter dem ein Mann in blauer Uniform sitzt. Der sagt etwas von Richtung Ulm. Und dann teilt er mir ungefragt den Preis der Fahrkarte mit. Der ist so hoch, dass ich sofort weiß: Das Restgeld vom Dirndlkauf reicht nicht.

Was natürlich ganz schlecht ist.

Noch schlechter ist, dass ich sogar die Rückfahrkarte schon besitze!

Am allerschlechtesten: Die liegt im Nachtkästchen in der Schlafkammer, oben in der Rabennesthütte!

Frag mich warum – aber für mich ist der Tag voll im Eimer …

Bricht das Unglück flott herein
Hilft kein Planen und kein Schrein!

23. Kapitel

Was nun?

Da steh ich vorm Bahnhof, hab nur ein paar kümmerliche Euro im Geldbeutel, will nicht zur Hütte hoch, will einfach nur weg.

Schnellstens!

Weg wie ein geölter Blitz!

Ich sehe das gelbe Ortsschild und die Landstraße: Oho! Per Anhalter komme ich todsicher weg – ging ja schon zweimal wie geschmiert!

Also marschiere ich los. Nach den letzten Häusern suche ich eine geeignete Stelle, wo ein Auto ranfahren und halten kann. Da strecke ich den Daumen in die Luft.

Der erste Fahrer bremst nicht mal.

Der nächste auch nicht. Auch nicht der vierte, fünfte … keiner hält an.

Macht nichts. Nur nicht aufgeben, Bonnie!

Einmal hält dann doch ein Milchlaster, aber der Fahrer sieht so grimmig aus, dass ich den Kopf schüttle. Ne, der Typ passt mir nicht!

Ich stehe mir die Beine in den Bauch. Immer wieder sehe ich die beiden Turteltäubchen vor mir – wie die die Köpfe zusammensteckten!

Dann finde ich es doch komisch: Warum ist Burgl nur Minuten später mit dem alten grauen Knacker im Porsche weggefahren?

Warum war Val heute Morgen so schweigsam? Hatte er schon eine Verabredung mit Burgl? Wenn ja, seit wann? Hat er sich so gut wie jeden Tag mit Burgl getroffen? Obwohl er mir gestern sagte, ich sei ihm nicht egal??? War der Kerl wirklich so fies?

Also ehrlich – das traue ich ihm dann doch nicht zu.

Ich bin so in Gedanken versunken, dass ich nur die Autos auf der anderen Seite sehe.

Dann fällt mir ein, was ich Val gefragt hab: Warum hast du der Silvia, dieser falschen Schlange, einfach geglaubt? Warum hast du nicht mich gefragt?

Mir wird ganz heiß. Ich hab mich so blöd benommen wie Val. Hab ihn nicht gefragt: He, was geht ab? Hast du doch was mit Burgl? Obwohl ich dir nicht egal bin?

Da stehe ich seit Stunden an der Straße. Die Sonne neigt sich schon den Berggipfeln zu. Was soll ich tun? Umdrehen? Zur Hütte hochwandern? Val zur Rede stellen?

Ich kämpfe mit mir. Und mit meinem Stolz: Mann, Val mit Burgl im Biergarten! Intimer geht's doch nicht!

Ich frage mich, ob ich umkehren soll. Oder doch auf ein Auto warten und Richtung Heimat düsen. Aber: Hamburg ist weit weg. Ist am anderen Ende von Deutschland.

Da hält tatsächlich ein Auto. Ich reiße die Augen auf: Es ist ein blausilberner Mercedes – ein Polizeiauto!

Und wer lässt die Scheibe runter? Ede. Der Bergwachtler.

Wer steigt aus? Ludwig, der Bulle von Oberstdorf.

»Bonnie! Was tust du hier?«, fragt mich Ede. Und wartet.

Ich weiß nicht, was ich sagen soll. Etwa: Valerio, der Döskopp, hat mit Burgl im Biergarten geschmust? Also das geht gar nicht.

Ich stehe da, stumm wie ein Fisch. Und komme mir schön blöd vor.

»Steig ein«, sagt der Ludwig. »Wir sind auf dem Weg zur Rabennesthütte. Weil uns deine Tante angerufen hat.«

»So? Warum hat sie angerufen?«

»Wegen einer ganz blöden Geschichte. Dein Freund, der Valerio, ist nämlich verschwunden.«

»Was? Schon wieder?« Klar, der hat sich mit Burgl in die Büsche geschlagen – halt! Stimmt nicht! Burgl ist im Porsche davongefahren! Mit dem grauen Knacker! »Valerio ist verschwunden?«, wiederhole ich ungläubig. »Warum denn?«

»Deine Tante vermutet, dass du dahintersteckst«, sagt Ludwig cool.

»Iiich? Niemals nie!!!«

Ede bugsiert mich zum Wagen, drückt mich auf den Rücksitz und setzt sich neben mich. Meine Beine sind wie Wackelpudding, so fassungslos bin ich. »Wieso soll ausgerechnet ich hinter Vals Verschwinden stecken?«

Ludwig gibt Gas und fährt zügig Richtung Einödsbach.

Und überlässt Ede das Reden. »Gegen Mittag hat sich Vals Mutter per Taxi zur Hütte hochfahren lassen. Sie hat Friedl erklärt, dass ihr Mann aus dem Krankenhaus entlassen und die ganze Familie nach Hamburg fahren wird.«

Ich denke an den Bahnhof. »Mit dem Zug?«

»Nein. Vals Vater hat sein Auto in einer Tiefgarage untergestellt, bevor er die Bergtour unternahm.«

Ich verstehe das nicht. »Warum ist Vals Mutter dann mit dem Taxi zur Hütte gefahren?«

Ede grinst. »Überleg doch, Bonnie! Sie kommt aus Hamburg, wo der höchste Hügel ein, zwei Meter hoch ist – sie hat sich die Bergstrecke nicht zugetraut.«

Aha. Das leuchtet mir jetzt ein. »Und?«

»Oben hat sie Vals Rucksack gepackt und auf ihren Sohn gewartet. Der kam aber nicht. Hast du wirklich keine Ahnung, wo er stecken könnte? Und warum hast du dich eigentlich an die Straße gestellt?«

Ich verstehe schon: Ede gibt den Mitleidigen. Das ist heute zu viel für mich. Zuerst legt mir Val im Mooswinkel den Arm um die Schulter. Dann küsst er Burgl. Dann muss er mit Mami und Papi nach Hause. Okay. Soll er doch. Mir so egal wie nur was.

»Was war denn heute los?«, fragt Ludwig. »Hattet ihr Streit?«

Ich schüttle den Kopf. »Quatsch. Zuerst habe ich mit Heidi ein ganz tolles Dirndl gekauft. Dann wollten wir uns im Springenden Gamserl treffen, aber auf dem Weg dorthin bin ich am Biergarten vorbeigekommen … und da … da saß Val mit Burgl. Kopf an Kopf.«

»Klar. Die Burgl hat deinen Freund getröstet«, erklärt Ede.

»Genau! Und wie sie den getröstet hat!«, fauche ich – und stutze: »Wie bitte? Warum sollte sie ihn denn trösten müssen?«

Ludwig reicht eine Tüte Zitronenbonbons nach hinten. Ich wickle eines aus. Auch Ede greift zu. »Hör mal, Bonnie, da hast du etwas komplett falsch verstanden. Valerio ist abgehauen, weil er nicht mit seinen Eltern nach Hause, sondern in der Rabennesthütte bleiben wollte. Deinetwegen. Bis Ferienende sei das ausgemacht, hat er gesagt. Damit waren sein Vater und seine Mutter eben nicht einverstanden. Val ist aus dem Krankenhaus gerannt, hat die Burgl getroffen, die den Achim besuchte … na, den Rest kennst du.«

Was für ein absoluter, totaler Schietkram! »Und ich wollte per Anhalter nach Hamburg«, flüstere ich. »Weil ich dachte, Burgl und Val …«

»Reden muss man halt miteinander«, sagt Ludwig. »Reden! Nicht einfach davonlaufen!«

»Warum hätte ich mit dem Doofkopp reden sollen?«, frage ich so ins Auto rein. Ludwig und Ede grinsen nur. Das regt mich auf. Okay, Val ist wieder mal verschwunden. Keiner weiß, wo er sich versteckt. Geht mich das was an? Nö. Aber dass mein Dirndl noch in der Bude vom Eismann ist und ich Heidi versetzt hab, das ist schlimm. »Wo ist Heidi?«

»Die hat auf dich gewartet. Und als du nicht gekommen bist, ist sie mit Gustl und Basti zur Hütten hochgefahren.«

Na, wenigstens ist Heidi nicht auch noch abhandengekommen …

Ludwig nimmt so rasant die Kurve, dass es mich trotz Gurt auf die Seite drückt. »Hast wirklich keine Ahnung, wo wir deinen Freund suchen könnten?«, will er wissen.

»Erstens: Valerio ist nicht mein Freund. Zweitens: Falls wir ihn finden«, setze ich vorsichtig hinzu, »muss er dann mit seinen Eltern nach Hause fahren?«

Ludwig hebt die Schultern. »Klar. Was sonst?«

»Obwohl sein Vater ein echt blöder Kerl ist?«

Ede runzelt die Stirn. »Blöd kam er mir eigentlich nicht vor.«

»Er IST blöd«, beharre ich. »Der Vater kam nur deshalb in die Berge, um für einen Marathonlauf zu trainieren. Seine Frau wollte ihn nicht begleiten; sie ist lieber mit ihren Freundinnen nach Mallorca geflogen. Also hat er seinen Sohn, den Valerio, so lange gestresst, bis der Ja sagen musste. Und dann –«, ich bin schon wieder wütend, »dann ist er gleich am ersten Tag wie ein Irrer den Berg hoch. Bis ihm schlecht wurde und er stürzte.«

Ede kratzt sich am Kinn. »Das haben wir natürlich nicht gewusst, stimmt's, Ludwig? Aber machen können wir nichts. Als Minderjähriger muss Valerio mit seinen Eltern nach Hause – ob er das will oder nicht. So ist's nun mal.«

»Hm.«

Ludwig weicht ein paar Wanderern aus, die mit ihren Stöcken, einer rechts, einer links, bergab latschen. Er lässt die Scheibe herunter. »Haben Sie einen Jugendlichen gesehen? Braune Haare, braune Augen …« Die Beschreibung ist sehr genau, aber niemand hat Val gesehen. Ich überlege mir, wo er sein könnte. Ob ihm Burgl geraten hat, er solle sich eben wieder in Wolfis Sennhütten verstecken?

Das wäre möglich. Aber schön blöd.

Eines ist sicher: Bei Friedl in der Rabennesthütte würde er sofort gefunden, also ist er dort nicht … Plötzlich fällt mir der Mooswinkel ein. Klar, eine Hütte steht da nicht. Aber ganz in der Nähe befindet sich ein Hochstand – so einer mit Dach. Der Mooswinkel ist nicht weit von unserer Hütte entfernt; ich könnte

Val den Schlafsack bringen. Und Essen und Trinken natürlich. Obwohl er der größte Blödmann aller Zeiten und mir so egal ist wie nur was.

Ich merke, wie Ede mich beobachtet. »Du kennst ein Versteck, Bonnie?«

»Ja«, gebe ich sofort zu. »Die Sennhütte von Burgls Bruder Wolfi.«

Ludwig pfeift durch die Zähne. »Sakradi! Natürlich! Die Sennhütten!«

Ich grinse verstohlen. Ede und Ludwig wissen ja nicht, dass Friedl Val dort schon mal gefunden hat und er sich garantiert nicht mehr bei Wolfi versteckt.

Man soll's nicht glauben, aber bei der übernächsten Abzweigung biegt Ede ab und düst über die Wiesen. Im Slalom zwischen den Kühen durch und direkt bis vor die Sennhütte.

Aber klar, so blöd ist Val ja nun doch nicht, zweimal dasselbe Versteck zu benutzen.

Für den Tag in Oberstdorf fällt mir ein starker Kalenderspruch ein, von dem ich hoffe, dass er stimmen wird:

Fahren die Eltern endlich fort
Ist der Junge fix wieder vor Ort

24. Kapitel

Wie immer an schönen Tagen sind jede Menge Wanderer in der Rabennesthütte. Deshalb zischt Heidi mir nur zu: »Mensch, Bonnie! Wo warst du bloß?«

Und Friedl klagt: »Wenn ich gewusst hätte, was ich mir mit dir aufhalse, hätte ich dich nie eingeladen!« Aber dann drückt sie mir gleich zwei Teller mit Erbstwurstsuppe in die Hände. »Tisch vier! Aber dalli!«

Erwin, ihr Lover, setzt sich zu Ede und Ludwig. Ich serviere ihnen drei Portionen Käsnudeln und höre, dass sie jede Menge zu tun haben. Nämlich Valerio suchen. Und den Pfostendreher. »Wie vom Erdboden verschluckt ist er«, stellt Ede fest. »Direkt unheimlich ist uns der Mann. Warum will er nur, dass sich Leute in Gefahr bringen? Kann mir das einer sagen?« Die drei sehen echt besorgt aus.

Ich bin auch besorgt; nicht wegen dem Pfostendreher. Wegen Valerio. Weil ich felsenfest überzeugt bin, dass er sich im Mooswinkel versteckt, obwohl die Nächte fürchterlich kalt sind.

Während ich zwischen Küche und Stube hin und her renne, überlege ich, ob ich Heidi ins Vertrauen ziehen soll. Die Frage beschäftigt mich so, dass ich einer Frau ein Schinkenbretterl bringe, obwohl sie einen Käsekuchen will. Und einem Mann einen Kaffee statt dem gewünschten Bier. Der schimpft wie ein Rohrspatz. Ich entschuldige mich hastig, hole ihm das Bier und nehme mich zusammen. Hat ja keinen Sinn, dass Friedl noch misstrauischer wird, als sie sowieso schon ist.

Später stecke ich heimlich ein paar Brötchen, ein Stück Salami, zwei Äpfel und eine Wasserflasche in eine Plastiktüte. Und gucke tausendmal auf die Uhr.

Gegen acht fahren Ede und Ludwig ins Tal. Gegen halb elf liegen die letzten Gäste auf den Matratzen.

Ich werde immer zappeliger.

Schließlich verziehen sich auch Friedl und Erwin, und als sich Heidi im Badezimmer aufhält, sause ich mit der Taschenlampe in den Stadl und will Vals Schlafsack holen. Der ist weg.

Erst da fällt mir ein, dass seine Mutter ja die Sachen ihres Sohnes mitgenommen hat.

Auf Strümpfen renne ich die Treppe zum Matratzenlager hoch und nehme aus dem Schrank im Vorplatz zwei graue Decken.

Bis auf die Schuhe lege ich mich dann komplett angezogen ins Bett, ziehe die Decke bis zum Kinn und tu so, als würde ich schlafen.

Aber natürlich kann ich Heidi nicht hinters Licht führen; sie setzt sich auf mein Bett und zupft mich an den Haaren. »Mich kannst nicht täuschen. Du weißt, wo sich Valerio versteckt. Gib's zu, Bonnie!« Sie flüstert, weil die Wand so dünn ist, dass Friedl und Erwin jedes laute Wort hören würden.

»Nicht mit Sicherheit«, wispere ich.

»Aber du hast eine Vermutung. Wann gehst du los?«, will Heidi wissen.

»Wenn du schläfst.«

»Würd ich auch machen, wenn's um den Basti ginge!« Wir lachen ganz leise. »Gut. Ich schlafe, deshalb weiß ich von nichts«, wispert Heidi.

Weil unsere Stiege so knarrt, klettere ich wieder aus dem Fenster, schleiche mich um die Hütte, klemme die Decken untern Arm und hole die Tüte aus der Küche.

Weil gerade jemand aufs Häuschen geht, warte ich kurz, dann renne ich los. Zum Glück ist es nicht ganz dunkel; ein halber Mond steht am Himmel.

Mir ist nicht gruselig, solange ich auf dem Weg bin. Aber dann, als ich langsamer werde, weil ich die Stelle nicht verpassen darf, wo es in den Wald geht, wird mir ganz anders.

Die Büsche und Bäume sind rabenschwarz, die Lücke finde ich nicht sofort. Und überall um mich herum knackt und raschelt es, und natürlich vermute ich wieder mal Geister, Gespenster, Kobolde und Ungeheuer. Die strecken ihre Arme nach mir aus, die legen ihre dürren Hände um meine Knöchel, die krallen sich in meine Haare, die wollen mir ans Leben! Himmel aber auch! Ich, Bonnie Hansen aus Hamburg, bin nicht mutig! Ich fürchte mich! Ich sterbe fast vor Angst!

Ich lasse die Decken und die Plastiktüte fallen und knipse die Taschenlampe an. Meine Finger sind feucht und zittrig, und als das Licht auf die Zweige fällt, schreie ich auf: Da bewegt sich was!

Wer mal mutterseelenallein in totaler Finsternis im Wald unterwegs war, der ahnt, wie mir zumute ist. Jedenfalls – ich lehne mich an einen Stamm und warte, bis sich meine Angst legt. Das dauert … aber es hat auch etwas Gutes. Ich leuchte nämlich meine Umgebung ab, entdecke die Lücke im Gebüsch, sehe die Spur im Gras. Die Ungeheuer sind normale Tannen und Fichten. Die Büsche sind Büsche, das Unterholz keine Kobolde, und was wilde Tiere betrifft, erinnere ich mich an eine Notiz an der Hüttenwand: Der letzte Bär wurde hier in der Gegend vor rund vierhundert, der letzte Wolf vor etwa dreihundert Jahren geschossen. Gespenster werden nicht erwähnt, und ehrlich gesagt, fürchte ich mich weder vor Bär noch Wolf. Ich fürchte mich vor dem Unbekannten, weil: So in der Finsternis kann mir kein Mensch weismachen, dass es keine Geister und Gespenster gibt! Die sind überall um mich herum, wirklich! Ich kann sie fast greifen!

Bevor mich die Angst komplett lähmt, nehme ich Decken und Tüte an mich, schlüpfe durch die Lücke und folge der Spur, die ich im Licht der Taschenlampe gut erkenne. Mein Herz klopft so laut, dass ich nichts anderes höre, nur dieses poch, poch, poch.

Ich setze einen Fuß vor den anderen. Val, denke ich, wo bist du? Dann schießt mir ein schrecklicher Gedanke durch den Kopf: Was mache ich, wenn Val nicht im Mooswinkel ist?

Plötzlich bin ich überzeugt: Val ist nicht hier.

Und: Schon längst müsste ich den Mooswinkel erreicht haben; ich habe ihn nicht erreicht, also bin ich auf einem falschen Weg.

Trotzdem tappe ich weiter.

Dann beleuchtet die Taschenlampe einen umgestürzten Baum, der so krumm ist, dass ich ihn eindeutig wiedererkenne und weiß: Ich habe mich doch nicht geirrt. Noch ein paar Schritte, und ich spüre das dicke Moospolster unter meinen Füßen.

Dann leuchte ich meine Umgebung ab – hier muss sich Val verstecken.

Val ist nicht hier.

Mir wird ganz kalt. Mein Mund ist total trocken, ich atme hastig: Was jetzt? Wieder greift die Angst nach mir, wieder sehe ich Gespenster mit wehenden Umhängen, glühenden Augen. Höre irres Gekicher … Da lasse ich Decken und Tüte fallen, dreh mich um, renne los – und knalle mit der Stirn gegen einen Baum. Autsch! Der Schmerz bringt mich zur Besinnung – Bonnie, sage ich mir. Du gibst jetzt nicht auf. Du hast es bis hierher geschafft. Du schaffst es auch noch bis zum Hochstand.

Ich reibe mir die Stirn. »Val?«, rufe ich.

Und lauter: »Val, bist du hier? Ich bin's, Bonnie!«

Noch lauter: »Valerio!«

Die Angst in mir verleiht meiner Stimme eine ungeahnte Lautstärke: »VALERIO!«

Nichts.

Nur das leise Rauschen, wenn der Wind die Zweige bewegt. Das Wispern, das einzig von Gespenstern und Kobolden kommen kann. Und dann – dann schlägt auch noch ein Vampir seine Zähne in meinen Hals! Ich mache einen Satz und kreische los – Himmel aber auch! Hätte ich nur nicht die Storys über diese Blutsauger gelesen und die Filme gesehen … Ich taste meinen Hals ab. Kein Blut. War nur ein Zweig, der meinen Hals streichelte.

Ich stehe da und warte, bis mein Herz nicht mehr so wummert.

Dann mache ich den Hochstand aus und steige sogar die Leiter hoch.

Kein Valerio.

Klar, ich bin enttäuscht. Nee. Eigentlich eher verblüfft: Wo steckt der Kerl?

Wie in Trance hebe ich am Fuß der Leiter die Decken und Tüte auf und kämpfe mich durch den Wald zurück.

Als ich wieder auf dem Weg stehe, kommt es mir vor, als wäre ich aus einer verzauberten Anderswelt ins Licht gelangt: Der halbe Mond leuchtet auf die Steine, die Wiesen und Felsen der Berge. Der Himmel ist keineswegs pechschwarz, sondern eher so helldunkelblau, die Sterne funkeln auf mich herunter. Vor allem aber kommt mir kein Baum und kein Gebüsch und kein Gespenst so nah, dass mir der Atem stockt. Erst jetzt wird mir bewusst, dass ich drinnen im Wald zu ersticken glaubte – na, das kann aber auch meine irre Angst gewesen sein, die mir die Luft abdrückte.

Während ich vor unserer Rabennesthütte stehe, will ich zuerst die Decken auf der Bank auf der Terrasse liegen lassen. Dann überlege ich es mir aber anders und pirsche mich zum Stadl. Dort schiebe ich vorsichtig die Tür auf, weil die immer so knarrt, und werfe zuerst die Tüte, dann die Decken ins Heu.

Etwas raschelt. »Was soll das?«, höre ich eine verschlafene Stimme. Verdammt noch mal! Jetzt reicht's mir aber mit dem ganzen Gespensterzeug! Und schon fällt mir der Hüttenspruch des Tages ein:

Im Dunkeln du am ganzen Leibe zitterst
Weil überall du Geister witterst

25. Kapitel

Fast hätte ich aufgeschrien: Verschone mich! Denn aus dem Heu erhebt sich ein Geist mit ausgebreiteten Armen wie Äste, aus denen Zweige wachsen. Es knistert und rieselt, Halme knacken leise, der Geist wird immer größer, jetzt kommt er auf mich zu, näher und immer näher – und ist niemand anders als Valerio. »Bist du das, Bonnie?«

»W… wer s… sonst?«, stottere ich.

Dann liegen wir uns in den Armen. Keine Ahnung, wie das geschehen konnte. Ich lasse Valerio nicht los, bis meine ganze Angst dahingeschmolzen ist. »Ich hab dich im Mooswinkel gesucht.«

»Aber doch nicht jetzt, mitten in der Nacht!«, erwidert Val ungläubig.

»Doch, doch. Mitten in der Nacht«, versichere ich ihm. »Ich bin fast gestorben vor Angst. Es war … es war einfach grauenhaft.«

Val zieht mich ins Heu. »Das glaube ich jetzt nicht.«

Ich lache leise, weil ich mich plötzlich wahnsinnig mutig fühle. Und so voller Kraft, dass ich am liebsten gejodelt hätte: Holladihiao!!!

»Mensch, Bonnie!«

»Da staunst du, was? Sag mal, wo hast du dich eigentlich versteckt?«

Zuerst ziert sich Val, aber dann rückt er mit der Wahrheit heraus. »Weißt du das schon? Meine Eltern wollen unbedingt mit mir nach Hause fahren.«

»Das habe ich erfahren.« Ich kuschle mich ins Heu. Das ist weich und warm und duftet süß und würzig nach Kräutern und Blüten.

»Ich will aber hierbleiben. In der Rabennesthütte. Das war so ausgemacht, oder«

»Kann sein.«

»Wirklich, so hatten wir es besprochen. Aber jetzt, wo mein Pa nach Hause kann, hat er das niemals so gesagt, behauptet er. Das kenne ich«, erklärt Val bitter. »So macht er es immer. Da bin ich wütend geworden. Ich bin aus dem Krankenhaus gerannt und direkt in einen Rollstuhl.«

»In dem Achim saß«, ergänze ich. »Den Burgl besuchte.«

»Du weißt aber auch alles«, staunt Val. »Jedenfalls – Burgl verabschiedete sich gerade. Es war wohl nicht zu übersehen, dass ich total wütend war, deshalb hat sie mich begleitet, bis –«

»– in den Biergarten. Da habt ihr euch umarmt.«

»Umarmt?«, protestiert Val. »Burgl hat mich beruhigt und gesagt, ich könne jederzeit wieder zu ihrem Bruder auf die Sennalpe.«

Genau, was ich vermutet habe, denke ich. »Und dann?«

»Bin ich zur Sennalpe gewandert. Dort hab ich mich in die Sonne gesetzt. Aber die Sennalpe ist eben nicht die Rabennesthütte.« Val räuspert sich.

»Klar. Ist sie nicht. Und dann?«

»Dann habe ich mich im Mooswinkel versteckt.«

»Ne! Wirklich?«

»Tatsache. Aber weißt du was, Bonnie? Bis es dunkel wurde, habe ich es dort ausgehalten. Aber in der Nacht … du ahnst ja nicht, wie es einen im Wald gruseln kann.«

So? Hat der eine Ahnung!

»Zuerst habe ich mich auf dem Hochsitz verschanzt«, fährt er fort. »Habe Äste und Tannenzapfen gesammelt und um mich herum aufgehäuft. Falls ein wildes Tier kommt, weißt du. Ein Wildschwein oder so.«

»Klar, eine Wildsau erstürmt ruckzuck die steile Leiter«, spotte ich. »Und ein Mäuschen erst! Wenn dich so ein starkes Tierchen angefallen hätte – du lieber Himmel aber auch!«

»Du hast gut lachen«, wehrt sich Valerio. »Aber ich geb's ja zu – ich hab es vor Angst einfach nicht mehr ausgehalten. Bis kurz nach zehn hab ich gewartet – Hüttenruhe, weißt du –, dann hab ich mich in den Stadl geschlichen. Stell dir vor, jemand hat meinen Schlafsack geklaut.«

»Das war deine Mutter. Sie ist mit dem Taxi heraufgefahren und hat deine Sachen mitgenommen.«

»Hast du mit ihr gesprochen, Bonnie?«

»Ich? Nö.«

»Warum nicht?«

Die Frage passt mir gar nicht. »Ich war noch in Oberstdorf«, weiche ich aus. »Zufällig hab ich den Ludwig und Ede getroffen. Die haben mich mit dem Polizeiauto zur Rabennesthütte chauffiert. Da hab ich dann erfahren, dass du abgehauen bist. Ich hab zuerst an Wolfis Sennhütte gedacht. Aber zweimal dasselbe Versteck? Nö. Dann ist mir der Mooswinkel eingefallen.« Plötzlich muss ich lachen. »Wir hätten uns begegnen können! Du bist vom Mooswinkel zur Hütte, ich von der Hütte zum Mooswinkel. Mit zwei Decken und einer Tüte voller Lebensmittel. Eins sag ich dir, Val: So gegruselt hab ich mich noch nie im Leben!«

Val schweigt eine ganze Weile. »Dann warst du mutiger als ich, Bonnie.«

»Na ja«, sag ich bescheiden. »Macht ja wenig Sinn, dich Blödmann verhungern und erfrieren zu lassen.«

Val legt den Arm um mich. Zum zweiten Mal an diesem Tag. Was soll ich sagen? Erst nach 'ner Weile schüttle ich ihn ab. »Lass das«, sag ich leise. Dann frage ich ihn: »Was hast du vor? Im Tal warten deine Eltern auf dich. Sie lassen dich sogar suchen! Für den Rest der Ferien kannst du dich hier nicht verstecken, das ist ja wohl klar.«

»Ich fahre nicht nach Hause«, erklärt er trotzig.

»Dann sag es ihnen.«

»Die hören doch nicht auf mich!«

»Die wollen doch nur dein Bestes.« Plötzlich bin ich hundemüde – und schrecke zusammen. Die Tür hat sich geöffnet!

»Bonnie? Bonnie, bist du hier? Mit Valerio?«, höre ich Heidis Stimme.

»Ja.«

»Hör mal! Wenn euch die Friedl im Heu erwischt, ist der Teufel los! Dann schickt sie euch sofort nach Hause!«

Eigentlich bin ich so müde, dass mir alles egal ist. Aber dass meine Tante die Situation missverstehen würde, dringt trotz der Müdigkeit in mein Hirn. »Okay.«

Val hilft uns aufs Dach des Häuschens. Sekunden später liege ich im Bett und sinke in einen Tiefschlaf, aus dem mich Friedl erst gegen Mittag wecken kann.

»Bist du krank?«

»Ja.«

Friedl legt die Hand auf meine Stirn. »Du bist nicht krank. Was ist los? Berichte. Und wehe, ich erfahre nicht alles, Bonnie!«

Es dauert, bis ich richtig wach bin. Nach einem Blick ins Gesicht meiner Tante weiß ich: Hier hilft nur schonungslose Offenheit. Also berichte ich.

»Du kennst Vals Vater«, flehe ich sie an. »Er muss noch liegen, muss sich schonen. Weißt du, was das bedeutet? Für Val ist das die Hölle!«

»Hm.«

Zum Glück sagt sie nicht: Was geht mich das an? Friedl sagt: »Val muss das mit seinen Eltern ausmachen.«

»Klar.« Plötzlich hab ich eine Idee. »Ich könnte ihn unterstützen«, schlage ich vor.

»Willst du dir das antun?«

»Warum nicht? Auffressen können mich seine Eltern nicht.«

»Ist dir Valerio so wichtig?«, will Friedl wissen.

»Nein. Eigentlich nicht.«

»Warum willst dann mit ihm zu seinen Eltern gehen?«

»Weil er allein gegen seinen Vater null Chancen hat. Nur deshalb«, sag ich und meine es auch. »Reitenbach geht nämlich immer mit dem Kopf durch die Wand. Egal, ob das gut für Val ist. Oder nur gut für ihn selbst. Kannst du dir das vorstellen, Friedl?«

»Manche Väter sind so.« Meine Tante schaut auf ihre Hände. Die liegen in ihrem Schoß, und sie presst sie so stark zusammen, dass die Knöchel quarkweiß durch die sonnenbraune Haut schimmern. »Ist was?«, frage ich sie.

Sie zieht den Gummi aus ihrem Pferdeschwanz, schüttelt die Haare aus und sieht auf einmal hundert Jahre jünger aus. »Einverstanden«, sagt sie. »Kannst Valerio unterstützen.«

So kommt es, dass Val und ich am Nachmittag ins Tal wandern. Und in der Pension Alpenblick mit seinem Vater in einen fürchterlichen Streit geraten.

Der bietet alles auf, von »Wie konntest du nur einfach abhauen«, bis zu »Solange du nicht volljährig bist, hast du zu gehorchen!«

Seine Mutter zieht den Kopf ein und starrt den Teppichboden an. Der ist absolut scheußlich: kackbraun mit grünen Klecksen. Ein Alptraum.

Val schweigt. Ich halte auch den Mund, denn eines ist klar: Der Mann muss erst mal seinen Frust loswerden.

Ich warte also, bis ihm nichts mehr einfällt. Dann sage ich: »Das alles wäre natürlich nicht passiert, wenn Sie nicht wie ein Irrer auf den Berg gerast wären. Am ersten Tag auch noch! Bevor Sie sich an die Höhe gewöhnt hatten! Wenn jemand unverantwortlich gehandelt hat, dann waren das Sie, Herr Reitenbach!«

Der Mann wird rot vor Zorn. Das ist mir egal, ich bin jetzt richtig in Fahrt. »Ihretwegen wurde der Hubschrauber angefordert. Ihretwegen musste die Bergwacht ausrücken. Ihretwegen ist Val auf der Hütte geblieben und täglich ins Tal gewandert, nur um Sie im Krankenhaus zu besuchen. Hat für Kost und Logis gearbeitet. So! Und jetzt soll er brav nach Hause fahren? Der Junge hat ein paar Ferientage verdient!«

Vals Mutter ist feige. Sie macht den Mund nicht auf. Warum unterstützt sie mich nicht? Oder ihren Sohn?

Endlich wacht Val aus der Stockstarre auf. »Du wolltest, dass ich die Berge kennenlerne. Okay, ich bin mitgekommen, obwohl ich es nicht wollte. Jetzt bin ich in den Bergen und bleibe bis Ferienende. Wie ausgemacht.« Val sagt das ganz ruhig – viel ruhiger, als ich es hätte sagen können. Und da –, ich fasse es nicht, steht Vals Mutter auf und sagt: »Der Junge hat recht und bleibt hier. Ich fahre dich nach Hause, Tillmann. Dann sehen wir weiter.«

Es sieht aus, als würde Vals Vater der Schlag treffen. Er schnappt nach Luft und fuchtelt mit den Armen.

»Nur ruhig«, sagt Vals Mutter. »Du musst dich schonen, und wir, Valerio und ich, müssen uns von dem Schreck erholen. So ist das, mein Lieber.«

In Vals Mutter habe ich mich voll getäuscht. Sie hat abgewartet, bis ihr Mann seinen Frust abgeladen hat, dann hat sie die Krallen ausgefahren. Alle Achtung!

Sie nimmt Val in den Arm und drückt ihn an sich. Wir gehen zum Auto, sie gibt ihm den Schlafsack und den Rucksack und ein paar Scheine, dann reicht sie mir die Hand. »Das wird wieder, Bonnie. Mein Mann will eben immer mit dem Kopf durch die Wand.«

Sie schaut uns nach, bis wir um die Ecke biegen. Dort fallen wir uns in die Arme. »Geschafft!«, brülle ich.

Val lacht wie verrückt. Und tanzt Schuhplattler – mitten auf dem Gehweg hüpft er von einem Bein aufs andere und haut sich auf die Schenkel, dass es nur so kracht!

Die Leute bleiben stehen und tippen sich an die Stirn – uns macht das nichts aus. Was haben wir seit gestern nicht alles erlebt! Voll der Wahnsinn und echt was für den Hüttenkalender:

Hast du die richtigen Wörter parat
Ein mieser Mensch Null Chancen hat

26. Kapitel

Meine Eltern haben mir eine Ansichtskarte geschickt, auf der die blaue Nordsee, ein gelber Strand, eine Düne, Strandhafer und zwei Möwen zu erblicken sind. Es ist ein wunderschönes Foto. So typisch: Himmel, Wasser, Möwen und Sand.

Mit einem Streifen Tesafilm klebe ich es über den Familie-Feuerstein-Herd, dann schaue ich lange Zeit aus dem Fenster. Der Blick ist hier nämlich so anders – aber eben auch typisch: blauer Himmel, weiße Schneefelder, grauer Fels, grüne Matten. Bergdohlen und Wanderwege.

Friedl stellt sich neben mich. »Heimweh?«

»Quatsch. Ich überlege gerade, was schöner ist: die Berge oder das Meer.«

Meine Tante bläst die Backen auf. »Was schmeckt besser: Käse oder Wurst? Was ist schneller: Ein Fahrrad oder ein Kickboard? Segelst oder schwimmst du lieber? Was ist schöner: die Arktis oder die Karibik? Bonnie, nur ein Döspaddel muss immer das eine mit dem anderen vergleichen.«

»Nur ein Döspaddel?«

»Ja, weil nämlich alles Vor- und Nachteile hat«, schnauzt sie mich an. »Man kann Vorlieben haben, das ja. Aber immer diese Vergleiche – pah!« Sie flötet so, als wäre sie ein blasierter Gast: »Also wissen Sie, in der Mongolei ist es ja so viel einsamer als in den Alpen!«

Als ich wieder aus dem Fenster schaue, bin ich richtig erleichtert: Ich kann das Meer und die Berge schön finden – toll! Friedl hat das Gästebuch unterm Arm. Jetzt legt sie es auf den Küchentisch, schlägt es auf und verdreht die Augen. »Wusste ich's doch! Heute kommen die Jodler! Kinners, da brummt der Bär in der Hütte!«

Eine Stunde später sind sie da: sechs Männer in schwarzen Kniebundhosen aus Leder. In roten Westen und weißen Hemden. Und riesigen Schnurrbärten. Die sechs Frauen im langen schwarzen Dirndl mit roten Schürzen.

Zuerst stärken sie sich mit einer zünftigen Brotzeit, dann geht es zur Sache. Die Tische und Stühle werden zur Seite geschoben, der Kassettenrecorder spielt »*Zum Tanzboden treibt's mi hin, weil i gern lustig bin …* «

Die Paare stellen sich im Kreis auf, die Männer wirbeln die Frauen herum, dass die Röcke nur so fliegen und die langen weißen Unterhosen mit Spitzenbesatz zu sehen sind – echt! Dann bleiben die Frauen stehen, die Männer treten in den Kreis und schuhplatteln. Dazu wird gejodelt, dass die Hütte wackelt.

Danach kommt etwas, das »Rosenwalzer« heißt.

Einer fasst mich um die Taille, eine Frau holt sich Val, dann werden uns die Schritte gezeigt – mir wird schwindlig, ich muss mich setzen, aber nix da! »Was, du schwächelst?«, werde ich gefragt und muss wieder ran.

Jetzt dröhnt es: »*Schönes Dirndl, dreh di um, um, um …*«

Heidi walzt mit der Friedl durch die Hütte, Erwin klatscht seine Freundin ab, Heidi ist sauer, weil Basti nicht hier ist.

»So a Gaudi«, freut sich ein Dicker.

Wir schwitzen, in der Stube ist es so heiß geworden, dass Friedl die Tür zur Terrasse aufreißt. Dann lernen wir noch zwei Tänze, den Landler und den Dreher, und plötzlich – ich trau meinen Augen nicht – sehe ich meinen Foxy. Der steht auf der Terrasse und guckt uns zu … Es sieht aus, als würde er lachen, wirklich! Ich renne in die Küche und hole ihm ein Würstchen. Knie mich nieder und halte es ihm vor die Nase. Ein Happs, und weg ist die Wurst!

»Mehr, mehr!«, sagen Foxys Augen. Er bekommt ein zweites Würstl. Friedl schimpft, Foxy setzt sich und legt den Kopf schief. »Der ist ja handzahm«, sagt ein Mann. »Passt auf, dass den nicht ein Jäger aus Versehen erschießt!«

Selbst als wir eine Polonaise durch die Stube tanzen, schaut Foxy uns vom Eingang aus zu. Erst als die Gäste nach etlichen Maß Bier und vielen Gläsern Skiwasser ins Tal jodeln, verschwindet der kleine Fuchs. »Wir sehen uns beim Trachtenfest«, sagt mein Tanzherr noch und drückt mir einen dicken Schmatz auf die Backe. Mit jeder Menge Spucke, die ich mit dem Taschentuch wegrubble.

Die Wanderer verziehen sich aufs Matratzenlager, wir stellen die Stühle hoch und machen sauber. Danach sitzen wir noch ein Weilchen auf der Terrasse und schauen zu, wie sich die Farbe des Himmels von Grünlichblau ins Samtschwärzliche verwandelt. Val hat seinen Arm um meine Schulter gelegt- das ist jetzt das dritte Mal. Seine Finger spielen mit einer Strähne meiner wikingerblonden Haare, Erwin flüstert Friedl etwas ins Ohr … und plötzlich schrillt das Telefon.

Friedl springt auf. »Sakradi!«

Als sie zurückkommt, sind ihre Augen ganz trüb und dunkel. Sie legt Erwin die Arme um den Hals. »Es war Ede von der Bergwacht. Der Pfostenverdreher ist wieder unterwegs. Drüben am Ifen, am Gottesacker. Ede fragt, ob du suchen hilfst. Er fährt dir entgegen.«

Erwin steht sofort auf und nimmt Friedls Arme vom Hals.

Da klammert sich meine Tante erst recht an ihn. »Ich will das nicht!«, sagt sie leise.

Mann oh Mann, meine Tante Friederike muss ja Erwin heiß und innig lieben!

Kurz darauf rennt Erwin den Weg ins Tal runter. Valerio verzieht sich in seinen Stadl, Heidi und ich gehen die knarrende Stiege hinauf und in unsere Stube.

Weil ich unbedingt mit Val über seinen Kopf-durch-die-Wand-Vater reden muss, klettere ich auf den Fenstersims. Heidi hält mich zurück. »Bist du wahnsinnig, Bonnie? Friedl wartet auf ihren Erwin. Wenn's sein muss, bis zum Morgen.«

»Die legt sich ins Bett«, protestiere ich.

»Tut sie nicht, ich kenne sie nämlich. Sie wartet immer auf ihn.«

Tatsächlich; als ich gegen drei Uhr in der Früh ins Bad wanke, sehe ich einen Lichtschimmer. Ich beuge mich übers Geländer: Unten in der Stube brennt eine Kerze. Ich tappe so leise wie nur möglich die Treppe runter, und da, eingewickelt in eine Decke, sitzt Friedl auf der Bank und liest.

Voll der Wahnsinn, denke ich und gehe zu ihr.

»Kannst nicht schlafen?«

Sie schüttelt den Kopf. »Können vielleicht schon. Ich will aber nicht.«

»Warum?«

»Weil ich den Gottesacker kenne. Da ist es schon bei Tag gefährlich; bei Nacht …« Sie schüttelt den Kopf, holt eines ihrer Bergbücher und schlägt es auf. »So sieht es da aus.«

»Hm.«

Auf dem Foto ist eine baumlose Hochebene zu sehen, die von unzähligen Rissen, Löchern, Rinnen und Spalten durchfurcht ist. »*Das Terrain ist tückisch*«, lese ich. »*Blitzschnell ziehen an manchen Tagen Nebelbänke auf und verschleiern die Sicht. Selbst ortskundige Kleinwalsertaler verirren sich dann dort. Die gähnenden Löcher am Grund können rasch zur Todesfalle werden.*«

»Geh wieder ins Bett«, sagt Friedl. »Es wird schon nichts passieren. Und wenn, können wir es nicht verhindern.«

»Warum wartest du dann auf den Erwin? Ich meine, dann könntest du doch auch schlafen, Friedl.«

»Ich weiß, besonders vernünftig klingt das nicht. Aber die Leute in den Bergen zünden immer eine Kerze an und wachen, wenn jemand, den sie kennen, in Gefahr ist. Oder bei einem schrecklichen Gewitter. Oder einem Sturm. Das macht man hier und an der See seit ewigen Zeiten. Da stellen die Frauen nämlich auch Kerzen ins Fenster und wachen, bis ihre Männer im sicheren Hafen sind.«

»Echt? Warum denn?«

»Es bedeutet«, sagt Friedl und wickelt die Decke wieder um

sich, »mit meinen Gedanken bin ich bei dir und geb dir Kraft. Halt durch, bis du wieder bei mir bist. Das hilft, Bonnie. Glaub mir, es hilft.« Die Kerze ist schon ziemlich weit heruntergebrannt, und obwohl Tür und Fenster geschlossen sind, flackert sie ein bisschen. »Ich kann nun mal nicht schlafen, wenn sich Erwin in Lebensgefahr begibt.«

»Weil du ihn so gern hast?«

Friedl nickt.

Ich erinnere mich, dass sie mir noch einen Teil ihrer Story schuldig ist. »Wo habt ihr euch eigentlich kennengelernt?«

»In der Türkei. Direkt an der syrischen Grenze.«

»Voll der Hammer«, murmele ich. Leider habe ich nur eine verschwommene Ahnung, wo sich diese Grenze befindet. Ich vermute mal, dass die ziemlich weit von Hamburg entfernt ist.

Friedl malt mit dem Zeigefinger die Ägäis mit der türkischen Küste auf die Tischplatte. »Etwa da war es«, sagt sie. »Damals bin ich von Hamburg durch den Balkan und die Türkei getrampt und wollte über Syrien nach Israel. Es war ziemlich abenteuerlich, aber nicht so ungewöhnlich, wie es heute klingt. Trampen war ein Volkssport, Bonnie. Heute hütest du dich davor, zu einem Fremden ins Auto zu steigen, hörst du?«

»Ja«, sage ich brav und bin froh, dass sie nichts von den beiden Milchlastern weiß. Und Ede und Ludwig dichtgehalten haben. »Was geschah an der Grenze?«, frage ich rasch.

»Erwin hatte ein Auto und wollte zusammen mit einem Freund etwa dieselbe Strecke fahren. Leider brach das Auto an der Grenze zusammen, die Jungs konnten kein Türkisch, also hab ich Dolmetscher gespielt.«

»Du kannst Türkisch?«, wundere ich mich.

»Nur ein bisschen. Aber es hat gereicht. Jedenfalls – das Auto konnte repariert werden, wir haben Adressen getauscht, und ein halbes Jahr später haben wir uns in Kairo wieder getroffen, ganz zufällig.«

»Aber wie bist du von Kairo nach Oberstdorf gekommen?«, möchte ich wissen.

»Erwin und ich blieben in Kontakt. Irgendwann wollte er wissen, warum ich allein auf Tramptour war. Da erfuhr er dann eben meine blöde Geschichte.«

Ein Mann schleicht die Treppe runter, nickt uns verschlafen zu und geht aufs Häuschen. Wir warten. Die Flamme wirft gruselige Schatten, hin und wieder knackt das Holz. Dann kommt der Mann zurück und tappt wortlos die Treppe hinauf.

»Erwin kam aus dem Allgäu«, fährt Friedl fort, »wurde Polizist, blieb in Oberstdorf hängen und schrieb mir mal, dass eine Hüttenwirtin gesucht würde. Das war's dann. Die Hütte hat mir gleich gefallen, obwohl –« Sie lächelt versonnen. »Als meine Eltern, deine Oma und dein Opa, und dein Vater zum ersten Mal hier heraufkamen, haben sie mich für verrückt erklärt. Damals gab es noch keinen elektrischen Strom. Kein eigenes Badezimmer. In der Küche stand ein Herd, der mit Holz befeuert werden musste. Von einer Spülmaschine oder einem Gefrierschrank wagte ich nicht mal zu träumen. Aber –« Sie schaut sich um. »Meinen Entschluss habe ich nie bereut.«

Ich muss an die Sennhütte denken, in der es wie in einem Heimatmuseum aussieht. »Sag mal, Friedl, warum habt ihr nicht geheiratet?«

Sie beantwortet meine Frage mit einer zweiten. »Wozu denn? Wir gehören zusammen. Basta.« Die Kerze ist jetzt so weit heruntergebrannt, dass sie flackert und auszugehen droht. Friedl steht auf und holt eine neue. »So, jetzt gehst du aber ins Bett, Bonnie.«

»Sofort.« Ich schau zu, wie sie die neue Kerze an der Flamme der alten anzündet. »Weißt du«, sage ich vorsichtig, »zuhause in Hamburg kann dich keiner verstehen. Ich fand die komfortlose Hütte ja auch total abartig. Aber jetzt verstehe ich dich. Weil: So schlimm ist das hier oben gar nicht, solange du genug Vorräte gehortet und nette Gäste hast. Und einen wie Erwin triffst du sowieso nur einmal im Leben. Schätz ich mal.« Ich denk an meinen Foxy und sag: »Vielleicht werde ich auch mal Hüttenwirtin, Friedl.«

»Bloß nicht.« Meine Tante wuschelt mir durchs Haar. »Dir wünsche ich ein herrliches sorgenfreies Leben. Obwohl –« Sie zieht die Stirne kraus und reimt den Kalenderspruch des Tages:

Immer herrlich Sonnenschein
Kann nicht mal in Bonnies Leben sein

27. Kapitel

Erwin kommt gesund, aber sehr niedergeschlagen zurück. Den verirrten Wanderern und den Bergwachtleuten ist nichts passiert, aber den Pfostendreher haben sie leider nicht gefunden. Wie vom Erdboden verschluckt sei der, sagt Erwin mal wieder und macht sich über die Käsnudeln her. »Ganz verhext ist das«, schimpft er. »Der Kerl löst sich einfach in Luft auf. Der spielt Katz und Maus mit uns.«

Die Hüttenwirte werden wieder aufgefordert, die Wanderer zu besonderer Vorsicht anzuhalten und, wenn sie den Weg, beziehungsweise die Tour, noch nie gegangen sind, immer wieder die Karte zu studieren. Oder einen Führer anzuheuern.

»Kinners, das werden die wenigsten tun«, sagt Friedl. »Wer leistet sich schon einen teuren Führer.«

Heidi und Basti versprechen, mit Val und mir auf den Ifen zu wandern. Das ist wie eine Weltreise; zuerst müssen wir nach Einödsbach, dann mit dem Bus nach Oberstdorf, dann geht es mit der Seilbahn auf den Ifen und von dort zum Gottesacker.

Das dauert; vor dem Trachtenfest schaffen wir das nicht mehr.

Überhaupt – das Trachten- und Musikkapellenfest! Über nichts anderes wird in unserer Hütte geredet!

Leute, die sich beim Brotzeitmachen auf unserer Terrasse kennenlernen, verabreden sich und tauschen Tipps aus: »Die Trachten muss man unbedingt gesehen haben! Aber die Tänze darf man auch nicht verpassen! Und die Alphornbläser, das Kuhglockengeläut!« So geht das, und ich verstehe nur die Hälfte davon.

Für Heidi ist das nichts Neues; Heidi wird sogar um Rat gefragt, wo es denn den besten Leberkäs und den köstlichsten Schmarrn gibt. Und die schönsten Dirndl. Die schicksten Lederhosen.

Jeden Abend ist Basti da und übt mit Val den Schuhplattler. Weil einer aus der Trachtentanzgruppe die Haxen gebrochen hat und ersetzt werden muss – ausgerechnet von Valerio, dem Fischkopf aus Hamburg, der weder mit urigen Trachten noch antiken Tänzen was am Hut hat! Aber es ist eben kein anderer da, der den mit den gebrochenen Haxen ersetzen kann.

»Kinners«, sagt Friedl, »das ist eine Ehre! Beim Schuhplattler darf nicht jeder mitmachen.«

Kein Witz. Das stimmt.

Weil Ersatzmann zu spielen also eine Ehre ist, muss Val holladio jodeln und sich auf Schenkel und Sohlen hauen. Sollte das zuhause auf dem Schulhof bekannt werden, muss er auswandern, so peinlich ist das. Verstehen tut das jedenfalls niemand.

Basti hat sogar eine lederne Kniebundhose für ihn aufgetrieben, samt Weste, Hemd und Strümpfen. Die Schuhe allerdings sind ein Problem. Diejenigen des Mannes, für den er einspringt, passen ihm nicht; Basti hofft schwer, noch solche in der richtigen Größe zu finden. Weil: Weder Bergstiefel noch Turnschuhe sind erlaubt. Alle Männer tragen dieselben schwarzen Halbschuhe. So ist das eben, wenn man altes Brauchtum pflegt.

Von meinem Dirndl sind alle auf der Hütte ganz entzückt; Friedl will mir noch den richtigen Schmuck kaufen, ein Herz oder ein Edelweiß am Samtband. Ich habe aber eine ganz andere Idee.

Jedenfalls: Vor lauter Festvorbereitungen und der Hoffnung auf anhaltend schönes Wetter tritt der Pfostendreher in den Hintergrund. Vielleicht ist er auch abgereist; Tatsache ist, dass seit seiner Aktion auf dem Ifen nichts mehr vorgefallen ist.

In der letzten Woche vorm Fest muss Val jeden Abend ins Tal, um mit der Volkstanzgruppe zu üben. Da erfährt er auch, für wen er einspringen darf – für Achim, den mit den eingegipsten Beinen, der im Rollstuhl sitzt und vorm Krankenhaus die Zigarettchen raucht. Seinetwegen habe ich ja Burgl eine Botschaft im Springenden Gamserl hinterlegt, und was soll ich sagen? Sie besucht ihn ziemlich regelmäßig. Das ist sehr anständig von ihr.

Am Spätnachmittag vorm Fest begleite ich Val ins Tal. Der Junge ist ja so aufgeregt: »Bonnie, ich kann das nicht! Ich komme aus dem Takt, ich hau mir auf den Schenkel, wenn ich auf die Sohle klopfen soll! Und fit sind die Männer, das glaubst du nicht! Die schlenkern ihre Beine und poppen aus der Hocke wie ein Kork aus dem Flaschenhals – besser als die Kosaken können die das!«

Ich gebe mein Bestes. »Val, du schaffst das. Denk nicht so viel, mach's einfach den Männern nach.«

»Wenn das nur so einfach wäre«, jammert er. »Das Schuhplatteln macht mir einen solchen Stress, dass ich direkt den Dünnschiss bekommen hab. Kannst du dir das vorstellen, Bonnie?! Was ist, wenn ich plötzlich aufs Klo muss?«

»Lass dir von Friedl ein Tablettchen geben«, rat ich ihm und tu so, als sei stressbedingter Dünnpfiff das Normalste der Welt.

Sie üben im Nebenzimmer vom Springenden Gamserl. Ich verspreche Val, ihn pünktlich abzuholen. Dann gehe ich zum Juwelier in der Fußgängerzone, um den Dirndlschmuck zu kaufen. Ich komme aus Hamburg. Ich mag jetzt auch die Berge, aber das Meer mag ich auch. Genau deshalb hätte ich gerne eine Muschel zum Dirndl. Oder einen Fisch.

Der Verkäufer sieht mich an, als hätte ich keine einzige Tasse im Schrank. »Eine Muschel am Samtband? Oder einen Fisch? Das geht nicht. Das habe ich nicht. Das ist ganz und gar nicht der Brauch«, protestiert er entsetzt. »Wie wäre es mit einem hübschen Kreuz?«

Ich lasse mich aber nicht umstimmen. »Wenn Sie keine Muschel haben, trage ich eben keinen Schmuck«, sage ich und gehe zur Tür. Den Griff habe ich schon in der Hand, als er mich zurückruft.

Auf einmal hat er eine Schachtel aus dem Nirgendwo gezaubert. Leider hat er keine Muschel, aber ein Seepferdchen! Ein süßes silbernes Seepferdchen mit grünen Augen! Ich bin hin und weg.

»Na! Geht doch!«, lobe ich ihn und warte geduldig, bis das Seepferdchen am Samtband hängt. Toll sieht das aus, und teuer ist es auch nicht.

Ich bummle durch die Fußgängerzone; dicht an dicht stehen schon die Buden und werden jetzt mit allerlei Grün und künstlichen Blumen geschmückt. Auf dem Platz vor der Kirche wird eine Plattform gezimmert. Das Hämmern und Sägen dröhnt durch die Gassen und ich frage mich: Wozu die Plattform mit Geländer? Mein Blick fällt auf die Lautsprecheranlage – klar, auf der Plattform wird getanzt! Da also hat Valerio seinen Auftritt als zünftiger Schuhplattler! Seine Premiere sozusagen!

Eine ganze Weile schaue ich den Handwerkern zu. Die sind voll bei der Sache; ein Mann mit dickem Schnauzbart ist der Anführer. Er lässt nichts durchgehen, und weil jetzt das hölzerne Treppchen gezimmert wird, besteht er auf einem Handlauf links und rechts. Vier Stufen und dafür ein Geländer? Das kapiere ich nicht.

Ich gehe ein paar Schritte die Gasse hinunter und bleibe vorm Aushang vom Fremdenverkehrsamt stehen. WARNUNG! lese ich, und:

»Achtung! In unserer schönen Gegend treibt ein verantwortungsloser Mitbürger sein Unwesen, indem er Wegzeiger zerstört oder verdreht. Dadurch geraten nichts ahnende Wanderer in Gefahr. Bitte kontrollieren Sie stets den Wegverlauf anhand Ihrer Karte!«

Plötzlich steht Burgl neben mir. Wie immer in Cowboystiefeln, der superkurzen Lederbüx und einer Bluse, bei der meine Mutter sagen würde: »Kinners, der Ausschnitt ist unanständig!«

Trotzdem. Burgl ist eigentlich in Ordnung. Jedenfalls, solange sie Basti nicht zu nah kommt. Oder Val, obwohl sie ihm ja das Versteck in Wolfis Sennhütten vermitteln wollte, was sehr anständig von ihr war. »Dass man den Pfostendreher einfach nicht findet«, sage ich zu ihr.

»Zu viele Berge mit zu vielen Verstecken«, antwortet sie sofort. »Aber ich mein halt, dass es einer sein muss, der sich hier auskennt.«

»Ein Einheimischer also? Nee! Das glaube ich nicht! In der Rabennesthütte sagt man nämlich, kein Einheimischer würde die Fremden vergraulen, schließlich müsse man für ihre Sicherheit sorgen, damit sie nicht wegbleiben. Und damit auch das Geld, das sie mitbringen.«

Burgl zieht eine Haarsträhne durch die Zähne. »Klar, wenn die Fremden wegbleiben, bleibt bei den Wirten, in den Pensionen und Hotels, in den Andenkenbuden und Sportgeschäften das Geld weg. Aber … Komm mal mit, Bonnie!« Sie geht zum Fenster, hinter dem die Gebietskarte zu sehen ist. Mit allen Dörfern, Weilern, Einzelhöfen, Wanderhütten, Hügeln und Bergen. Mit Straßen, Wanderwegen und Klettersteigen. Mit Bächen und kleinen Seen.

»Schau mal.« Sie tippt auf die Mädelegabel, den Ifen und Gottesacker. Und auf zwei andere Stellen. »Was fällt dir auf?«

»Nichts.« Ehrlich, mir fällt überhaupt nichts auf.

»Komm schon«, sagt sie ungeduldig. »Mach die Augen auf!«

Ich starre auf die Karte, bis die Bergspitzen tanzen, aber sonst fällt mir nichts auf. Überhaupt hasse ich es, wenn mir jemand eine Frage stellt, die ich wegen fehlendem Hintergrundwissen nicht beantworten kann. Das sage ich Burgl knallhart. »Weißt du«, sage ich zu ihr, »komm du mal an die Nordsee. Dann stehen wir beide am Strand, ich zeig auf die Wellen und sag zu dir:

›Burgl, was fällt dir auf?‹ Na? Da wirst du mir entgegnen: ›Bonnie, was soll mir schon auffallen! Das ist Wasser, das in Wellen an den Strand schwappt.‹«

Burgl legt den Kopf schief. »So blöd bin ich nicht. Ich würde dir nämlich antworten: Weil der Wind mit Stärke 6 aus Nordnordost bläst, weil beginnende Ebbe ist und gerade ein Frachter in einer Entfernung von einem halben Kilometer Kurs von da nach dort nimmt, musst du mit Wellen in vorliegender Form rechnen.«

Burgl ist immer für eine Überraschung gut. »Alle Achtung!« Ich starre wieder auf die Karte. »Sag schon – was soll ich sehen?«, erkundige ich mich dann.

»Der Pfostendreher hat sich Stellen ausgesucht, an denen jeder ungeübte Wanderer in Schwierigkeiten kommen muss«, sagt sie. »Er hätte hundert andere Möglichkeiten wählen können. Tausend sogar. Solche, bei denen das Pfostendrehen einen Umweg bedeutet, aber keine Gefahr. Beispielsweise. Also kennt er sich aus.«

»Das macht Sinn. Und weiter?«

»Weiter? Wenn ich das wüsste …« Burgl tippt auf die Scheibe, hinter der auf der Karte hohe Gipfel zu erkennen sind. Zum Beispiel: Widderstein, 2533 m. Oder: Rotgundspitze, 2460 m.

»Wenn ich so gemein wäre wie der Pfostendreher, würde ich mir Berge wie diese aussuchen. Und die Wegzeiger in der Nacht zum Trachtenfest verdrehen. Weil die Bergwachtler an den Festtagen auch feiern wollen.« Sie dreht sich zu mir um und lacht. »Aber denk nur nicht, ich sei mit dem Schurken im Bunde!«

»Das nehme ich auch nicht an«, versichere ich ihr. »Aber du hast eine Vermutung, stimmt's?«

Wieder kaut sie auf einer Haarsträhne herum. »Ne. Eine Vermutung ist es nicht. Eher so … also ich habe mir eben überlegt, weshalb sich ein Ortskundiger den Stress antut und durch die Gegend latscht, nur um Pfosten zu verdrehen.«

»Es ist ein junger Mann. So um dreißig soll er sein«, fällt mir ein.

Burgl fährt zusammen und wird ganz weiß um die Kiemen. »Woher weißt du das?«

»Von Heidi und Basti. Es ist also«, fasse ich zusammen, »ein dreißigjähriger Mann aus der Gegend. Aber warum macht er das?«

Burgl zieht die Hosenträger stramm. »Weil ihn der Hass auffrisst.«

»Auf wen?«

Plötzlich schreit sie mich an. »Woher soll ich das wissen?«

»Warum brüllst du mich denn so an, Burgl?« Weil sie nicht antwortet, frage ich weiter: »Hast du deine Überlegungen den Bergwachtlern mitgeteilt?«

»Weißt du was?«, sagt Burgl und wirft dabei den Kopf zurück. »Das überlasse ich dir, Bonnie! Servus bis zum Fest. Da laufen wir uns bestimmt übern Weg.«

Jetzt ärgere ich mich doch wieder über Burgl. Das überlasse ich dir, hat sie gesagt. Also ich soll die Bergwachtler benachrichtigen?! Da hat sich Burgl aber geschnitten. Und überhaupt: Traut sie sich etwa nicht zu den Bergwachtlern? Wo sie ein so freches Mundwerk hat?

Ich stehe immer noch vor der Karte und schaue mir die Berge an. Wie hoch die sind! Welche Gipfel und Zacken sehen für mein norddeutsches Auge eigentlich besonders gefährlich aus? Keine Ahnung – eigentlich scheinen sie mir alle unbezwingbar.

Dann höre ich die Kirchturmuhr und weiß: Jetzt muss ich mich beeilen, sonst komme ich zu spät zum Springenden Gamserl.

Tatsächlich.

Die Männer sitzen schon beim Bier oder beim Apfelschorle oder der Cola, als ich die Gaststube betrete. Heidi ist auch schon da, die ihren Basti abholen will. Es geht nicht anders: Ich muss mich zu ihnen setzen und eine Apfelschorle trinken, obwohl ich am liebsten sofort mit Erwin reden würde. Oder noch besser: mit Erwin, Ludwig und Ede.

Basti und die Männer loben Valerio. Dass der als Nordlicht das Schuhplatteln lernen konnte, ist in ihren Augen ein echtes Wunder. »Könntest fast einer von uns sein«, lobt ihn ein Alter. »Obwohl du aus dem Norden kommst und ein Fischkopp bist.« Er schiebt ihm ein silbernes Döschen zu. »Kannst das haben«, sagt er und lächelt den Val anerkennend an. »Zur Erinnerung ans Schuhplatteln.«

Auf dem Döschen steht *Gletscherprise*. Das ist ein Schnupftabak und echt starker Tobak. Das Nordlicht-Wunder lächelt gequält und rennt aufs Klo. »Das ist der Dünnschiss, Bonnie«, klagt er später und versenkt die *Gletscherprise* in die Tasche von seinem Anorak.

Ich beruhige ihn natürlich. »Komm, nach deinem Auftritt verschwindet der wie nix.«

Mir tut Val fast leid. Weil: Stress schlägt sich bei manchen Leuten voll auf den Magen. Oder den Darm. Und wenn einer Stress hatte, dann garantiert Valerio. Wegen seinem Auftritt als Schuhplattler.

Oben in der Rabennesthütte nehme ich gleich die Karte von der Wand, lege sie auf den Küchentisch und erkläre dem Erwin, was sich Burgl überlegt hat. Zuerst kratzt er sich am Kopf, dann geht er zu Friedls antikem Telefon und spricht lange mit seinem Kollegen, dem Ludwig.

Klar, dass ich neben ihm stehe und mithöre. Eines wird mir klar: Die Männer sind schwer beeindruckt, denn Erwin sagt schließlich: »Ich verlasse mich auf dich, Ludwig. Du setzt dich jetzt gleich mit den Bergwachtlern in Verbindung!«

Friedl hat 'ne Menge Sorgenfalten im Gesicht. Mir scheint auch, dass der Pferdeschwanz grauer geworden ist, obwohl ich mich diesbezüglich täuschen kann. Aber klar, ihr steht wieder eine durchwachte Nacht in Gesellschaft einer einsamen Kerze bevor, und bestimmt denkt sie:

Ist der Pfad recht grausam steil
Kommst ans Ziel nicht immer heil

28. Kapitel

Das Sommerfest – eigentlich heißt es ja Trachten- und Musikkapellenfest – beginnt am Samstag um elf Uhr mit dem traditionellen Böllerschießen. Danach ziehen die Musikkapellen und die Trachtengruppen durch die Straßen. Wenn sie auf dem Marktplatz eintreffen, hält der Bürgermeister eine schöne Rede, dann spielt die Musikkapelle des Orts, und damit ist das Fest eröffnet. Es dauert bis in die Nacht zum Montag, was bedeutet, dass die Läden am Montag geschlossen sind, weil sich die Leute vom anstrengenden Feiern erholen müssen. Das alles haben mir Friedl und Heidi erklärt, damit ich weiß, was an dem Tag auf mich zukommt.

Was niemand von uns wissen konnte: Am Morgen ist der Stadl leer. Bis auf das Heu natürlich. Da fehlt kein Hälmchen. Nur Valerio ist nicht mehr da.

Wir verstehen das nicht. »Und das ausgerechnet an dem Tag, an dem er für den Achim doch schuhplatteln muss«, jammert Heidi.

Friedl ist so sauer, dass ihr's erst mal die Sprache verschlägt. Aber dann legt sie los. »So«, schimpft sie. »Das ist jetzt das dritte und allerletzte Mal, dass der Fischkopp abgehauen ist. Mir reicht's. Jetzt ist er fällig; für den heißt es: Ab nach Hamburg!« Dann zeigt sie mit dem Finger auf mich. »Du weißt was, Bonnie. Gib's zu!«

Ich kann aber nichts zugeben, weil ich wirklich keinen blassen Dunst hab, warum Val verschwunden ist. Wo er steckt. Und warum er an einem so bedeutenden Tag nicht mal einen Zettel mit dem Wanderziel hinterlassen hat, wo das doch zum kleinen Einmaleins der Berge gehört.

Weil mir sein Auftritt als Schuhplattler wichtig ist, untersuche ich den Stadl. Vielleicht entdecke ich ja etwas enorm Wichtiges, was einen Hinweis aufs Abhauen gibt. Es ist dort aber alles wie immer: der Schlafsack liegt im Heu, der Rucksack hängt an einem Haken, die Jeans und Hemden und Pullis liegen auf dem Boden. Ich schau und schau, und schließlich fällt mir zweierlei auf. Erstens: Die dicken Socken sind da, die Wanderstiefel nicht. Zweitens: Der Anorak fehlt.

Das gibt mir zu denken, weil, wenn Val wegen dem Schuhplatteln kalte Füße bekommen hätte, wäre er doch nicht barfuß in Wanderstiefeln und Anorak abgehauen. Zumindest die Jeans hätte er angezogen. Ich meine, wie weit wäre er denn in der Unterhose gekommen???

Das sage ich auch meiner Tante, dem Erwin und der Heidi, wie wir in der Küche unseren Kaffee trinken. Dann fällt mir der Dünnschiss ein. »Mist!«, schreie ich. »Der musste mal, und jetzt liegt er vielleicht ohnmächtig zwischen Häuschen mit Herzchen und Stadl!«

Wir rennen raus. Val liegt nirgends ohnmächtig herum, was einerseits ein Glück ist, aber uns keinen Hinweis gibt. Aber dann sehe ich was Glitzerndes im Gras. Das Döschen *Gletscherbrise*. »Das muss Val aus dem Anorak gefallen sein«, kombiniere ich.

»Oder er hat's absichtlich hingeworfen«, meint Friedl. »Warum bloß?«

Wir schütteln die Köpfe. In der Küche schenkt Heidi eine zweite Runde Kaffee aus. Dann geht die Tür auf – und wer steht da in Wanderstiefeln, Anorak und Unterhose?

»Valerio!«, schreit Heidi und fällt ihm um den Hals.

»He«, sage ich ganz automatisch. »Muss das sein?«

Friedl zieht Val an den Tisch und schiebt ihm die *Gletscherprise* hin. »Wo warst du?«

Was Val dann berichtet, haut uns fast um. Es war nämlich so, dass er wegen Dünnpfiff zum Häuschen musste, weshalb er in seine Stiefel und, weil es nachts hier oben ja so verdammt kalt ist, in den Anorak schlüpft. Wie er wieder Richtung Stadl wankt, hört er Schritte und Steinchen kollern. Er drückt sich an die Häuschenwand und was sieht er? Eine männliche Gestalt mit Rucksack. »Es war wie in der Nacht, als wir …« Ich tret Val ans Schienbein, und im letzten Augenblick kapiert er, dass er uns fast verraten hätte. Er nuschelt was, räuspert sich und sagt: »Der Typ geht an den Brunnen, trinkt, füllt seine Flasche und marschiert weiter. Ich folg ihm, weil ich denk: Das ist der Pfostendreher.«

»Und? War's der Pfostendreher?«, fragt Heidi gespannt.

Val hebt die Schultern. »Keine Ahnung. Kurz vor vier Uhr war es, als ich ihm nachgegangen bin. Da wurde es gerade hell. Der Kerl nahm den Weg zur Mädelegabel hoch, aber weil es immer heller wurde und ich ja schuhplatteln muss, kehrte ich um, bevor er mich entdecken konnte. Allerdings …« Val runzelt die Stirn.

»Allerdings weiß ich nicht mal, ob ich nicht einem ganz harmlosen Typ gefolgt bin. Da stand auf einer kleinen Lichtung eine Hütte, die eindeutig bewohnt ist.«

»Eine Sennhütte?«, fragt Erwin.

Val schüttelt den Kopf. »Eine, die sich Leute aus der Stadt wahrscheinlich als Ferienhütte gekauft haben«, erklärt er. »Mit einem Grill auf der Wiese, wo die Holzkohle noch kokelte. Mit Stühlen und einem Tisch, auf dem Gläser und Teller und jede Menge Flaschen standen.« Val grinst. »Vergangene Nacht hat da 'ne Megaparty stattgefunden!«

»Und der Mann, dem du gefolgt bist, ist in die Hütte gegangen?«, will Friedl wissen.

»Zuerst hat er geprüft, ob in den Flaschen noch was Trinkbares ist. Weil er sich Zeit ließ und ich wie ein Schneider fror, bin ich schließlich zurückgegangen. Ich vermute mal«, sagt Val, »dass der Mann zu den Leuten in der Hütte gehört.«

»Hm.« Ich find es schade, dass er den Pfostendreher nicht auf frischer Tat ertappt hat. »Du hast also ganz umsonst gefroren«, sage ich. »Und aufgefallen ist dir an dem Mann auch nichts, was?«

Val kratzt sich am Kopf. »Nur, dass er eine Mütze und Handschuhe trug. Schwarze Handschuhe. Aber es war ja auch total kalt.«

Heidi hat ihm Kräutertee gekocht und löffelt Honig in den Becher. »Das wärmt«, sagt sie. »Und ist gut gegen den Dünnpfiff.«

Friedl sagt nix mehr von wegen *Ab nach Hamburg*!

Dann müssen wir uns beeilen: Das Trachtenfest! Vals Auftritt als Schuhplattler!

Für den Landgang werfen wir uns in Schale. Friedl trägt ein feines Dirndl mit einer Bluse, bei der meine Mutter wieder »Kinners, die ist unanständig!« sagen würde. Die frisch gewaschenen Haare trägt sie offen und sieht damit um zwanzig Jahre jünger aus. Mindestens. Erwin ist in seinen ledernen Kniebundhosen nicht weniger schick. Zuerst, ich habe das ja schon mal gesagt, fand ich ihn ja ein bisschen komisch; ich meine, bei einem Bullen ist man eben immer misstrauisch. Aber Erwin ist in Ordnung. Als er Friedl das Samtband mit dem silbernen Edelweiß daran um den Hals legt und den Verschluss zumacht ... also da hat auch der Bekloppteste gemerkt, dass er sie wirklich liebt.

Val hat auch schon die Tracht der Schuhplattler an. Leider trägt er dazu seine Adidas, weil Basti noch immer keine Schuhe für ihn auftreiben konnte. Vielleicht schafft er das ja noch. Mir würd es nämlich leidtun, wenn er mit den blöden Adidas schuhplatteln müsste, obwohl mir Val im Grunde genommen ja total egal ist. Oder doch so gut wie ...

Mir muss Heidi ins Dirndl helfen. Zuerst ist sie ganz begeistert, wie schön ich darin ausschaue. Aber als ich dann das Seepferdchen umlege, bekommt sie die Krise. Sie rennt zur Friedl und will, dass mir meine Tante den Kopf zurechtsetzt, aber wer sie kennt, der weiß, dass sie das Unerwartete schätzt. Friedl versteht mich.

Auf dem Weg ins Tal erklärt Friedl, dass am Samstagabend mit dem Tanz auf der Tribüne der absolute Höhepunkt des Festes zu erwarten sei. Davor und danach treten die Volkstanzgruppen auf. Val verzieht natürlich gleich das Gesicht und jammert, er würd' alles vermasseln. Aber sein Dünnschiss ist weg, was ja schon mal gut ist.

Friedl gönnt sich auch ein, zwei Feiertage. Die Rabennesthütte hat sie aber nicht zugesperrt; es ist ja eine Schutzhütte und muss die ganze Sommersaison für Wanderer zugänglich sein. Eine Freundin von ihr, die Aloisia, versieht in unserer Abwesenheit den Hüttendienst. Heute Morgen ist sie heraufgewandert; sie ist ziemlich alt, dürr und sehr zäh. Ich glaube, es gibt nichts, was die Aloisia nicht schafft. Jedenfalls ist sie gleich in den Stadl marschiert, wo sich Val im Schlafsack aufwärmte. »Du bist also der Aushilfsschuhplattler«, hat sie gesagt und sich umgeschaut, ob er auch wirklich allein im Stadl nächtigt. Aloisia kann man nichts vormachen, bei der ist die Hütte in guten Händen.

In Einödsbach steigen wir in den Bus, lassen uns nach Oberstdorf fahren und kommen an, als gerade die Böller krachen.

Was ich da sehe, werde ich nie vergessen:

Die Fußgängerzone ist zu einer engen Gasse geschrumpft, weil links und rechts die Buden stehen. Wie auf dem Weihnachtsmarkt sieht das aus, nur dass es nicht nach Zimt und Glühwein duftet. Die Buden sind natürlich nicht mit Tannenzweigen, sondern mit Birkengrün geschmückt. Statt Engelchen kann man Kuhglocken in allen Größen erstehen, statt Lebkuchen werden Bergkäse, Butter und Quark angeboten. Und Enzian in flüssiger Form. Und Latschenkieferprodukte: Creme und Badezusätze.

Wir schieben uns durch die Menge in Dirndl, Lederhosen oder Wanderkleidung. Eines ist sicher: In einer weißen Jeans und meinem Segelboot-Ringelhemd wäre ich aufgefallen. Fast bedauere ich es, ein Dirndl zu tragen.

Vorm Marktplatz drängt sich eine Menschenmenge um eine riesige Pfanne, unter der ein echtes Feuer brennt. In der Pfanne blubbert und zischt es und der Duft, der mir in die Nase steigt, ist einfach köstlich.

»Schmarrnkochen auf offenem Feuer« steht auf einer Tafel.

Val und ich würden uns gerne eine Portion kaufen, aber Friedl findet das noch zu früh und zieht uns weiter.

Da drängelt sich Basti durch die Menge. »Mensch, wo bleibst denn?«, schreit er Val entgegen. »Solltest schon längst im Springenden Gamserl sein! Letzte Probe, du Blödmann!«

Vor Schreck macht Val einen Satz und rennt dem Basti hinterher.

Die Blaskapelle marschiert durch die Gasse, wir machen ihr Platz und quetschen uns an einen Stand. Plötzlich zieht mich jemand am Blusenärmel. »Bonnie!«

Es ist Burgl, und als ich sie anschaue, werde ich trotz meines gepolsterten BHs grün vor Neid. Heute trägt sie nämlich einen langen feuerroten Rock zu einem schwarzen Mieder mit einem so genial tiefen Ausschnitt, dass meine Mutter nicht mal mehr »Das ist unanständig!« über die Lippen bringen würde – ihr würde glatt die Luft wegbleiben. »Was ist?«

»Hast du meinen Tipp an die Bergwachtler weitergegeben?«, fragt sie und ist ganz aufgeregt.

»Klar hab ich das. Ich hab Erwin informiert; der hat dann mit den Bergwachtlern gesprochen. Weshalb regst du dich so auf?«

»Mir hat jemand gesagt, dass der Pfostenverdreher wieder unterwegs ist.«

»Ne! Wirklich? Wo denn? Und wer hat es dir gesagt?«

»Heute Morgen sind ein paar Jugendliche an der Sennhütten vorbeigekommen, als sie ins Tal wanderten. Sie haben dem Wolfi und mir gesagt, dass sie den Pfostendreher bei frischer Tat beobachtet haben. Leider ist er so schnell abgehauen, dass sie ihm nicht haben folgen können. Sag das dem Erwin, Bonnie!«, drängt sie mich.

»Und wenn es eine Falschmeldung ist?«

»Es ist keine Falschmeldung«, sagt sie hastig. »Kannst später ja den Wolfi fragen; der macht nämlich beim Kuhglockenläuten mit.«

Was Kuhglockenläuten zu bedeuten hat, interessiert mich gerade nicht. »Warum sagst du das nicht selbst Erwin?«, will ich wissen. Ich meine, sie kennt doch Erwin, und auf den Mund gefallen ist sie auch nicht. Aber sie dreht sich einfach um und verschwindet in der Menge. Na so was, denke ich und sehe mich nach Heidi, Friedl und Erwin um. Gerade noch standen wir alle zusammen, jetzt sind sie verschwunden. Ich warte, bis die Blaskapelle weitergezogen ist, aber nun folgen die Trachtler. Durchdrängeln geht fast nicht. Die Leute stehen dicht an dicht und murren, als ich mir mit den Ellbogen Platz schaffe. Verdammt! Wo ist Friedl mit ihrem Erwin? Oder Heidi? Heidi kennt alle Bergwachtler …

Ich quetsche mich hinter die Bude. Da ist Platz zum Weitergehen, aber jetzt sehe ich nur noch Köpfe. Dann höre ich einen Laut, der mir durch Mark und Bein fährt. Einen solchen Ton habe ich noch nie vernommen – die Gasse vibriert richtig! Was ist das?, frage ich mich und stelle mich auf die Zehenspitzen. Das nützt nichts – keine Weitsicht vorhanden. Also boxe ich mich wieder zwischen zwei Buden zur Gasse vor und …

Das ist jetzt nicht wahr, denke ich. Da stehen nämlich drei Männer und zwei Frauen und blasen in riesige gebogene Röhren.

Die sind so lang, dass sie auf dem Pflaster aufliegen. »Die Alphornbläser«, sagt jemand neben mir. »Sieht und hört man nur noch sehr selten.«

Ich jedenfalls sehe und höre sie heute zum ersten Mal in meinem Leben. Wer hat so viel Luft in den Lungen, um sie durch die Röhren zu blasen? Erst nach und nach bemerke ich, dass die Hörner zwar lang, aber doch nicht gleich lang sind. Die Töne, die die Bläser ihnen entlocken, sind gewaltig. Richtig urtümlich. Voll aus der Steinzeit. Familie-Feuerstein-mäßig. Wer hat die Dinger eigentlich erfunden? Und warum? So locker kann man die nämlich nicht mit sich herumtragen.

Die Menschenmassen bewegen sich nicht, ich komme keinen Zentimeter vorwärts. Verdammt, weshalb geht Burgl nicht selbst zur Bergwacht? Sie kennt doch jeden Kerl im Tal … *Der Pfostendreher ist einer, der sich auskennt,* hat sie neulich gesagt. Vielleicht kennt sie ihn gut, will ihn aber nicht verraten? Vielleicht hat sie auf einem Umweg – über mich und Erwin nämlich – die Bergwachtler warnen wollen? Ziemlich raffiniert wäre das. Würde aber den Zweck erfüllen, oder nicht?

Während die Alphornbläser mit aufgeblasenen Backen und knallroten Gesichtern ihr Bestes geben, frage ich mich wieder mal, wieso jemand Leute ins Unglück wandern lässt. Der Mann hat eine Meise, denke ich zuerst. Aber warum hat er eine Meise? Hängt Burgl irgendwie mit drin in der Sache? Hat sie den Mann wegen eines anderen versetzt? Zuzutrauen wäre es ihr. Jetzt ist der sauer und rächt sich auf die total gemeine Art, indem er andere für sein Pech büßen lässt.

Aber wahrscheinlich bin ich auf dem Holzweg.

Für mich ist das Ganze rätselhaft. Ich habe mal eine Geschichte gelesen, da haben Schurken Bojen in der Nordsee versetzt, wodurch Segler auf Grund liefen und, da tagelang dichter Nebel herrschte, nur mit knapper Not und sehr viel Glück dem Tod von der Schippe schwammen.

Zwischen den Sandbänken in der Nordsee verlaufen nämlich Priele, das sind so was wie Flüsse unterm Wasserspiegel, die mit Bojen markiert auch bei Ebbe schiffbar sind. Sitzt man aber auf einer Sandbank fest und zieht obendrein noch ein Sturm auf, ist dem Boot und seiner Besatzung kaum noch zu helfen. In der Geschichte handelte es sich bei den Bojenversetzern um Schmuggler und Spione.

Beim Pfostenverdreher wird es sich kaum um einen Schmuggler oder Spion handeln. Heutzutage doch nicht! Wer würde denn Wegzeiger versetzen, um Käse oder Schokolade zu schmuggeln? Oder Zigaretten oder irgendwelche Drogen? Auf Wegen, die im Sommer viel begangen werden?

Ne. Der Pfostendreher muss einen anderen Grund haben. Nur welchen? Hängt Burgl eben doch irgendwie mit drin in der Geschichte?

Zwischen zwei Kindern hindurch sehe ich auf die Alphornbläser. Jetzt drängelt sich ein Mann dazwischen und versperrt mir die Sicht. Erstens weil er groß ist. Zweitens weil er auch noch einen grünen Filzhut trägt. Mit Feder und Gamsbart. Unwillig ramme ich ihm meinen Ellbogen in die Seite. Er weicht keinen Millimeter. Weil ich nicht gerade groß bin, habe ich schlechte Karten. Ich quetsche mich ein Stückchen weiter, aber wieder steht mir ein Mann im Weg. Er trägt einen tomatenroten Anorak.

Auf dem Rücken steht in großen weißen Buchstaben BERGWACHT. Na bitte!

Ich zupfe ihn am Ärmel. »Sie müssen mir helfen.«

Der Mann wendet sich mir zu. »Worum geht es?«

»Ich habe eine wichtige Nachricht. Sie haben doch bestimmt von dem Typen gehört, der die Wegzeiger verdreht? Ja?«

Der Mann neben mir nickt.

»Jemand hat mir gesagt, er sei wieder unterwegs. Ich meine, das sollte die Bergwacht wissen.«

Der Mann schaut mich an. Er zwinkert nicht, in seinem Gesicht regt sich überhaupt nichts.

»Hallo! Haben Sie mich verstanden?«, hake ich nach, weil mich sein Schweigen nervt.

»Ich überlege gerade«, sagt der Bergwachtler, »ob du dich wichtig machen möchtest? Oder ob ich dich ernst nehmen soll.«

Da hört doch alles auf! Ich hole tief Luft –

»Von wem hast du die Information?«, will er wissen und mustert mich.

»Von einer Einheimischen«, antworte ich. Der Mann ist höchstens Mitte zwanzig und hat unwahrscheinlich blaue Augen – sie nehmen es mit jedem Nordlichtblau auf!

Die Alphornbläser tuten in ihre gebogenen Röhren, dass mir das Trommelfell zittert. »Sie müssen etwas unternehmen!«, dränge ich ihn.

»Der Name der Einheimischen?«, forscht er ungerührt weiter.

Die Frage bringt mich in die Zwickmühle. Weil: Zusammen mit ihrer Mutter betreibt Burgl eine Pension namens *Zum wilden Mandl*. Das ist eine einwandfreie Sache; dass Burgl aber ein stadtbekanntes Luder ist, macht sie nicht unbedingt vertrauenswürdig. Doch das ist nicht mein Problem. Meine Aufgabe ist, dass die Info an die richtige Adresse kommt. »Die Info hab ich von Burgl.«

Der Mann mit den blauen Augen stutzt. »Von der Burgl?«, wiederholt er. »Ja dann …« Er legt kurz seine Hand auf meine Schulter und – bedankt sich! Er bedankt sich bei mir! »Gut gemacht. Wie heißt du? Wo wohnst du?«

»Ich heiße Bonnie und wohne bei meiner Tante Friederike auf der Rabennesthütte.«

Er nickt, dann schlängelt er sich durch die Menschen hindurch.

Puh! Endlich kann ich den Tag genießen!

Nachdem die Alphornbläser ihr Tuten beendet haben, spielt eine Kapelle etliche Volkslieder. Und dann kommt der spannende Moment: Ein Mann sagt den Schuhplattler an!

Ich drängle mich bis zur Plattform vor und seh Heidi und Friedl mit ihrem Erwin. Wie ein Aal winde ich mich an ihre Seite. »Da seid ihr ja!« Ich bin richtig erleichtert. In diesem Augenblick zupft mich jemand am Ärmel. Wolfi! Burgls Bruder grinst und lässt die mit rosa Alpenrosen bestickten Hosenträger schnalzen. »Muss doch sehen, ob ein Fischkopp tatsächlich schuhplatteln kann!«

Da steigen auch schon die Leute in ihren Trachten das Treppchen hinauf. Ich sehe Basti. Und dann ein Hutzelmännchen – das ist Gustl, der mit seinem Jeep die Frischwaren zur Rabennesthütte hinauftransportiert! Kann der noch schuhplatteln? In seinem Alter? Dann sehe ich den Hamburger Fischkopp Valerio. Seite an Seite mit einer jungen schicken Frau! Also damit hab ich ja nicht gerechnet! Dass er eine Tanzpartnerin hat! Dass er mir das verschwiegen hat!

Ich stoße Heidi den Ellbogen in die Seite. »Wer ist die Frau neben Valerio?«

»Achims Freundin«, sagt sie sofort. »Die Paula. Mach dir keinen Stress, Bonnie. Paula ist in Ordnung.«

Ich knurre ein bisschen.

»Hättest es lieber gehabt, wenn Val mit einer Dicken hätte tanzen müssen?«, fragt sie noch, dann winkt sie und wirft ihrem Basti eine Kusshand zu.

Der hat uns nämlich entdeckt und schwenkt seinen Hut. Val schaut stur geradeaus. Dass er aufgeregt ist, sieht ein Blinder, und da – jetzt stolpert er auch noch!

Mist! Das kann nicht gut gehen! Ich wische meine Hände an der Dirndlschürze ab, dann drücke ich Val beide Daumen. Der Junge ist mir natürlich megaegal, aber wenn er den Tanz versaut, heißt es natürlich: Klar, war ja von einem Fischkopp nicht anders zu erwarten.

Im Grunde genommen drücke ich für Val und alle Plattler die Daumen.

Jetzt spielt einer auf seiner riesigen Ziehharmonika eine schwungvolle Weise, die richtig in die Beine geht.

Zuerst drehen sich die Paare, dann treten die Männer in den Kreis und platteln. Mein lieber Herr Gesangsverein – das hat was! Da darf sich keiner auf den falschen Schenkel oder auf die falsche Sohle schlagen – das sieht der Zuschauer!

Ich halte den Atem an und die Daumen fest. Jetzt gehen die Männer in die Hocke, jetzt springen sie auf, jetzt schlenkern sie die Beine – und da erst sehe ich es: Val hat als Einziger Adidas Turnschuhe an.

Heidi stöhnt auf. »Hat der Basti also keine passenden Schuhe für ihn gefunden …«

Während die Männer ihren wilden Tanz vollführen, drehen sich die Frauen im Kreis und tun völlig unbeteiligt. Gerade so, als gingen sie ihre Partner nichts an. Aber das täuscht, denn jetzt wird die Musik langsamer, die Männer schlagen ein letztes Mal mit der rechten Hand von vorn auf die linke Schuhsohle, dann mit der linken Hand auf den linken Schenkel, stampfen auf, dass die hölzerne Plattform wackelt, werfen die Hüte in die Luft, jodeln, dass sich mir die Haare sträuben, und treten aus dem inneren Kreis zu ihren Partnerinnen zurück.

»Bravo!«, brüllt die Menge. »Bravo!«

Heidi fällt mir um den Hals. »Sie haben's geschafft! Bonnie, sie haben sich nicht blamiert, unsere beiden!«

Der Tanz ist aber noch nicht vorbei – jetzt folgen ein paar schwungvolle Kreisel, sodass sich die Röcke der Frauen wie riesige Teller drehen und jeder die weißen, in komplizierten Mustern gestrickten Strümpfe sieht. Die spitzenbesetzten Unterhosen und Unterröcke natürlich auch. Aber dann ist endgültig Schluss. Die Ziehharmonika gibt einen letzten Quietscher von sich, die Männer sinken aufs Knie, die Frauen knicksen. Die Menge klatscht wie wild.

»Zu-ga-be!«, brüllen die Leute. Ich winke Val mit beiden Armen und bin ein bisschen stolz auf den Fischkopp, schließlich ist er nicht aus dem Takt gekommen und auch nicht mehr als einmal gestolpert. Und bei dem wilden Tanz hat er nicht mal den Hut verloren! Das als Aushilfsschuhplattler aus dem hohen Norden! Das soll ihm mal einer nachmachen. Ich bin hin und weg und reime den Kalenderspruch des Tages:

Wenn dem Plattler-Val der Tanz gelingt
Bonnie laut vor Freude singt

29. Kapitel

Es gibt keine Zugabe. Die Männer sind fertig. Erledigt. Brauchen ihr Bier oder ihr Spezi.

Ich will vor zu Val, aber Heidi hält mich zurück. »Keine Sorge; die finden uns.«

Erwin erklärt mir, dass der Schuhplattler früher so was wie ein Balztanz war. Weil: Als die Altersversorgung noch nicht erfunden war, mussten sich die Kinder um ihre betagten Eltern kümmern. Also brauchte die Frau einen fitten Mann, um eine Menge Kinder zu bekommen, damit ihre und auch seine Altersversorgung gesichert war. Wenn ein Mann den Schuhplattler so richtig zünftig durchhalten konnte, war er fit und kräftig – ein Schwächling hatte da echt schlechte Karten. Während sich also die Frauen gemächlich im Kreis drehten, konnten sie die Männer in aller Ruhe beobachten. Und einschätzen.

»Natürlich«, sagt der Erwin, »spielte bei der Wahl des Mannes auch die Größe des Hofs und die Zahl der Wiesen und Kühe eine Rolle. Aber bittschön – auch für die Stallarbeit braucht's einen starken Mann.«

Hm. »Das war aber einseitig«, sage ich dem Erwin. »Dass der

Mann fit und stark sein musste, kapiere ich ja. Aber was nützt einem starken Mann eine schwache Frau?«

Meine Tante lacht. »Das siehst du ganz richtig, Bonnie! Glaub mir, auch die Männer haben ihre Augen aufgemacht!«

Wir können uns nicht weiter über das interessante Thema unterhalten, weil die nächste Blaskapelle aufs Podium steigt und ihr Bestes gibt.

Mir geht das Thema aber nicht aus dem Kopf. Erstens verstehe ich ja, dass die Arbeit auf einem Hof nur ein kräftiger Mensch bewältigen kann.

Aber es gibt nun mal schwächere Menschen; was war mit ihnen?

Und, der wichtigste Gedanke überhaupt: Was war mit der Liebe? Kann man jemanden heiraten, nur weil er dicke Muckis hat, aber sonst ein fieser Kerl ist? Was mich wieder zum Pfostenverdreher bringt. Das muss ein fitter Mensch sein, sonst könnte er nämlich nicht unentwegt in den Bergen herumwandern. Aber fies ist er auch, denn wer schickt schon unbekannte und harmlose Leute in die Irre?

»Erwin, Wolfi und Burgl haben gesagt, der Pfostendreher sei wieder unterwegs. Zufällig stand ich neben einem von der Bergwacht und hab es ihm ausgerichtet.«

Der Erwin erschrickt. »Warum hast mir das nicht gleich gesagt, Wolfi? Wo ist die Burgl?«

»Keine Ahnung. Sie ist in der Menge untergetaucht.«

Erwin drückt meiner Tante einen Kuss auf die Backe, sagt: »Pass auf die Mädels auf« und ist weg. Untergetaucht wie Burgl.

»Einmal Bulle, immer Bulle. Selbst in den Ferien und am Feiertag«, stellt Heidi fest. Mir tut meine Tante leid, aber klar: Sie liebt Erwin und nimmt dessen Job in Kauf.

Wir lassen uns von der Menge weiterschieben. Ganz kurz entdecke ich Burgl am Arm des alten Knackers mit den grauen Haaren, dann drängeln sich zwei Paare in die Lücke, sodass ich ihr nicht mal etwas zurufen kann.

Als unsere Jungs schließlich zu uns stoßen, essen wir erst mal eine Portion Schmarrn. Mit einer dicken Schicht Puderzucker obenauf und einem super Apfelmus als Beilage. Ich hätte locker eine zweite Portion vertragen, aber es ist Zeit für die nächste Attraktion: das Kuhschellengeläut!

Dass das niemand falsch versteht: Auf der hölzernen Tribüne stehen keine Kühe in Reih und Glied – es sind Wolfi und seine Kumpels. Lauter kräftige Einheimische in altmodischer Tracht halten Kuhglocken in den Händen. Die Glocken sind unterschiedlich groß, was bedeutet, dass sie auch unterschiedliche Töne erzeugen. So. Einer fängt an, der zweite folgt … und schließlich bimmeln sie sich durch ein Wanderlied.

Voll der Wahnsinn, wie ernsthaft Wolfi und die Männer ihre Glocke schwingen! Sie schaffen das Lied, ohne sich zu verbimmeln, und als die Menge vor Begeisterung tobt, wischen sie sich den Schweiß mit riesigen Tüchern von der Stirn.

Danach gehen wir kurz in eine Scheune, wo das Bauerntheater ein Stück aufführt, das »Der heilige Wigbert« heißt. Wigbert, Walburga – Namen gibt es hier in den Bergen, die findest du nirgendwo sonst. In der Scheune ist die Luft so dumpf, dass wir vorzeitig ins Freie flüchten.

Den ganzen Nachmittag lang sehen und hören wir nichts mehr von Friedls Erwin. Als es dann gegen neun Uhr am Abend dämmerig wird und alle Leute in die Richtung des Biergartens rund um die Tribüne strömen und er noch immer nicht da ist, suchen wir uns einen Platz auf den vordersten Bänken, damit er uns gleich sieht, wenn er kommt.

Farbige Lichterketten beleuchten den Tanzboden. Die Musikkapelle spielt, Basti klopft mit dem Fuß den Takt, ein paar Vortänzer machen den Anfang – dann hält es Basti nicht mehr aus. Er zieht Heidi von der Bank und das Treppchen hoch und wirbelt sie herum, dass ihre Zöpfe fliegen.

Im Nu ist die Tribüne voller Leute. Friedl stößt Valerio an. »Na, was ist? Warum forderst du mich nicht auf?«

»Ich habe nichts dagegen, wenn du mit meiner Tante tanzt«, sage ich hochnäsig. »Nur zu! Aber tret ihr nicht die Füße kaputt; die braucht sie noch!«

Damit hab ich ja echt nicht gerechnet, aber Friedl zieht Val hoch und schleppt ihn auf die Tanzfläche. Er ist so verdutzt, dass er ihr einfach hinterherstolpert. Holla, denke ich, meine Tante lässt aber auch überhaupt nix aus!

Plötzlich steht Wolfi vor mir. »Magst mit mir tanzen?«

»Mit dir? Na klar!« Na ja, mit dem Tanzen ist es nicht weit her; wir schieben so auf den Brettern herum. Unterhalten können wir uns auch nicht, weil die Musik dröhnt und wir von den anderen Paaren immer rumgeschubst werden.

Heidi und Basti tanzen neben uns, Friedl und Val sehe ich auch in der Menge. Da drängelt sich jemand an mir vorbei – es ist Burgl, die Basti abklatscht. Das glaube ich jetzt nicht …

Basti lässt seine Heidi stehen und legt Burgl die Arme um den Hals. Voll der Wahnsinn. Burgl zieht Basti ganz eng an sich und bettet ihre Wange an seine Wange, und weil die Musik gerade ein langsames Stück spielt, treten sie eigentlich nur von einem Bein aufs andere.

Und dann … dann hebt Burgl den Kopf, schaut sich um und küsst Basti voll auf den Mund. So richtig demonstrativ tut sie das und ich denke: Das ist echt der Wahnsinn! »Hast du gesehen, was deine Schwester gerade getan hat?«, frage ich Wolfi.

Da wirft sich Heidi zwischen die beiden und reißt Burgl vom Hals ihres Basti. Dann knallt eine Ohrfeige. Und noch eine. Basti steht da wie belämmert und ich denke: Alle Achtung, Heidi! An deiner Stelle hätte ich es genauso gemacht!

Heidi brüllt Burgl an: »Du Miststück!« Dann stößt sie Basti mit aller Wucht beiseite.

Der stolpert und wäre gefallen, wenn ihn nicht ein Tänzer aufgefangen und mit beiden Händen gehalten hätte. Und da – da sehe ich, dass eben dieser Tänzer überm Mittelfinger der linken Hand eine schwarze Kappe trägt.

Vor Schreck bleibe ich zuerst stehen, dann flüstere ich Wolfi ins Ohr: »Kennst den Mann da drüben?«

»Ne. Nicht direkt. Ich mein aber, dass der seit Jahren Gast im *Wilden Mandl* ist, der Pension meiner Mutter«, antwortet er. »Warum fragst du?«

Statt Wolfi zu antworten, schaue ich ihm über die Schulter und präge mir das Aussehen des Mannes ein: Er ist garantiert noch keine dreißig, ziemlich groß und hat mittelblondes Haar. Sieht absolut durchtrainiert und kräftig aus und trägt die Kleidung, die fast alle Männer tragen: Wadenstrümpfe, lederne Kniebundhosen mit Hosenträgern, kariertes Hemd. Dazu einen grünen Filzhut mit Feder und Gamsbart. Bei uns in Hamburg würde er auffallen wie eine Matschgurke in einer Tüte voller Äpfel der Sorte 1A. Hier sticht er aus der Menge überhaupt nicht heraus. Das einzig Auffällige ist die Kappe überm Mittelfinger; wenn er allerdings die Hand in die Hosentasche schiebt, ist selbst das einzig Auffällige verschwunden.

Heidi schiebt sich durch die Tanzenden; einige lachen schadenfroh. »Dem hast's aber gegeben«, sagt jemand. Heidis Gesicht ist rot vor Wut. Burgl, die noch ganz in meiner Nähe steht, lacht bloß und klatscht einfach einen anderen ab. Die hat vielleicht Nerven!

Was soll ich tun? Meine Gedanken rasen ... ich lasse den Mann mit der schwarzen Fingerkappe nicht aus den Augen. Er tanzt gerade mit einer dicken Frau, die ein dunkelblaues Dirndl trägt. Verdammt, wo ist Friedl? Und Val?

Da gibt mir Burgl mit den Augen ein Zeichen. Ich täusch mich da nicht, nämlich: Sie hebt die Augenbrauen und dreht den Kopf in die Richtung des Fingerkappenträgers.

Ich kneife ein Auge zu: Das ist der Mann, was?

Sie nickt. Ich nicke auch. Dann schubse ich Wolfi in Burgls Richtung. Das fällt nicht auf, weil wir im Gewühle ja dauernd rumgeschubst werden.

»Der Große?«

Burgl nickt.

»Du kennst ihn? Wie heißt er?«

Burgl hebt die Schultern.

»Was? Du kennst ihn nicht? Das glaube ich dir nicht.«

»Sag mal«, will Wolfi wissen, »ist das nicht der, der im Wilden Mandl für Stress gesorgt hat?«

Burgl klatscht Wolfi ab. Wie sie ihre Arme um den Hals ihres Bruders legt, flüstert sie mir zu: »Bleib an dem Großen dran!«

»Warum bleibst nicht du an ihm dran?«, protestiere ich. Immer diese Wünsche der Burgl – zum Wahnsinnigwerden!

Da hat der Große Burgl erspäht. Er lässt seine Partnerin stehen und klatscht Wolfi ab. Und Burgl? Die funkelt ihn wütend an, dreht sich um, packt Wolfi am Arm und verschwindet mit ihm zwischen den Tanzenden.

Aha. Dachte ich's mir doch: Burgl hängt also in der Sache mit drin.

Da stößt mich jemand in die Rippen. »Basti!«

In diesem Augenblick hört die Kapelle zu spielen auf; der Tanz ist zu Ende. Die einen warten auf den nächsten, aber viele drängeln sich zum Treppchen oder hüpfen einfach über das Geländer, das sich um den Tanzboden herumzieht.

Ich halte Basti fest und lasse den Fingerkappenträger nicht aus den Augen. »Wo ist Val? Und Friedl?«

»Hilf mir, Bonnie! Die Heidi hat das total falsch verstanden! Sie –«

»Später! Da drüben – siehst du den Großen? Das ist der Pfostenverdreher!«

»Woher willst du das wissen?«

»Ist das nicht der Mann, der vorm Heustadl Brotzeit gemacht hat? Er trägt überm Mittelfinger eine schwarze Kappe«, erkläre ich ihm hastig. »Beobachte ihn! Ich suche die anderen!«

Ich entdecke Friedl, die sich mit einem Mann unterhält. Da schiebt sich Val durch die Menge. »Bonnie! Dich suche ich!«

» Du kommst gerade recht. Der Pfostendreher ist hier! Basti passt auf ihn auf!«

»Ich hab mein Handy dabei«, sagt Val geistesgegenwärtig.

»Super! Tipp die 110 ein.«

Ich will Basti und den Großen beobachten, deshalb ziehe ich Val am Ärmel weiter. Der holt das Handy aus der Tasche, sieht den Großen, stutzt – und sagt: »Ich glaub's nicht! Da tanzt der Kerl, dem ich heut früh nachgegangen bin!«

Ich drängle: »Ruf endlich die Polizei an!«

Val ist ganz aufgeregt, als er ins Handy spricht: »Heute Morgen hab ich den Pfostenverdreher unterhalb der Mädelegabel gesehen! Jetzt ist er hier! Auf dem Festplatz! Gerade geht er mit einer Frau in Richtung Biergarten. Jetzt bleiben beide stehen und schauen sich um … sie haben einen Tisch in … in der vierten Reihe entdeckt. Da sind Plätze frei. Sie gehen zu dem Tisch. Sie setzen sich auf die Bank. Sie müssen kommen! Ihn festnehmen! … Wie bitte? Wie Sie mich erkennen?« Val schaut mich hilflos an.

Das ist wieder mal typisch. Der Junge hat keinen blassen Schimmer, wie er sich beschreiben soll. »Sag ihm, er soll nach mir Ausschau halten! Hellblonde Wikingerhaare, orange-rotes Dirndl. Ich stelle mich ans Treppchen vom Tanzboden!«

Val nickt dankbar. »Meine Freundin ist auffälliger als ich …« Brav wiederholt er, was ich ihm sagte. Ich stelle mich ans Treppchen und glaub es nicht – was habe ich gerade gehört? Ich soll Vals Freundin sein? Ha! Da habe ich aber auch ein Wörtchen mitzureden!

Von der obersten Treppenstufe aus habe ich das Geschehen voll im Blick. Jetzt gerade stemmen der Pfostendreher und seine Begleitung die Bierkrüge, die Kapelle beginnt wieder zu spielen, ich sehe Basti, Wolfi und den Fischkopp, der gerade behauptet hat, ich sei seine Freundin. Dann denke ich, dass die Behauptung im Augenblick schietegal ist, weil es jetzt gleich dem Pfostendreher an den Kragen gehen wird. Sobald der aber Richtung Polizeiwache abgeführt wird, nehme ich mir Valerio Reitenbach vor!

Auf einmal habe ich einen langen roten Rock plus schwarzem Mieder im Blickfeld – Burgl. Mit einem Sprung bin ich unten und steh neben ihr. »Gib's zu, Burgl! Du kennst den Namen des Pfostendrehers.«

Sie ist flink, aber ich stehe nicht umsonst im Tor meiner Fußballmannschaft. Ich bin sagenhaft reaktionsschnell und halte sie fest, bevor sie noch den ersten Schritt macht. »Wie heißt er?«

Burgl ist aber kräftiger als ich und hätte sich losreißen können, wenn mir nicht – unfassbar – Heidi zu Hilfe gekommen wäre.

»Da schau! Die Burgl!«, schnaubt sie verächtlich. »Hat sie sich auch an deinen Val rangeschmissen?«

Da kann ich Burgl nicht mehr halten – sie will davonrennen, aber wieder kommt mir mein Fußballtraining zu Hilfe: Ich stelle ihr ein Bein, sie stolpert und wäre gefallen, wenn Heidi sie nicht gehalten hätte. Zum Glück sind so viele Leute um uns herum, dass der Wirbel, den wir veranstalten, nicht weiter auffällt. Am Ende hätte der Pfostendreher uns gesehen, Burgl erkannt – und was dann hätte passieren können, möchte ich mir nicht ausmalen.

Tatsache ist, dass wir, Heidi und ich, Burgl festhalten. Ich, weil ich wissen will, wie der Große heißt. Heidi ist der Pfostendreher egal. Am liebsten würde sie Burgl an die Gurgl gehen – ich seh ihr das an der Nasenspitze an.

Klar, Burgl kümmert sich nicht darum, wer mit wem befreundet ist. Das ist echt fies; andererseits haben wir es auch ihr und Wolfi zu verdanken, wenn der Pfostendreher gefasst wird. Der in der vierten Reihe auf der Bank sitzt und genüsslich sein Bier trinkt. Und dabei den Arm um seine dicke Begleitung legt. An nichts Böses denkt und nicht sieht, dass ich ihn nicht aus den Augen lasse.

Oder wenn, dann nur einen kurzen Augenblick. So wie jetzt, weil mir jemand die Hand auf die Schulter legt. »Was soll das?«, fauche ich den Mann an.

»Hellblonde Haare, orangerotes Dirndl«, sagt er. »Dein Freund hat uns angerufen.«

So so. Mein Freund hat ihn angerufen – wie das, wo ich keinen Freund habe? Ich kratze mich an der Nase, weil: Der Mann trägt keine Uniform. »Sie sind aber doch kein Polizist!«, protestiere ich.

»Mensch, Bruno«, schaltet sich Burgl ein. »Fesch siehst heut aus!«

Aha. »Er ist tatsächlich ein Polizist?«, frage ich zur Sicherheit.

Burgl grinst und nickt.

»Normalerweise geht Bruno in Kempten auf Streife, aber heute ist er wohl zur Vertretung in Oberstdorf. Hab ich recht?« Burgl legt Bruno die Hand auf den Arm.

Bruno grinst die Burgl richtig liebevoll an. »Bist eben ein helles Madl, Burgl. Also, was gibt's?«, erkundigt er sich.

»Burgl hat den Pfostenverdreher erkannt«, antworte ich schnell. »Er trägt eine schwarze Kappe überm Mittelfinger der rechten Hand. Dort drüben sitzt er.«

»Stimmt das, Burgl? Du kennst den Mann?«

Sie nickt.

»Aber woher willst wissen, dass er der Gesuchte ist?« Klar, das ist die wichtigste Frage überhaupt. »Hast ihn gesehen, wie er einen Pfosten verdreht hat?«

Burgl schüttelt den Kopf.

»Ja mei …«

Aber Heidi und Basti haben ihn ja gesehen, als er vor dem Stadl Brotzeit machte. »Heidi! Warum sagst du nichts?«

Heidi schnaubt nur und zeigt auf Burgl. »Es reicht doch, wenn die ihn gesehen hat!«

Wenn Heidi wegen Burgl zickt, muss Basti her. Aber der steht nicht bei uns, weil er ja den Fingerkappenbesitzer nicht aus den Augen lässt. Und Val kann nur sagen, dass er ihn vor einer Hütte unterhalb der Mädelegabel gesehen hat. Heute früh, so gegen fünf Uhr oder ein bißchen später.

Vielleicht kann uns ja Friedl helfen? Vielleicht hat sie eine Idee? Sie sitzt am Tisch in der vordersten Reihe, ich winke ihr, und gerade als ich ihr winke, schiebt sich eine Gruppe von Jungs und Mädchen auf der Suche nach freien Plätzen zwischen den Tischen durch. Sie sind in meinem Alter oder etwas darüber, sie lachen und kreischen, auf einmal hält einer ein Mädchen fest, sie tuscheln, sie winken die anderen herbei, stecken die Köpfe zusammen – und plötzlich stürzt sich die ganze Meute brüllend auf den Pfostenverdreher: »Du bist's! Dich haben wir heute früh gesehen!«

Mit einem Satz, jedenfalls kommt es mir so vor, ist Bruno, der Bulle, zwischen den Jungs und Mädchen … und bis meine Tante zu mir stößt und wissen will, was der ganze Aufruhr denn soll, führt Bruno den Pfostendreher ab, und alles ist vorbei: Die Gefahr für die Wanderer, die Aufregungen und die vielen Fragen, die wir uns gestellt haben.

»Mann, das ging ja ruckzuck«, findet Val und will's nicht glauben, dass wir beide, Heidi und ihr Basti, Wolfi und Burgl die Festnahme maßgeblich beeinflusst haben.

Das Komische ist, dass Heidi, Basti sowie Wolfi und Burgl auf einmal spurlos verschwunden sind.

Der Pfostendreher war 'ne Plag
Doch ausgespielt er hat am End vom Tag

30. Kapitel

Weil der nicht uniformierte Bruno den Kerl sozusagen inkognito abführen konnte und die meisten Leute sowieso mit Essen, Trinken oder Tanzen beschäftigt sind, hält sich die Zahl der Zuschauer in Grenzen. Friedl, Val und ich laden die Jungs und Mädchen zu uns an den Tisch ein. Wie immer kommt Friedl sofort zur Sache. »Wo habt ihr den Mann gesehen? Und wann? Warum fiel er euch auf?«

»Meine Eltern«, sagt einer der Jungs, »haben unterhalb der Mädelegabel eine Hütte. Wegen dem großen Trachten- und Musikfest hab ich meine Freunde fürs Wochenende eingeladen –«

Ein Mädchen stößt ihn an. »Was ist mit deinen Freundinnen?«

»– meine Freundinnen und Freunde eingeladen«, verbessert er sich. »Heute früh wache ich auf, weil jemand hämmert. Ganz in der Nähe war das. Wie Holzfällen hat es sich nicht angehört, also bin ich aufgestanden. Für das, was um unser Grundstück herum abgeht, fühle ich mich nämlich verantwortlich.«

»Weil«, fällt ihm das Mädchen ins Wort, »sein Pa der Besitzer der Hütte ist.« Klar, das wissen wir ja schon.

Der Junge berichtet weiter: »Ich hab von dem Kerl gehört, der hier in der Gegend den Unfug anstellt. Schleich mich an –«

»– und ich! Ich war nämlich dabei«, macht sich das Mädchen wieder wichtig.

»– wir schleichen uns an. Der Typ packt gerade den Hammer in den Rucksack, dabei sehe ich die schwarze Kappe über dem einen Finger. Ich ruf: ›He! Was soll das?‹ Aber statt einer Antwort schnappt sich der Mann den Rucksack und haut ab – so schnell hab ich noch nie jemand rennen sehen.«

»Ich auch nicht«, bestätigt das Mädchen.

»Aber ihr kennt ihn nicht?«, will Friedl wissen.

Die zwei und alle anderen auch schütteln die Köpfe.

»Was war mit dem Wegzeiger?«, erkundigt sich Val.

»Der ist fest einbetoniert. Aber der Kerl hat zwei der Schilder abgeschraubt und vertauscht. Das Ganze war ein Witz.«

»Warum?«

»Weil die Gegend völlig ungefährlich ist. Wiesen, Weiden, Wald. Fels und Geröll kommen erst später. Ein Wanderer hätte sich nur einen Umweg eingehandelt.«

Plötzlich stöhnt Friedl auf. »Kein Wunder, dass Erwin und die Bergwachtler noch nicht hier sind! Die untersuchen natürlich die Wegzeiger, die an wirklich gefährlichen Stellen stehen! Na, auf die Männer können wir noch lange warten!«

Die Jungs bleiben mit ihren Mädchen noch eine Weile sitzen, dann verziehen sie sich. Ich mache mir Sorgen um Heidi. Sie ist und bleibt verschwunden. Von Basti oder Burgl sehe ich auch nichts.

Ich werde immer unruhiger, und jetzt nerven mich auch die

Musik und die vielen Leute. Und der Geruch von heißem Leberkäs, von Würstln, von Schweinsbraten mit Kraut und Klößen. »Heidi«, sage ich zu Val und meiner Tante. »Ich muss unbedingt Heidi suchen.« Bevor Val mir folgen kann, tauche ich in der Menge unter. Ich will Val jetzt gerade nicht sehen; wie kann der Döspaddel behaupten, ich sei seine Freundin? Darüber mache ich mir so meine Gedanken …

Eigentlich ist es ja aussichtslos, Heidi in diesem Gewühle entdecken zu wollen. Ziellos schiebe ich mich durch die Menschen hindurch. Bis mir einfällt, dass sie ja nach Hause gegangen sein könnte. Ich weiß aber nur, dass das Haus ihrer Eltern am Ortsrand steht. Also schlage ich diese Richtung ein. Je weiter ich mich vom Festplatz entferne, desto weniger Menschen begegne ich. Längst ist es dunkel, ich renne fast und komme außer Atem, aber das macht mir nichts. Dann höre ich hinter mir schnelle Schritte, ich biege um eine Ecke und drücke mich vorsichtshalber an eine Hecke. Die Schritte werden langsamer. »Bonnie?«, höre ich Vals Stimme. »Bonnie, ich bin's!«

Im Licht einer Straßenlaterne sehe ich den Kerl, der behauptet, er sei mein Freund. »He!«, schreie ich Val an. »Seit wann bin ich deine Freundin?«

»I… ich«, stottert Val. »Also ich hab dir doch gesagt, dass du mir nicht egal bist, Bonnie.«

»Na und? Was bedeutet das schon! Der Pfostendreher war mir auch nicht egal.«

Val schnappt nach Luft. »Na hör mal! Das ist doch ganz was anderes«, brüllt er plötzlich. »Hab ich dir nicht gesagt, dass ich deinetwegen die Mäuse erdulde? Mensch, Bonnie! Was soll ich denn noch tun, um dir .... damit du ... ich meine ... « Er dreht sich um. »Weißt du was? Du bist einfach eine blöde Kuh! Du kannst mich mal!«

»Und du rennst immer davon oder brüllst mich an! Genau wie dein blöder Vater bist du! Immer mit dem Kopf durch die Wand!«

Val kommt zurück. »Sag das nicht noch einmal.«

»Das sag ich wann und so oft ich will«, fauche ich ihn an.

»Jetzt brüllst du auch.«

»Tu ich nicht. Ich bin vielleicht ein bisschen lauter als sonst, aber das ist wohl nötig, weil du sonst nix kapierst.«

»Und was, bittschön, soll ich kapieren?«

Mist! Das ist jetzt blöd gelaufen. Ganz blöd sogar, weil: Soll ich dem Fischkopp etwa mitteilen, dass er mir auch nicht komplett egal ist?

Valerio wartet. Ich schaue auf den Boden. Und in den Himmel hinauf und wünsch mich ... egal wohin, ich wünsche mich einfach nur weg. Aber eigentlich wünsche ich mir ganz was anderes. Aber das bringe ich nicht über die Lippen. Nie im Leben! Dabei versagt mir die Stimme!

»Soll ich vielleicht kapieren, dass ich dir auch nicht komplett egal bin?«, fragt Val und schreit dabei kein bisschen. »Wäre doch möglich, oder nicht?«

Ich schleudere meine wikingerblonden Haare nach hinten. »Und wenn schon.«

»Aha. Dann sag es doch, Bonnie.«

»Was willst du hören?«

»Dass ich dir nicht egal bin.«

»Ist das wichtig?«

»Für mich schon«, sagt Val und greift nach meiner Hand.

Hm. Na ja, wenn's dem Fischkopp wichtig ist und wenn's ihm die Nächte mit den Mäusen versüßt …

Auf einmal klopft mein Herz wie wild. Und ich sehe überhaupt nichts mehr – keine Straße, kein Haus mit Blumenkästen vor den Fenstern, keinen Himmel und schon gar keine Sterne. Ich sehe nur noch Vals Augen. Und seinen Mund. »Wenn's dir wichtig ist … Also so ganz total egal bist du mir nicht, Val«, sage ich leise.

»Mensch, Bonnie!« Im Nu schlingen sich Vals Arme um meinen Hals, und was dann noch geschieht … also das, meine ich, geht nur uns beide was an.

Jedenfalls küssen wir uns eine Weile. Wenn es nach Val gegangen wäre, hätten wir uns bis zum Morgengrauen geküsst. Aber irgendwann mal hab ich dann an Heidi und Basti gedacht. Weil ich mir wünschte, den beiden ginge es so supergut wie mir.

»Wir müssen Heidi suchen.« Das flüstere ich in Vals Ohr, obwohl weit und breit kein Mensch zu sehen ist.

»Klar. Aber doch nicht jetzt sofort?« Weil er mich einfach nicht loslässt, kuschle ich mich wieder in seine Arme.

»Das ist schön«, haucht er. »Das hab ich mir schon seit Wochen gewünscht.«

»Warum hast du nicht den Mund aufgemacht?«

Val lacht ganz leise. »Du hättest mich doch nur ausgelacht. Und gesagt, ich sei ein Döspaddel.«

Ich schlucke. »Stimmt genau. Aber hätte ich vielleicht dir sagen sollen, dass ich mich schon auf dem Schulhof fast in dich verliebt hatte? Da hättest du mich ausgelacht, Val!«

»Red nicht so viel«, flüstert Val und küsst mich wieder.

Es dauert, bis wir schließlich Hand in Hand weitergehen. Und zu einem Bänkchen kommen, auf dem jemand sitzt: Heidi.

Wir setzen uns links und rechts neben sie. Sie weint, ich gebe ihr mein Taschentuch, weil ihres total nass ist. »Das Biest, das elende«, schluchzt sie. »Die Burgl bring ich noch um! Und den Basti auch!«

Klar, das würde ich auch sagen. »Gleich zwei Morde willst du begehen?«, erkundigt sich Valerio. »Damit handelst du dir lebenslänglich ein. Willst du wirklich so lange ins Gefängnis? Nur wegen einem Mädchen, das dich ärgert? Und das, wenn du einsitzt, sich freut, dass sie sich deinen Basti schnappen kann? Der übrigens nicht Burgl geküsst hat. Sie hat ihn geküsst.«

»Sie hat ihn nur geküsst, weil sie dem Pfostendreher eins auswischen wollte«, erkläre ich. »Das stimmt, Heidi!«

»Hätte sie nicht jemand anderes küssen können? Dich, Val, zum Beispiel. Und überhaupt – er hat sich küssen lassen, der Depp!«, jammert sie weiter und schnieft in mein Taschentuch. Es ist das Tüchlein, das ich im Dirndlladen kaufen musste.

»Sie hat doch Basti nur geküsst, weil er eben zufällig in ihrer Nähe gewesen ist«, versichert Val. »Der Kuss hat nix zu bedeuten. Ehrenwort, Heidi! Wenn ich du wäre …«

Wir horchen. Hören Schritte.

»Es ist Basti«, sagt Val und steht auf. »Hallo!«

»Mensch, Heidi«, japst er. »Du dummes Huhn! Ich suche dich seit einer Ewigkeit!«

Val steht auf. »Komm, Bonnie.«

Langsam schlendern wir zurück zum Festplatz. Hand in Hand. Und immer wieder bleiben wir stehen und küssen uns.

Kalt ist uns nicht, hier unten im Tal ist es nämlich viel wärmer als oben an der Rabennesthütte. Es ist auch längst nicht so dunkel. Je näher wir dem Festplatz kommen, desto lauter werden die Musik und das Stimmengewirr. Das macht uns aber nichts aus, wir müssen uns nicht unterhalten, zwischen uns ist alles gesagt.

Plötzlich bleibe ich stocksteif stehen. »Ich Rindvieh! Ich hab ganz vergessen, von dir Fotos zu machen, als du den Schuhplattler getanzt hast! Val, das war eine Premiere, und ich hab sie nicht dokumentiert!«

Val schmunzelt und legt die Arme um mich. »Es gibt Wichtigeres«, murmelt er.

»Viel Wichtigeres«, hauche ich in sein Ohr.

Eine ganze Weile später setzen wir uns zu Friedl.

»Wie seht ihr denn aus?«, fragt sie gleich. »Und wo seid ihr so lange gewesen? Was habt ihr getan?«

»Wir haben Heidi gesucht, und als wir sie gefunden haben, mussten wir sie trösten«, erklärt Val.

»Ja, weil …« Ich berichte so ausführlich wie nur möglich, warum Burgl Basti geküsst hat und dass der Kuss nix bedeutet hat – jedenfalls nix in Sachen Liebe.

»Stimmt das auch?«, erkundigt sich meine Tante misstrauisch.

»Ja klar doch!«

»Warum haltet ihr euch an den Händen?«, will sie dann wissen.

»Weil …« Val und ich sehen uns tief in die Augen.

»Weil wir uns freuen, dass wir noch so viele Wochen bei dir in der Rabennesthütten bleiben dürfen«, sage ich, und das ist echt nicht gelogen.

Friedl wirft die Hände vors Gesicht und stöhnt. »Ich wusste es! Ihr habt euch verliebt! Sakradi aber auch! Eins sag ich euch, Bonnie und Valerio: Sollte ich euch ein einziges Mal im Stadl erwischen, dann heißt's: Ab nach Hamburg! Kapiert?«

»Der Stadl ist mir schietegal!«, sage ich und drücke Vals Hand.

»Da schlaf ich nur«, fügt Val hinzu. »Sonst passiert da nix. Ehrenwort!«

Kurz vor Mitternacht kommt Erwin endlich zurück. Wir haben riesige Portionen Älplermakkaroni gegessen, sind müde, der Kopf dröhnt uns von der lauten Musik, und so sind wir echt froh, dass uns einer der Bergwachtler zur Rabennesthütte hochfahren will.

Unterwegs, genau da, wo der Schotterweg aus dem Wald kommt, sehen wir zwei Personen. Es sind Heidi und Basti. Hand in Hand.

Sie klettern in den Jeep. »Ich schlaf heute bei Val im Stadl«, sagt Basti. Er sagt das so entschieden, dass Friedl nur knurrt. Und schluckt. Und dann meint: »Vergiss nicht, ich hab einen leichten Schlaf. Außerdem gibt es einen Wachhund auf der Hütten.«

Ich weiß gleich, wen sie meint: Aloisia nämlich.

»Ist gut«, antwortet Basti gleichmütig.

Obwohl also Aloisia, Friedl und vielleicht auch Erwin einen leichten Schlaf haben, hören sie nix, als Heidi und ich aus dem Fensterchen klettern.

Wir setzen uns wieder auf die Bank, vorne an der Terrasse.

Da berichtet Basti, was er von Burgl erfahren hat, nachdem Bruno den Pfostendreher abgeführt hat.

Der Mann kommt schon seit Jahren ins Kleinwalsertal zum Wandern. Immer hat er ein Zimmer im *Wilden Mandl* gemietet, der Pension von Burgls Mutter. Und immer, seit Jahren schon, hat er Ärger gemacht: Entweder hat er nachts einen Krawall veranstaltet oder andere Gäste beleidigt, oder er hat behauptete, er würde den ganzen Preis nicht bezahlen. Und immer hat er Burgl aufgelauert, um sie zu betatschen. Aber weil Burgl ein fixes Mädchen ist, ist sie mit ihm fertiggeworden. Das hat ihn dann geärgert.

So war es auch vor ein paar Wochen. Da hat ihm Burgl ein paar saftige Ohrfeigen verpasst, ihre Mutter hat ihn endgültig rausgeworfen, und Burgl hat ihm das gesamte Gepäck hinterhergepfeffert. Und wie er das ins Auto geladen hat und eingestiegen ist, hat sie die Wagentür zugeschmissen. Dabei hat er sich den Mittelfinger eingeklemmt. »Geschieht dir recht!«, hat sie gebrüllt. Weil das die Gäste, die im Garten saßen, beobachtet haben, hat ihn das zusammen mit dem Schmerz fürchterlich in Rage gebracht. Tja, seine Rache war dann, dass er zur Polizei ging und behauptete, das *Wilde Mandl* sei voller Ungeziefer und Burgls Mutter hätte ihn übers Ohr gehauen. Das hat ihm aber niemand geglaubt.

Dann hat er im Ort verbreitet, die Hütten, darunter auch unsere Rabennesthütte, seien überbelegt, und schließlich, als auch das nicht so wirkte, wie er es sich vorstellte, hat er sich die Wegzeiger vorgenommen. Alles aus Wut und aus Rache.

»Dann hat ihn die Burgl auf dem Tanzboden gesehen«, fährt Basti fort. »Und um ihn zu ärgern und ihm zu zeigen, dass sie auf ihn pfeift, hat sie mich geküsst. Was Heidi gesehen hat. Wisst ihr was?«, fragt uns Basti. »Wenn ihn die Polizei heute nicht geschnappt hätte, hätte ich ihm aufgelauert. Das wäre ihm dann aber nicht gut bekommen, das sag ich euch! Den hätte ich gewaltig verprügelt!«

Val macht hrrrm. »Das heißt, ihr vertragt euch wieder?«

Heidi nickt. »Ich hab mir noch die Burgl vorgeknöpft.«

Oh-oh! Das interessiert mich. »Echt? Was hast du ihr gesagt?«

»Was wohl? Dass sie ihre Finger von Basti lassen muss.«

»Und?«

»Nix und.«

Basti seufzt. »Die Burgl will nichts von mir wissen. Sie hat den alten Knacker. Den mit dem roten Porsche. Ein armer Schlucker wie ich kann da nicht mithalten. Du, Val, könntest es auch nicht.«

»Ne, so ein alter grauer reicher Tattergreis mit Porsche ist echt keine Konkurrenz für uns«, bestätigt Val.

Darüber müssen wir so lachen, dass plötzlich die Tür aufgeht und ein Gespenst in einem bodenlangen weißen Gewand auf die Terrasse tritt: Aloisia!

In null Komma gar nichts liegen Heidi und ich in den Betten – und die Jungs? Garantiert im Heu!

Epilog

Der Tag war der absolute Höhepunkt meines Sommers auf der Rabennesthütte.

Klar, wir haben noch etliche Ausflüge gemacht: auf den Ifen, auf den Gottesacker und auf die Mädelegabel, wo ich stolz ins Hüttenbuch eingetragen hab: *Bonnie and Valerio from Hamburg, Germany, were here!* Und natürlich haben uns die Gäste auf Trab gehalten. Die meisten sind wirklich in Ordnung gewesen; aber manche haben uns den letzten Nerv geraubt – wie die eine Frau, die sich furchtbar verlaufen hat, weil sie die Höhenlinien auf der Karte für Wanderwege hielt. Na ja.

Foxy und die frechen Alpendohlen sind immer zahmer geworden, aber so turbulent wie am Trachtenfest ist es nicht mehr geworden.

Das hab ich überhaupt nicht bedauert, denn Val und ich haben uns immer wieder in unseren Mooswinkel zurückziehen können … bis uns Aloisia eines Tages beim Heidelbeersuchen aufspürte. Das war Pech, aber weil es sowieso unser letzter Tag in den Bergen war, war es dann doch nicht so schlimm.

Allerdings hat meine Tante Friederike, Friedl also, gemeint:

Wenn zwei und zwei zusammen sich gesellen
Musst's End der Ferien herbestellen!

Aber ich glaube, sie und Erwin haben das Ende der Sommerferien bedauert. So wie wir, Valerio und ich. Und Heidi und Basti. Und Burgl, die immer mal wieder vom Wilden Mandl oder von der Sennhütte ihres Bruders Wolfi zu uns rübergekommen ist und uns irre Storys über ihren alten Knacker berichtete. Über den mit den grauen Haaren und dem Wackelgebiss und dem roten Porsche, was das einzig Gute an ihm war.

Hier in Hamburg hab ich zuerst mal meiner ehemals besten Freundin Silvia gesagt, dass sie mir den Buckel runterrutschen kann. Als sie Val und mich auf dem Schulhof gesehen hat, Hand in Hand und Küsschen hier und Küsschen da, ist sie vor Wut grün angelaufen.

Die Leute von meinem Fußballclub haben sich ans verlorene Spiel fast nicht mehr erinnert. Jedenfalls hab ich beim letzten Training jeden Ball gehalten. Hab ihn aus der Luft gepflückt wie nix und wurde dann jedes Mal abgeklatscht.

Ich vermisse die Berge. Die Alpendohlen. Meinen Foxy. Und Friedl vermisse ich auch. Wenn mich das Heimweh überkommt, treffe ich mich mit Val. Dann reden wir über die Gäste in der Rabennesthütte, über den Pfostendreher und darüber, wie blöd wir waren. Nämlich dass wir Wochen gebraucht haben, bis wir wussten, dass wir uns verliebt hatten. Es ist schön, verliebt zu sein.

Damit das so bleibt und wir die blöde Zeit mit den ganzen Missverständnissen nicht vergessen, kochen wir immer mal wieder unser Erinnerungsessen. Hier ist das Rezept:

Die Älpler-Makkaroni

Für 4 Personen brauchst du:

500 g Makkaroni
4 gekochte und geschälte Kartoffeln
1 Zwiebel
6 Scheiben Speck
10 Scheiben Bergkäse
1/4 l Sahne
Schnittlauch
Pfeffer, Salz, Butterschmalz,
1 bisschen Majoran

Und so bereitest du die Älpler-Makkaroni zu:

Du kochst die Kartoffeln, ziehst ihnen die Haut ab und schneidest sie in feine Rädchen, kochst auch die Makkaroni al dente (also nicht butterweich, du bist ja kein zahnloses Baby) und gießt dann das Wasser ab.

Jetzt wird's spannend:

Du schneidest die Zwiebel und die Speckscheiben in kleine Würfelchen und röstest sie mit den Kartoffeln in einer großen Pfanne wie Bratkartoffeln. Wenn alles schön braun und knuspig ist, gießt du die Sahne darüber und lässt sie ein wenig einkochen.

Jetzt gibst du die Makkaroni dazu, rührst alles vorsichtig durch, schmeckst mit Salz, Pfeffer und Majoran ab, gibst das Ganze in eine gefettete feuerfeste Form, legst die Bergkäsescheiben darüber und schiebst das Gericht so lange in den vorgeheizten Backofen, bis die Oberseite braun ist und so richtig super appetitlich aussieht.

Zuletzt streust du den Schnittlauch darüber und stellst die Älplermakkaroni auf den Tisch.

Wenn du magst, servierst du dazu einen grünen Salat.

Lass es dir schmecken und denk beim Essen an unseren Sommer auf der Rabennesthütten! Guten Appetit.

Sissi Flegel

Zippi

Doppelt verliebt hält besser

ca. 480 Seiten, ISBN 978-3-570-40061-6

Zippi darf in den Ferien mit ihrer Freundin Marta auf eine Almhütte. Für ein bisschen Hilfe in der Küche bekommen sie fre Kost und Logis. Zwischen Almdudler, Brezen und Kartoffeln schälen bleibt für Liebesgrüße via SMS an Freund Emel aber keir Zeit. Von Hüttenromantik also keine Spur. Bis Ignaz auftaucht der nach Heu duftet und so gut küssen kann ...

40029

cbj

www.cbj-verlag.de

Sissi Flegel

Wintertraum und Weihnachtskuss

Eine Liebesgeschichte in 24 Kapiteln

ca. 296 Seiten, ISBN 978-3-570-40158-3

ollys Leben ist komplett auf den Kopf gestellt: Warum musste der neue reund ihrer Mutter auch gleich samt Tochter Nell bei ihnen einziehen? Doch dann entdeckt Holly ein Wichtelgeschenk – und vergisst prompt ren Ärger. Denn wer könnte ihr geheimnisvoller Wichtel sein? Etwa der ße Matteo von nebenan? Aber die Sache hat einen Haken: Ihre Familien sind sich schon seit über 50 Jahren spinnefeind! Ob daran das Fest der Liebe etwas ändern kann …?

cbj

www.cbj-verlag.de

Rachel Cohn

Kopfüber in den Sommer

ca. 400 Seiten, ISBN 978-3-570-40075-3

Die 12-jährige Annabel hat null Bock, ihren Vater Jack samt neuer Frau und Kinderhorde in Sydney zu besuchen. Aber wenn schon, dann soll e auch was bringen: nämlich ihren Dad nach New York zurück! Doch bal merkt Annabel, dass eine Patchworkfamily auch Vorteile hat ... Zwei Jah später ist Jack mit Kind und Kegel nach L. A. umgezogen, Mutter Angeli wieder verheiratet und Annabel hat nur noch den süßen Aussie Ben im Kopf. Beste Voraussetzung für ein echtes Sommermärchen – oder eine handfeste Familienkatastrophe?